Das Buch

Während der Verfolgung des Sklavenschiffes, das ihre Familien verschleppt, geraten Andrej und Frederic in die Gewalt des Piraten Abu Dun. Doch schon bald sind sie in die Auseinandersetzungen mit einem weitaus mächtigeren Gegner verstrickt: Ein furchteinflößender Drachenkrieger in blutroter Rüstung, der sich in Begleitung des Inquisitors Domenicus nähert, attackiert das Schiff und vernichtet fast seine gesamte Besatzung. Die einzigen Überlebenden verbünden sich und machen sich auf die Suche nach dem grausamen Ritter.
Tatsächlich gelingt es Andrej und Abu Dun, den Drachenkrieger Vlad Dracul, der Pfähler genannt, aufzuspüren. Aber der nimmt die Verfolger in seiner Burg gefangen. Dort setzt er alles daran, das düstere Geheimnis unsterblicher Existenz zu ergründen. Andrej gelingt es, den Schauplatz des Schreckens zu verlassen. Doch Frederic und Maria, die Frau, die er liebt, bleiben in den Fängen Draculs zurück ...

Der Autor

Wolfgang Hohlbein, 1953 in Weimar geboren, zählt zu Deutschlands erfolgreichsten Autoren phantastischer Unterhaltung. Seine Bücher haben inzwischen eine Gesamtauflage von über acht Millionen erreicht.

Von Wolfgang Hohlbein sind in unserem Hause
außerdem erschienen:

Die Chronik der Unsterblichen 1. Am Abgrund
Die Chronik der Unsterblichen 2. Der Vampyr
Die Chronik der Unsterblichen 1. und 2.
Am Abgrund/Der Vampyr
Die Chronik der Unsterblichen 3. Der Todesstoß
Die Chronik der Unsterblichen 4. Der Untergang
Die Chronik der Unsterblichen 3. und 4.
Der Todesstoß/Der Untergang
Die Chronik der Unsterblichen 5. Die Wiederkehr
Nemesis – Band 1: Die Zeit vor Mitternacht
Nemesis – Band 2: Geisterstunde
Nemesis – Band 3: Alptraumzeit

Wolfgang Hohlbein

Der Vampyr

Die Chronik der Unsterblichen 2

Roman

Ullstein

Besuchen Sie uns im Internet:
www.ullstein-taschenbuch.de

Umwelthinweis:
Dieses Buch wurde auf chlor- und säurefreiem Papier gedruckt.

Ullstein ist ein Verlag der Ullstein Buchverlage GmbH, Berlin.
5. Auflage 2004
© 2000 by vgs verlagsgesellschaft, Köln
Umschlagkonzept: Lohmüller Werbeagentur GmbH & Co. KG, Berlin
Umschlaggestaltung: DYADEsign, Düsseldorf
Titelabbildung: Mauritius, Mittenwald
Gesetzt aus der Garamond
Druck und Bindearbeiten: Ebner & Spiegel, Ulm
Printed in Germany
ISBN 3-548-25261-3

I

Er kannte den Tod, doch an das Töten selbst würde er sich nie gewöhnen. Aber manchmal blieb ihm keine andere Wahl, als seine Skrupel zu überwinden.

Andrej presste sich mit angehaltenem Atem in den schwarzen Schlagschatten unter der Treppe und lauschte. Ihm war entsetzlich kalt. Er zitterte am ganzen Leib. Sein Herz hämmerte so laut, dass es jedes andere Geräusch zu übertönen schien, und jeder Muskel in seinem Körper war zum Zerreißen angespannt. Er hielt das Schwert mit solcher Kraft umklammert, dass es schon beinahe wehtat.

Obwohl rings um ihn herum vollkommene Dunkelheit herrschte, wusste er, dass Blut von der Klinge tropfte und sich zwischen seinen Füßen zu einer schmierigen Pfütze sammelte. Er glaubte den Dunst des Blutes riechen zu können, vergegenwärtigte sich aber, dass es das Schiff war, dessen düsteren Odem er in sich aufnahm.

Es roch *falsch*. Andrej war in seinem Leben schon auf vielen Schiffen gewesen und er wusste, wie sie riechen sollten: nach Meer. Nach Salzwasser und Wind, möglicherweise nach Fisch, nach faulendem Holz und moderndem Tauwerk, nach nassem Segelzeug oder auch nach den exotischen Gewürzen und kostbaren Stoffen, die sie transportiert hatten.

Dieses Schiff jedoch stank nach Tod.

Aber schließlich war er auch nie zuvor an Bord eines Sklavenschiffes gewesen.

Schritte näherten sich, polterten einen Moment auf dem Deck über ihm und kamen noch näher, entfernten sich dann wieder. Andrej atmete auf. Er hätte den Seemann mit einem Stich ins Herz getötet, rasch, lautlos und vor allem *barmherzig*, aber er war froh, dass er es nicht hatte tun müssen. Sein Stiefvater Michail Nadasdy hatte ihn zu einem überragenden Schwertkämpfer ausgebildet, der im Notfall blitzschnell zu töten vermochte, aber Andrej war nicht hier, um ein Blutbad anzurichten.

Dabei war er fest dazu entschlossen gewesen, genau das zu tun, als Frederic und er sich an die Verfolgung des Sklavenschiffes gemacht hatten. Hätten sie Abu Duns Sklavensegler sofort eingeholt oder auch nur am nächsten Tag, hätte er wahrscheinlich versucht, nach und nach die gesamte Mannschaft des Seelenverkäufers auszulöschen. Aber das war nicht geschehen – und Andrej dankte Gott dafür. Es hatte in den letzten Tagen schon genug Tote gegeben und er selbst hatte Dinge getan, die weitaus schrecklicher waren als alles, was er sich je hatte vorstellen können. Mit Schaudern dachte Andrej an Malthus, den goldenen Ritter, und an das, was passiert war, nachdem er ihn getötet hatte …

Andrej verscheuchte den Gedanken. Wenn das alles hier vorbei war, hatte er genug Zeit, um nachzudenken – oder auch, um zur Beichte zu gehen, obwohl er gerade das sicherlich nicht tun würde. Im Moment galt es wichtigere Fragen zu klären: Wie sollte er ein Schiff in seine Gewalt bringen, auf dem sich mindestens zwanzig schwer bewaffnete Männer befanden, ohne sie alle umbringen zu müssen?

Er wusste, dass er gut war. Sein Schwert war nicht umsonst gefürchtet. Aber er kannte auch seine Grenzen. Einer gegen zwanzig, das war unmöglich; selbst, wenn dieser eine so gut wie unsterblich war. Unglückseligerweise bedeutete *unsterblich* nicht auch automatisch *unverwundbar*.

Andrej trat lautlos unter der Treppe hervor und sah nach oben. Die Luke zum Deck stand offen. Es war tiefste Nacht. Der Himmel hatte sich mit Wolken zugezogen, die das Licht der Sterne auslöschten und den Mond verdunkelten, der nicht mehr als ein vage angedeuteter, grauer Kreis war. Abgesehen von den Schritten, die sich nun wieder dem Einstieg näherten, war es vollkommen still. Eine Wache, die vermutlich nur auf dem Deck des dickbäuchigen Seglers hin- und herging, um die Langeweile zu vertreiben und nicht im Stehen einzuschlafen; vielleicht auch, um die Kälte zu verscheuchen, die vom Wasser aufstieg und in die Glieder biss. Das Sklavenschiff hatte an einer flachen Sandbank beinahe in der Flussmitte Anker geworfen. Abu Dun war ein vorsichtiger Mann. Wenn man vom Sklavenhandel lebte, musste man das wohl sein.

Um ein Haar hätte diese Vorsicht Andrejs Plan schon in den ersten Sekunden vereitelt. Es hatte sich als nicht sonderlich schwierig erwiesen, zur Flussmitte hinauszuschwimmen. Das Donauwasser war eisig und die Strömung weitaus stärker, als er erwartet hatte. Jeder andere Mann wäre an dieser Aufgabe gescheitert und schon auf halbem Wege ertrunken, aber Andrej war kein gewöhnlicher Mann, und so war er – wenn auch erst im dritten Anlauf, weil die Strömung ihn immer wieder von der Sandbank wegspülte – lautlos an Bord des Schiffes geklettert. Der Posten oben war leicht zu täuschen gewesen. Andrej hatte gelernt, sich lautlos wie eine Katze zu bewegen und mit den Schatten zu verschmelzen, sodass er nur einen günstigen Moment abpassen musste, um über das dunkle Deck zu huschen und in der offenen Luke zu verschwinden.

Dummerweise war es die falsche Luke gewesen.

Andrejs Plan sah vor, sich in Abu Duns Quartier zu schleichen und den Sklavenhändler in seine Gewalt zu bringen, um sein Leben gegen das der Sklaven einzutauschen, die im Bauch des Schiffes in Ketten lagen. Ein simpler Plan, aber gerade das war es, was Andrej daran gefallen hatte. Die meisten guten Pläne waren einfach.

Aber unter der Luke, die er gefunden hatte, befand sich nicht Abu Duns Schlafgemach, sondern ein Raum mit einer einzelnen, äußerst massiven Tür, hinter der vermutlich die Sklavenquartiere lagen. Zwei Krieger bewachten den Raum. Andrej hatte einen von ihnen töten müssen und den anderen niedergeschlagen und geknebelt. Er war genauso überrascht gewesen wie die beiden Wächter, die angesichts der fortgeschrittenen Zeit ohnehin nicht mehr aufmerksam waren. Hätte er nur den Bruchteil einer Sekunde später reagiert, es hätte für ihn nicht so günstig ausgehen können …

Andrej verscheuchte auch diesen Gedanken.

Sein Blick wanderte noch einmal durch den Raum und blieb an der eisenbeschlagenen Tür jenseits der Treppe hängen. Er wusste nicht, was dahinter lag, aber er konnte es sich ziemlich gut vorstellen. Ein dunkler, möglicherweise mit Gitterstäben in noch kleinere Käfige unterteilter Raum, groß genug für fünfzig Menschen, in dem mehr als hundert Sklaven aneinander gekettet in ihrem eigenen Schmutz lagen. Die Überlebenden aus dem Borsã-Tal, das auch ihm einst Heimat gewesen war. Menschen, die zum großen Teil – wenn auch nur entfernt – mit ihm verwandt waren. Die von Vater Domenicus' Schergen verschachert worden waren, um seinen inquisitorischen Feldzug gegen angebliche Hexen und Teufelsanbeter zu finanzieren.

So etwas wie seine Familie.

Nun, nicht ganz. Schließlich hatten diese Menschen ihn schon vor einer Ewigkeit aus ihrer Mitte vertrieben, hatten ihn als Ketzer und Dieb gebrandmarkt, als ruchbar wurde, dass er – wenn auch unfreiwillig – in den Kirchraub in Rotthurn verstrickt gewesen war. Aber trotzdem konnte er nicht so tun, als wären sie ihm vollkommen fremd. Vielleicht hätte er sich sogar um ihre Befreiung bemüht, wenn ihn mit diesen Menschen gar nichts verbunden hätte, abgesehen davon, dass sie Menschen waren und er die Sklaverei für das schändlichste aller Vergehen hielt.

Außerdem hatte er seinem Zögling Frederic versprochen, alles für die Rettung seiner Verwandten aus dem Borsā-Tal zu tun.

Die Verlockung war groß, die Tür zu öffnen und die Gefangenen zu befreien. Es gab nicht einmal ein Schloss, sondern nur einen schweren, eisernen Riegel. Aber es war unmöglich, gut hundert Gefangene zu befreien, ohne dass irgendjemand auf dem Schiff etwas davon merken würde. Sie waren jetzt so lange in Gefangenschaft, dass es auf ein paar Augenblicke mehr oder weniger nicht mehr ankam.

Er überzeugte sich noch einmal davon, dass sein Gefangener nicht nur immer noch bewusstlos, sondern auch sicher geknebelt und gefesselt war, dann legte er das Schwert aus der Hand, ließ sich neben dem toten Wächter auf die Knie sinken und zog ihm das Gewand aus. Dabei bemühte er sich, so wenig Lärm wie möglich zu machen, um den Wächter oben an Deck nicht zu alarmieren. Es kostete ihn erhebliche Überwindung, den einfachen Kaftan überzustreifen, der nass und schwer war und stank. Der Mann hatte heftig geblutet und im Augenblick des Todes schien er die Beherrschung über seine Körperfunktionen verloren zu haben.

Der Turban stellte ein Problem dar. Andrej hatte keine Ahnung, wie man einen Turban band. Also wickelte er sich das Stück Tuch einfach ein paar Mal um den Kopf und hoffte, dass das etwas missglückte Ergebnis in der Dunkelheit nicht auffiel. Dann hob er sein Schwert auf und ging schnell und leicht nach vorne gebeugt, sodass sein Gesicht nicht zu sehen war, nach oben.

Der Wächter befand sich am anderen Ende des Schiffes, würde aber gleich kehrtmachen, um die zweite Hälfte seiner Runde zu beginnen. Das Schiff war nicht groß; allenfalls dreißig Schritte. Er konnte eine Konfrontation mit dem Wächter nicht riskieren, und so wich er mit langsamen Schritten zur anderen Seite des Schiffes aus und lehnte sich lässig gegen die Reling. Sein Herz klopfte. Er versuchte den Wächter unauffällig aus den Augenwinkeln heraus zu beobachten. Seine Hand fingerte nervös am Griff des Schwertes herum, das er so hielt, dass es nicht zu sehen war. Irgendetwas stimmte nicht. Er spürte es. Der Großteil der Mannschaft lag auf einem niedrigen Aufbau und schlief; ein paar schnarchten so laut, dass er es deutlich hören konnte. Der Posten, der sich nun herumdrehte, bewegte sich auf eine Art, die zeigte, dass er zum Umfallen müde war und darum kämpfte, nicht im Gehen einzuschlafen. Alles *schien* in Ordnung.

Aber das war es nicht. Irgendetwas war hier nicht so, wie es zu sein vorgab. Eine Falle?

Andrej konnte keinen Grund dafür erkennen. Abu Dun konnte nicht wissen, dass er hier war. Der Pirat war der Falle, die Graf Bathory ihm gestellt hatte, durch ein geradezu geniales, allerdings auch mehr als riskantes Segelmanöver entkommen. Er hatte sofort Kurs auf den Bosporus genommen, als wolle er durch das Marmarameer die Ägäis ansteuern und direkt auf die großen arabischen Sklavenmärkte zuhalten. Doch dann hatte er sein gedrungenes Frachtschiff eine überraschende Wende vollziehen lassen, um geradewegs wieder nach Norden zu steuern: An Constănță vorbei, das sie erst kurz zuvor verlassen hatten, und bis hoch ins Donaudelta hinein. Offenbar wollte er flussaufwärts Richtung Tulcea fahren, eine Stadt, die fast so alt wie Rom war und durch ihre günstige Lage den Zugang zu allen drei Donauarmen kontrollierte.

Frederic und er hatten das Schiff fast eine Woche lang vom Ufer aus verfolgt, immer in sicherem Abstand, um von den Piraten an Bord nicht entdeckt zu werden – was alles andere als einfach war, denn das Donaudelta war ein verwirrend großes Gebiet ineinander verwobener Wasserwege, Seen, von Schilf bedeckter Inseln, tropischer Wälder und Sanddünen. Das Schiff war sehr langsam in den unteren der drei Donauarme hineingefahren und hatte einmal sogar fast einen halben Tag auf der Stelle gelegen, sodass Andrej vermutete, dass der Pirat und Sklavenhändler auf jemanden wartete; vielleicht auf einen anderen Piraten, vielleicht auch auf einen Kunden, dem er seine lebende Fracht verkaufen wollte.

Aber so weit würde Andrej es nicht kommen lassen.

Der Wächter rief ihm irgendetwas zu, was Andrej nicht verstand; es musste Türkisch oder auch Arabisch sein, die Sprache einer der beiden Völker, aus denen sich der größte Teil der Besatzung rekrutierte. Immerhin hörte er den scherzhaften Ton heraus, hob die linke Hand und gab ein Grunzen von sich, von dem er wenigstens hoffte, dass es als Antwort genügte.

Offensichtlich verfehlte es seine Wirkung nicht,

denn der Mann lachte nur und setzte seinen Weg fort. Andrej atmete auf. Er konnte hier an Deck keinen Kampf anzetteln. Ganz gleich, wie schnell er den Piraten auch tötete, er konnte nicht ausschließen, dass der noch einen Warnschrei ausstieß, der die schlafenden Männer auf dem Achterdeck weckte.

Aber die Wache ging vorüber, ohne weitere Notiz von ihm zu nehmen, und nach einem kurzen Augenblick setzte Andrej seinen Weg fort. Nachdem er durch die falsche Luke geklettert war, hatte er zumindest eine ungefähre Vorstellung davon, wie es unter Deck des Schiffes aussah. Er hatte Abu Dun mehrmals aus der Ferne dabei beobachtet, wie er in der Luke verschwand oder auch daraus auftauchte, einmal nur zur Hälfte bekleidet. Deshalb hatte er angenommen, der Mann schliefe dort, wo in Wirklichkeit die Sklaven untergebracht worden waren. Diesen Fehler galt es jetzt zu korrigieren. Trotzdem musste Abu Duns Quartier sich dort unten befinden.

Er bewegte sich schnell und lautlos die Treppe hinunter und blieb kurz stehen, um sich zu orientieren – was in der herrschenden Dunkelheit allerdings fast unmöglich war. Er befand sich in einem schmalen, nur wenige Schritte langen Gang, der so niedrig war, dass er nur gebückt darin stehen konnte. Der Gang endete vor einer Wand aus massiven Balken, die ihm eigentlich viel zu wuchtig für ein relativ kleines Schiff wie dieses schienen, bis er begriff, dass er nun auf der anderen Seite des Sklavenquartiers stand, das offensichtlich den Großteil des gesamten Rumpfes einnahm.

Die Erkenntnis erfüllte ihn mit neuem Zorn, denn

sie bedeutete nichts anderes, als dass Abu Dun keineswegs nur ein Pirat war, der in der Wahl seiner Beute nicht sonderlich wählerisch war. Dieses Schiff war eigens für den Transport lebender Fracht gebaut worden. Sklaven. Sein Entschluss stand fest: Er würde Abu Duns Sklavenschiff auf den Flussgrund schicken. Die Mannschaft würde er schonen, obwohl sie vermutlich auch nur aus einer Bande von Mördern und Halsabschneidern bestand, aber das Piratenschiff selbst würde er versenken.

Dazu musste er jedoch erst einmal Abu Dun finden und ausschalten.

Erneut beschlich ihn das Gefühl, dass hier irgendetwas nicht stimmte. Er versuchte, dieses Gefühl einzuordnen, aber es gelang ihm nicht, und so konzentrierte er sich wieder auf seine Umgebung. Er war schon viel zu lange hier. Frederic war am Ufer zurückgeblieben und er hatte ihm eingeschärft, sich nicht von der Stelle zu rühren, ganz egal, was geschah, aber er war nicht sicher, wie weit er sich auf Frederic verlassen konnte. Der Junge hatte sich verändert, seit sie Constāntā verlassen hatten, und Andrej war mit jedem Tag weniger sicher, ob ihm diese Veränderung gefiel.

Etwas polterte. Andrej fuhr erschrocken zusammen, bevor ihm klar wurde, dass der Lärm nicht in seiner unmittelbaren Nähe, sondern irgendwo über seinem Kopf seinen Ursprung hatte. Hinter einer der beiden Türen, die rechts und links des schmalen Ganges abzweigten, war Abu Dun.

Er umschloss sein Schwert fester, öffnete wahllos die Tür auf der linken Seite und betrat den Raum.

Er hatte Glück.

Der Raum war winzig und er wirkte noch kleiner, denn er war bis zum Bersten gefüllt mit Kisten, Truhen, Säcken und Bündeln. Eine kleine, aber anscheinend aus purem Gold gefertigte Öllampe, die unter einem schwarzen Rußfleck an der Decke hing, spendete flackerndes, rotes Licht, das gerade ausreichte, den Raum mit hin- und herhuschenden Schatten und der Illusion von Bewegung zu erfüllen. Es gab nur ein winziges, mit buntem Bleiglas gefülltes Fenster. Abu Dun lag – nackt bis auf eine knielange baumwollene Hose – auf einer schmalen, aber mit Seide bedeckten Liege direkt unterhalb des Fensters und schlief. Er schnarchte mit offenem Mund. Auf einem kleinen Tischchen neben ihm stand ein bauchiger Weinkrug, daneben lag ein umgestürzter Trinkbecher, der ebenfalls aus Gold bestand und reich mit Edelsteinen und kunstvollen Ziselierungen bedeckt war. Roter Wein war ausgelaufen und bildete eine klebrige, dunkel glitzernde Lache. Abu Dun schien es mit den Suren des Korans nicht allzu genau zu nehmen, was die kleinen Annehmlichkeiten des Lebens anging.

Er war allerdings nicht annähernd so betrunken, wie Andrej gehofft hatte. Obwohl Andrej so gut wie keinen Laut verursachte, öffneten sich Abu Duns Lider mit einem Ruck. Er brauchte nur den Bruchteil eines Atemzuges, um die Situation zu erfassen und richtig zu reagieren. Sofort sprang er in die Höhe und griff nach dem Weinkrug auf dem Tisch neben sich, um ihn nach Andrej zu werfen.

Andrej machte keinen Versuch, dem Wurfgeschoss

auszuweichen, sondern brachte mit einer blitzartigen Bewegung das Schwert in die Höhe. Gleichzeitig trat er gegen den Tisch.

Der Krug prallte mit solcher Wucht gegen das Schwert, dass ihm die Waffe aus der Hand gerissen wurde, aber auch Andrejs Angriff zeigte Wirkung. Der Tisch kippte um. Die Kante aus hartem Eichenholz prallte gegen Abu Duns Knie und brachte ihn zu Fall. Der riesenhafte Pirat kippte mit einem Schmerzensschrei zur Seite und Andrej nutzte die winzige Chance, die sich ihm bot, und stürzte sich auf ihn.

Eine Mischung aus Überraschung, Schrecken und Verachtung blitzte in Abu Duns Augen auf. Der Pirat war mehr als eine Handbreit größer als Andrej – und viel breitschultriger. Jetzt, als Andrej ihn nahezu unbekleidet sah, wurde ihm erst bewusst, wie muskulös und durchtrainiert der Sklavenhändler war: ein Bär von einem Mann, gegen den er mit bloßen Händen nicht die Spur einer Chance hatte. Abu Dun schien seine Meinung zu teilen, denn er erwartete gelassen seinen Angriff.

Andrej beging nicht den Fehler, sich nach dem Schwert zu bücken, das er fallen gelassen hatte, sondern rammte Abu Dun das Knie ins Gesicht. Der Pirat keuchte vor Schmerz und kippte nach hinten, umschlang Andrej aber trotzdem in der gleichen Bewegung mit beiden Armen und riss ihn mit sich. Andrej ächzte, als er spürte, dass er den Piraten falsch eingeschätzt hatte: Er war viel stärker, als er geglaubt hatte. Andrej wurde in die Höhe gerissen und rang nach Luft. Seine Rippen knackten. Er spürte, wie zwei oder drei brachen. Der bittere Kupfergeschmack von Blut füllte seinen Mund und der Schmerz wurde für einen Moment so schlimm, dass er das Bewusstsein zu verlieren drohte.

Verzweifelt strampelte er mit den Beinen, schlug zwei-, dreimal mit der Faust in Abu Duns Gesicht und versuchte schließlich, ihm die Finger in die Augen zu bohren. Abu Dun drehte mit einem wütenden Knurren den Kopf zur Seite und drückte mit noch größerer Kraft zu. Andrejs Rippen brachen wie trockene Zweige. Dann erscholl ein lautes, trockenes Knacken. Jegliches Gefühl wich aus Andrejs unterer Körperhälfte. Er erschlaffte in Abu Duns Armen. Auch der Schmerz war nicht mehr zu spüren.

Abu Dun sprang in die Höhe, wirbelte ihn herum und warf ihn quer durch den Raum an die gegenüberliegende Wand. Andrej fiel hilflos zu Boden, schlug mit dem Kopf gegen die eisenbeschlagene Kante einer großen Holzkiste und verlor für einen Augenblick das Bewusstsein.

Er kam zu sich, als Abu Duns riesige Hand sich in sein Haar grub und seinen Kopf mit einem brutalen Ruck herumriss. Die andere Hand des Piraten war zur Faust geballt und zum Schlag erhoben.

»Nein«, sagte Abu Dun. »So leicht mache ich es dir nicht.«

Er ließ Andrejs Haar los, richtete sich auf und versetzte ihm einen Tritt, der Andrej weitere Rippen gebrochen hätte, hätte Abu Dun Stiefel oder nur Schuhe getragen. So jagte nur ein dumpfer Schmerz durch Andrejs Körper, der ihn gequält aufstöhnen ließ.

Abu Dun lachte. »Tut das weh? Nein, es tut nicht weh. Es ist nichts gegen das, was dich noch erwartet.«

Die Tür wurde aufgerissen und zwei mit Schwertern bewaffnete Männer stürmten, vermutlich angelockt vom Lärm des Kampfes, herein. Abu Dun fuhr mit einer schlangengleichen Bewegung herum, funkelte sie an und sagte einige wenige Worte in seiner Muttersprache. Andrej verstand nicht, was er sagte, aber der Ausdruck auf den Gesichtern der beiden Männer war nicht schwer zu deuten. Abu Dun war nicht begeistert, dass es einem bewaffneten Attentäter gelungen war, bis in sein Schlafgemach vorzudringen. Er würde die beiden Männer bestrafen; und Andrej war ziemlich sicher, dass er es nicht bei ein paar Peitschenhieben belassen würde.

Abu Dun verwies die beiden Männer mit einer zornigen Handbewegung des Raumes, warf Andrej noch einen verächtlichen Blick zu und verschwand dann aus seinem Gesichtsfeld.

Andrej versuchte, sich zu bewegen, aber es ging nicht. Von seinem Rücken ging ein stechender Schmerz aus. Er konnte Arme und Hände bewegen, aber es kostete ihn unendliche Mühe und es war mehr ein Zittern als eine wirkliche Bewegung.

Der Pirat hantierte irgendwo außerhalb seines Blickfeldes. Andrej hörte ein Klappern, dann das Rascheln von grobem Stoff. Erneut versuchte er sich zu bewegen und diesmal gelang es ihm wenigstens, den rechten Arm ein kleines Stück auszustrecken, wenn auch nicht besonders weit und in keine Richtung, die ihm einen Vorteil eingebracht hätte.

Abu Dun musste die Bewegung wohl gehört haben, denn er lachte roh und sagte: »Gib dir keine Mühe, Hexenmeister. Ich habe dir das Kreuz gebrochen. Deine Zaubertricks nutzen dir nichts mehr.«

Immerhin schloss Andrej aus diesen Worten eines: Dass es nicht das erste Mal war, dass Abu Dun einen Gegner auf diese Weise ausgeschaltet hatte. Wie er selbst vertraute der Pirat weniger auf seine Waffen als auf seine körperlichen Fähigkeiten. Der Kerl war so stark wie ein Bär. Andrej biss die Zähne zusammen, als ein neuerlicher Schmerz durch seinen Rücken schoss. Seine Beine begannen zu kribbeln.

Abu Dun kam auf ihn zu. Er trug jetzt einen grauen Kaftan und darüber einen blütenweißen, weiten Mantel, aber noch keinen Turban.

»Ich bin noch nicht sicher«, sagte er nachdenklich, »ob ich meine Männer bestrafen oder dir Respekt zollen soll, dass es dir gelungen ist, so weit zu kommen. Das ist vor dir noch keinem geglückt. Allah hat sie entweder mit Blindheit geschlagen, oder du bist gefährlich wie eine Schlange.«

Seine Augen wurden schmal. »Der Inquisitor hat mich vor dir gewarnt. Er hat gesagt, du wärst mit dem Teufel im Bunde. Ich gestehe, dass ich ihm nicht geglaubt habe. Sie reden einen solchen Unsinn, diese selbst ernannten heiligen Männer … aber in diesem Fall hat er wohl die Wahrheit gesagt.« Er hob seufzend die Schultern. »Ich werde meine Männer wohl nicht bestrafen. Oder ich werde sie auspeitschen und dich dann ihrem Zorn überlassen, was meinst du?«

Andrej antwortete nicht, sondern biss stattdessen

die Zähne so fest aufeinander, dass sie knirschten. Abu Dun mochte das für einen Ausdruck von Qual halten, und damit hatte er Recht: Andrejs Rücken fühlte sich an, als würde er ganz langsam in Stücke gerissen, obwohl das genaue Gegenteil der Fall war. Das Leben kehrte in seine Beine und seinen Leib zurück, aber es war ein qualvoller, unendlich schmerzhafter Prozess.

Der Pirat beugte sich vor und schnüffelte. »Du stinkst, *Giaur*«, benutzte er das arabische Wort für Ungläubiger.

Andrej antwortete nicht darauf. Es gelang ihm jetzt kaum noch, einen Schrei zu unterdrücken, und er musste all seine Willenskraft aufbieten, um die Beine still zu halten. Die Regeneration war fast abgeschlossen. Wenn Abu Dun jetzt begriff, dass er nicht so hilflos war, wie es den Anschein hatte, dann war es um ihn geschehen.

»Bist du allein gekommen oder hat Bathory dir eine Abteilung seiner Spielzeugsoldaten mitgegeben?«, fragte Abu Dun, beantwortete seine eigene Frage aber gleich selbst, indem er den Kopf schüttelte und fortfuhr: »Nein. Hättest du Hilfe, wärst du das Risiko nicht eingegangen, dich hier einzuschleichen … aber was ist mit dem Jungen? Ist dieser Teufelsbengel auch bei dir? Man hat mir gesagt, er wäre tot, aber dasselbe habe ich auch über dich gehört. Ich denke, er ist auch irgendwo in der Nähe. Es ist wohl besser, wenn ich ein paar dieser unfähigen Narren ans Ufer schicke, um nach ihm zu suchen.«

Diesmal hatte Andrej sich nicht mehr gut genug unter Kontrolle, um Abu Dun nicht sehen zu lassen, wie nahe er der Wahrheit gekommen war. Frederic war tatsächlich am Ufer zurückgeblieben und wartete auf ihn. Natürlich würde der Junge sehen, dass nicht er es war, der zurückkam, sondern Abu Duns Männer, aber das beruhigte Andrej nicht. Frederic war ein Kind, das dazu neigte, schreckliche Risiken einzugehen, wie es Kindern eigen ist. Und er vertraute viel zu sehr auf seine vermeintliche Unverwundbarkeit.

Abu Dun lachte. »Dann wirst du deinen jungen Freund ja bald wieder sehen«, sagte er. »Ihr werdet zusammen sterben.« Er wandte sich um. »Lauf nicht weg«, sagte er höhnisch, während er hinausging.

2

Nachdem ihn der Pirat allein gelassen hatte, gestattete sich Andrej einen tiefen, lang andauernden Schmerzenslaut und ließ den Kopf zurücksinken. Seine Beine zuckten unkontrolliert. Das Leben kehrte mit Feuer und Gewalt in seine Glieder zurück. Er war schon oft verwundet worden, aber selten so schwer.

Indem er sich zu entspannen versuchte und jeden Gedanken abschaltete, konnte er die Heilung beschleunigen. Auf diese Weise gab er seinem Körper Gelegenheit, seine ganze Energie auf das Regenerieren zerrissener Muskeln und zerbrochener Knochen zu richten. Aber dieser Vorgang brauchte Zeit. Wie lange würde Abu Dun brauchen, um seinen Männern Anweisung zu geben und zurückzukommen? Sicher nicht mehr als wenige Minuten. Aber diese Zeit musste reichen.

Sie reichte.

Andrej versank in eine Art Trance, in der er zuerst jeden bewussten Gedanken, dann sein Zeitgefühl und schließlich sogar den Schmerz abschaltete. Sein Körper erholte sich in dieser Zeit, schöpfte Energie aus geheimnisvollen Quellen, deren Natur selbst Andrej nicht klar war, und kehrte in seinen unversehrten Zustand zurück. Als er Abu Duns Schritte draußen auf dem Gang hörte, öffnete er die Augen und lauschte noch einmal konzentriert in sich hinein. Er war bereit. Seine Verletzungen waren verheilt, aber er war noch sehr schwach. Die Heilung hatte ungewöhnlich viel Kraft gekostet. Er war auf keinen Fall in der Lage, einen zweiten Kampf mit Abu Dun durchzustehen.

Der Pirat kam herein – zu Andrejs Erleichterung allein –, warf die Tür hinter sich zu und lachte böse, als er sah, dass Andrej die Hand in Richtung des Schwertes ausgestreckt hatte, ohne es zu erreichen.

»Eines muss man dir lassen, Hexenmeister«, sagte er. »Du bist zäh. Du gibst nicht auf, wie?«

Dann kam er auf eine leichtsinnige Idee: Er zog einen Krummsäbel unter dem Kaftan hervor und schob mit ihm das Sarazenenschwert in Andrejs Richtung.

»Du willst kämpfen, *Giaur*?«, höhnte er. »Tu es. Nimm dein Schwert und wehr dich!«

Andrejs Hand schloss sich um den Griff der vertrauten Waffe, des einzigen wertvollen Besitzes, den ihm sein Stiefvater Michail Nadasdy hinterlassen hatte. Abu Dun lachte noch immer und Andrej trat ihm mit solcher Wucht vor den Knöchel, dass er haltlos zur Seite kippte und auf einen Tisch fiel, der unter seinem Aufprall in Stücke brach. Noch bevor er sich von seiner Überraschung erholen konnte, war Andrej auf den Füßen und über ihm. Sein Schwert machte eine blitzartige Bewegung und fügte Abu Dun eine tiefe

Schnittwunde auf dem Handrücken zu. Der Krummsäbel des Piraten polterte zu Boden und Andrejs Sarazenenschwert bewegte sich ohne innezuhalten weiter und ritzte seine Kehle: Zu leicht, um ihn zu töten, aber doch so tief, dass sich eine dünne, rasch mit Rot füllende Linie auf seinem Hals abzeichnete. Abu Dun keuchte und erstarrte.

»Du hättest besser auf Vater Domenicus gehört, Abu Dun«, sagte Andrej kalt. »Manchmal reden die heiligen Männer nämlich nicht nur Unsinn, weißt du?«

Abu Dun starrte ihn aus hervorquellenden Augen an. Er begann am ganzen Leib zu zittern. »Aber … aber wie kann das sein?«, stammelte er. »Das ist unmöglich! Ich habe dir das Kreuz gebrochen!«

Andrej bewegte das Schwert, sodass Abu Dun gezwungen war, den Kopf immer weiter in den Nacken zu legen und sich schließlich rücklings und in einer fast unmöglichen Haltung in die Höhe zu stemmen.

»Teufel!«, presste er hervor. »Du … du bist der Teufel! Oder mit ihm im Bunde!«

»Nicht ganz«, sagte Andrej. »Aber du kommst der Wahrheit schon ziemlich nahe.« Er sah den neuerlichen Schrecken auf Abu Duns Gesicht und bedauerte seine Worte fast. Ihm war nicht wohl dabei, dass er Abu Dun nun töten musste. Jedoch: Das Geheimnis seiner Unverwundbarkeit musste gewahrt bleiben, um jeden Preis!

Trotzdem fuhr er fort: »Vielleicht solltest du dir genau überlegen, was du jetzt sagst. Du solltest dir möglicherweise mehr Gedanken um deine Seele als um deinen Hals machen, Pirat.«

»Töte mich«, sagte Abu Dun trotzig. »Mach mit mir, was du willst, aber ich werde nicht vor dir kriechen.«

»Du bist ein tapferer Mann, Abu Dun«, sagte Andrej. Er dirigierte den Piraten mit dem Schwert weiter zurück, bis er rücklings auf die Liege fiel. »Aber ich hatte nicht vor, dich zu töten. Deshalb bin ich nicht gekommen.«

Abu Dun schwieg. In seinen Augen war eine so grenzenlose Angst, wie Andrej sie noch nie zuvor im Blick eines Menschen gesehen hatte, aber gerade das machte ihn nur umso vorsichtiger. Angst konnte aus tapferen Männern wimmernde Feiglinge machen, aber manchmal machte sie auch aus Feiglingen Helden.

»Du weißt, weshalb ich hier bin«, sagte er.

Abu Dun schwieg weiter, doch Andrej sah, wie sich sein Körper unter den Kleidern ganz leicht spannte. Er bewegte das Schwert, und an Abu Duns Hals erschien eine zweite rote Linie.

»Du wirst die Gefangenen freilassen«, sagte er. »Du wirst deinen Männern befehlen, den Anker zu lichten und ans Ufer zu fahren. Sobald die Gefangenen an Land und in sicherer Entfernung sind, lasse ich dich laufen.«

»Das ist unmöglich«, sagte Abu Dun gepresst. »Es ist viel zu gefährlich, bei Dunkelheit das Ufer dieses unberechenbaren Donauarms anzulaufen. Was glaubst du, warum wir in der Flussmitte vor Anker gegangen sind?«

»Dann wollen wir hoffen, dass deine Männer so

gute Seeleute sind, wie man es von türkischen Piraten allgemein behauptet«, sagte Andrej. Er wusste, dass Abu Dun Recht hatte. Es gab Untiefen, Sandbänke und sogar Felsen in Ufernähe. Aber bis Sonnenaufgang würde noch viel Zeit vergehen. So lange konnte er nicht warten.

»Sie werden nicht auf mich hören«, sagte Abu Dun. »Die Gefangenen ... sie erwarten eine hohe Belohnung, wenn wir sie abliefern.«

»Abliefern?« Andrej wurde hellhörig. »Wo? An wen?«

Abu Dun presste die Lippen aufeinander. Augenscheinlich hatte er schon mehr gesagt, als er vorgehabt hatte.

»An wen?«, fragte Andrej noch einmal; diesmal lauter. Er musste sich beherrschen, um seiner Frage nicht mit dem Schwert mehr Nachdruck zu verleihen. Zu nichts verspürte er größeres Verlangen, als diesem Ungeheuer in Menschengestalt die Kehle durchzuschneiden, und er würde es tun. Aber nicht jetzt. Und er würde ihn nicht quälen.

Abu Dun schürzte trotzig die Lippen. »Töte mich, Hexenmeister«, sagte er. »Von mir erfährst du nichts.«

Andrej tötete ihn nicht. Aber er machte eine blitzschnelle Bewegung mit dem Schwert und schlug Abu Dun die flache Seite der Klinge vor die Schläfe. Der Pirat verdrehte die Augen, seufzte leise und verlor auf der Stelle das Bewusstsein.

Er würde nicht lange ohnmächtig bleiben. Rasch durchsuchte Andrej das Zimmer, bis er zwei passende Stricke gefunden hatte. Mit einem davon band er Abu

Duns Fußgelenke so aneinander, dass der Pirat zwar gehen, aber nur unbeholfene kleine Schritte machen konnte, dann wälzte er den schweren Mann mit einiger Mühe herum, band seine nach oben gebogenen Handgelenke aneinander und schlang das Ende des Stricks um seinen Hals. Wenn Abu Dun auch nur versuchen sollte, sich zu befreien, würde er sich unweigerlich selbst erwürgen; kein Akt unnötiger Grausamkeit, sondern eine Vorsichtsmaßnahme, die ihm bei einem Mann wie Abu Dun angebracht zu sein schien.

Der Pirat kam wieder zu sich, kaum dass Andrej seine Aufgabe beendet hatte. Prompt versuchte Abu Dun, sich loszureißen und schnürte sich dabei den Atem ab. Andrej sah ihm einige Augenblicke lang stirnrunzelnd zu, dann sagte er ruhig: »Lass es. Es sei denn, du willst mir die Mühe abnehmen, dir die Kehle durchzuschneiden.«

Abu Dun funkelte ihn an. Die Furcht in seinen Augen war einer mindestens ebenso großen Wut gewichen. Er bäumte sich auf, schnürte sich abermals die Luft ab, und Andrej trat zufrieden zwei Schritte zurück, legte das Schwert aus der Hand und schlüpfte aus dem besudelten Gewand. Die Sachen, die er darunter trug, waren noch immer feucht und hatten einen Teil des üblen Geruchs angenommen. In einem Punkt hatte Abu Dun Recht gehabt: Er stank.

Er steckte das Schwert ein, zog statt dessen einen rasiermesserscharfen, zweiseitig geschliffenen Dolch aus dem Gürtel und machte eine auffordernde Geste.

»Lass uns nach oben gehen«, sagte er. »Ich bin neugierig darauf, wie viel deinen Leuten dein Leben wert ist.«

Abu Dun schürzte verächtlich die Lippen, stand aber dann gehorsam auf. Jedenfalls versuchte er es. Anscheinend hatte er noch gar nicht bemerkt, dass auch seine Füße gefesselt waren, denn er fiel mit einem überraschten Laut auf die Knie und wäre um ein Haar ganz nach vorne gestürzt. Als er versuchte, sein Gleichgewicht zurückzuerlangen, schnürte sich der Strick erneut enger um seinen Hals. Er hustete qualvoll. Andrej wartete, bis er sich wieder beruhigt und umständlich in die Höhe gearbeitet hatte, dann öffnete er vorsichtig die Tür, trat einen Schritt zur Seite und machte eine wedelnde Bewegung mit dem Dolch.

»Warum sollte ich tun, was du von mir verlangst?«, fragte Abu Dun trotzig. »Du tötest mich doch sowieso.«

»Möglicherweise«, antwortete Andrej kalt. »Die Frage ist nur, ob ich auch deine Seele fresse.«

Abu Dun lachte. Aber es klang unecht und in seinen Augen loderte die Furcht höher. Er widersprach nicht mehr, sondern senkte den Kopf, um durch die niedrige Tür zu treten. Andrej folgte ihm, wobei er die Spitze des Dolches zwischen seine Schulterblätter drückte.

»Du solltest dafür sorgen, dass deine Männer nicht zu sehr erschrecken, wenn sie uns sehen«, sagte Andrej. Zumindest der Gang, in den sie traten, war leer, aber durch die offen stehende Luke am oberen Ende der Treppe drangen aufgeregte Stimmen und Lärm. Die gesamte Besatzung des Sklavenseglers war nun wach und auf den Beinen. Es war ein irrsinniges Risiko, jetzt dort hinauf zu gehen, aber er hatte keine andere Wahl.

Abu Dun arbeitete sich mit ungeschickten kleinen Schritten zum Anfang der Treppe vor, blieb stehen und rief einige Worte in seiner Muttersprache. Von oben antwortete eine Stimme, dann erschien ein Schatten in dem grauen Rechteck und ein überraschter Laut erscholl. Der Schatten verschwand und für einen kurzen Moment brach oben auf dem Deck Tumult los. Dann rief Abu Dun wieder etwas in seiner Muttersprache, und nach einigen Augenblicken erschien die Gestalt erneut in der Öffnung.

»Sie werden dich in Stücke schneiden, Narr«, sagte Abu Dun. »Auf mich werden sie keine Rücksicht nehmen.«

»Dann tragen wir beide dasselbe Risiko, nicht wahr?«, fragte Andrej. »Los!«

Er verlieh seinen Worten mit dem Dolch Nachdruck und Abu Dun begann umständlich und schräg gegen die Wand gelehnt die Treppe hinaufzusteigen. Die Fußfesseln waren etwas zu kurz, sodass er kaum in der Lage war, die Stufen zu bewältigen. Oben fiel er auf die Knie. Einer seine Männer wollte ihm zu Hilfe eilen, aber Andrej fuchtelte erneut mit dem Dolch herum und Abu Dun scheuchte ihn mit einem gebellten Befehl zurück.

Als sie auf das Deck hinaustraten, begann Andrejs Herz schneller zu schlagen. Aber keiner von Abu Duns Männern machte Anstalten, seinem Anführer zu Hilfe zu kommen.

»Jetzt gib Befehl, den Anker zu lichten und das Ufer anzulaufen«, sagte Andrej.

Abu Dun sagte tatsächlich etwas in seiner Muttersprache, aber keiner seiner Männer reagierte. Die Piraten umringten sie. Die meisten hatten ihre Waffen gezogen.

»Ich habe es dir gesagt«, sagte Abu Dun. »Sie werden nicht gehorchen.«

Andrejs Gedanken rasten. Es gab nicht viel, was er tun konnte. Wenn er Abu Dun tötete, würden sich die Piraten auf ihn stürzen und ihn in Stücke reißen. Er hob das Messer höher und setzte die Spitze seitlich auf Abu Duns Hals.

»Ob sie gehorchen, wenn ich dir die erste Sure des Korans in die Wange schnitze?«, fragte er.

Der Pirat sagte nichts, aber Andrej konnte seine Furcht beinahe riechen. Er berührte mit der Klinge Abu Duns Wange und fügte ihm einen winzigen Schnitt zu, den der Pirat kaum spüren konnte, der aber sichtbar blutete. Ein erschrockenes Murren ging durch die Reihen der Piraten und Abu Dun sagte:

»Es ist gut. Sie werden gehorchen.« Er wiederholte seine Aufforderung, lauter und in herrischem Ton. Auch jetzt erfolgte nicht sofort eine Reaktion, aber der Pirat wurde lauter und schrie nun, und endlich senkten einige seiner Männer ihre Waffen und setzten sich in Bewegung. Andrej atmete auf. Er hatte noch nicht gewonnen, aber er hatte die erste und wichtigste Hürde genommen. Abu Duns Macht über seine Männer schien doch nicht so begrenzt zu sein, wie er behauptet hatte.

»Bete zu deinem Gott, dass keiner deiner Männer etwas Unbedachtes tut«, sagte Andrej. »Vielleicht bleibst du dann ja doch am Leben.«

Sein Zorn auf Abu Dun war kein bisschen kleiner geworden, aber er würde die Welt nicht besser machen, wenn er ihn tötete. Er war kein Richter. Und was Abu Dun anschließend über den Mann erzählte, dessen Verletzungen auf geheimnisvolle Art in Augenblicken heilten und der so gut wie unsterblich war, konnte ihm gleich sein. Die Welt war voller Geschichten von Zauberern, Dämonen und Hexenmeistern, die im Grunde niemand glaubte. Welche Rolle spielte es schon, ob es eine mehr gab oder nicht? Wenn Abu Dun ihm die Möglichkeit dazu gab, würde er ihn am Leben lassen.

Andrej sah sich unauffällig um. Die meisten Piraten standen immer noch mit den Waffen in den Händen da und starrten ihn finster an, aber einige waren auch davongeeilt und mit irgendetwas beschäftigt, das er nicht zu erkennen vermochte. Es war nicht das erste Mal, dass Andrej sich an Bord eines Schiffes befand, aber er war kein Seefahrer und es war einfach zu dunkel, um Einzelheiten zu erkennen. Er konnte nur hoffen, dass die Männer taten, was Abu Dun ihnen aufgetragen hatte, und nicht irgendeine Teufelei vorbereiteten.

Rückwärts gehend und Abu Dun wie einen lebenden Schutzschild vor sich haltend, bewegte er sich bis zur Reling und lehnte sich leicht dagegen. So konnte sich wenigstens niemand von hinten anschleichen. Sein Blick richtete sich aufmerksam in die Runde. Das

Deck ächzte leise und er glaubte ein Zittern zu spüren, das vorher noch nicht da gewesen war. Er vermutete, dass einer der Männer dabei war, den Anker einzuholen. Zwei weitere waren bereits in die Takelage hinaufgeklettert.

Andrej versuchte zum Ufer zu sehen, konnte es aber nicht erkennen; nicht einmal als dunkle Linie. Die Wolkendecke vor dem Himmel hatte sich mittlerweile vollkommen geschlossen. Selbst der Fluss war nur noch eine endlose schwarze Fläche, auf der sich nicht der geringste Lichtschimmer zeigte. Es war dunkel wie in der Hölle und sehr kalt.

Als hätte er seine Gedanken gelesen, sagte Abu Dun: »Wohin willst du gehen – sollte es dir tatsächlich gelingen, uns zu entkommen?«

»Ich wüsste nicht, was dich das anginge«, knurrte Andrej.

»Nichts«, antwortete Abu Dun. »Es ist nur so, dass ich mich frage, was du mit hundert befreiten Gefangenen anfangen willst, die dem Tod näher sind als dem Leben. Du willst sie nach Hause bringen?« Er lachte. »Ihr würdet Wochen brauchen, wenn nicht Monate. Keiner von ihnen hat die Kraft, das durchzustehen. Und selbst wenn – es ist Krieg, hast du das vergessen?«

»Was geht mich euer Krieg an?«, fragte Andrej. Er wusste, dass es ein Fehler war, überhaupt zu antworten. Abu Dun wollte ihn in ein Gespräch verwickeln, womöglich ablenken, damit seine Leute eine Gelegenheit fanden, ihn zu befreien.

»Bis hinauf zu den Karpaten befindet sich das Land in der Hand Sultan Selics«, antwortete Abu Dun.

»Und was seine Truppen nicht besetzt halten, das verwüsten die versprengten Haufen der Walachen, Kumanen und Ungarn, die sich untereinander nicht weniger erbittert bekriegen als die großen osmanischen und christlichen Heere. Du glaubst tatsächlich, du könntest eine Karawane halb toter Männer, Frauen und Kinder durch dieses Gebiet nach Hause bringen?« Er schüttelte den Kopf. »Nein. So dumm bist du nicht, Hexenmeister.«

»Was willst du damit sagen?«, fragte Andrej.

»Ihr braucht ein Schiff«, antwortete Abu Dun. »Und ich habe eines.«

»Das ist gar keine schlechte Idee«, sagte Andrej. »Wir könnten dich und deine Männer über Bord werfen und mit dem Schiff weiterfahren.«

Abu Dun lachte. »Sei kein Narr. Selbst wenn ihr es könntet, wie weit würdet ihr kommen, bis ihr auf die ersten Truppen des Sultans trefft? Oder auf die Ungarn – was im Zweifelsfall keinen Unterschied für euch macht?« Er bewegte sich leicht, erstarrte aber sofort wieder, als Andrej den Druck auf die Messerklinge verstärkte. »Sei kein Dummkopf, Hexenmeister«, fuhr er fort. »Ich schlage dir ein Geschäft vor. Du zahlst mir das, was ich für die Sklaven bekommen hätte, und ich bringe dich und deine Leute sicher nach Hause. Oder zumindest so nahe heran, wie es mir möglich ist.«

Beinahe hätte Andrej gelacht. »Wie kommst du auf die Idee, dass ich dir traue?«

»Weil du ein kluger Mann bist«, antwortete Abu Dun in einem Ton, der überzeugender klang, als es

Andrej lieb war. »Ich mache Geschäfte. Mir ist es gleich, wofür ich mein Gold bekomme. Und hundert Passagiere sind angenehmer zu transportieren als hundert Sklaven, die man bewachen muss. Außerdem«, fügte er mit einem Grinsen hinzu, »hast du im Moment eindeutig die besseren Argumente.«

Obwohl er es nicht wollte, übten Abu Duns Worte eine gewisse Anziehungskraft auf Andrej aus. Die Frage, wie er die gut hundert zu Tode erschöpften Gefangenen eigentlich nach Hause bringen sollte, hatte ihn in den letzten Tagen beschäftigt wie keine andere, aber eine wirkliche Antwort hatte er noch nicht gefunden.

Natürlich war es grotesk, auch nur mit dem *Gedanken* zu spielen, dass er dem Piraten trauen konnte. Trotzdem fragte er: »Und Vater Domenicus? Er wird nicht erfreut sein, wenn er hört, dass du ihn verraten hast.«

Abu Dun machte ein abfälliges Geräusch: »Was geht mich dieser lügnerische Pfaffe an? Er hat mir eine Ladung Sklaven zum Kauf angeboten. Er hat mir nicht gesagt, dass sie unter dem Schutz eines leibhaftigen Dämonen stehen. Ist es eine Lüge, einen Lügner zu belügen?«

»Ist es klug, einem Verräter zu trauen?«, gab Andrej zurück.

»Ich bin kein Verräter«, antwortete Abu Dun. »Ich mache Geschäfte. Aber ich verstehe, dass du mir misstraust. Ich an deiner Stelle täte es wohl auch. Gut. Dann werde ich dir den Beweis meiner Ehrlichkeit liefern. Sieh zum Bug.«

Andrej gehorchte – und sein Herz machte einen erschrockenen Satz in seiner Brust.

Vor der kurzen Rammspitze des Schiffes waren zwei von Abu Duns Kriegern aufgetaucht, die eine dritte, wesentlich kleinere Gestalt zwischen sich hielten. Es war Frederic.

»Großer Gott«, murmelte er.

»Der wird dir jetzt wohl auch nicht mehr helfen«, sagte Abu Dun ruhig. »Spielst du Schach, Hexenmeister?«

Andrej antwortete nicht, sondern starrte Frederic aus ungläubig aufgerissenen Augen an. Der Junge hing schlaff in den Armen eines der Piraten. Er schien bewusstlos zu sein. Der zweite Pirat hatte seinen Krummsäbel mit beiden Händen ergriffen und suchte mit gespreizten Beinen nach festem Stand; wohl um Frederic mit einem einzigen Hieb zu enthaupten – was selbst für einen Delãny den sicheren Tod bedeuten würde. Andrej fragte sich, ob es Zufall war oder Abu Dun ihm die ganze Zeit etwas vorgemacht hatte und er sehr viel mehr über sie wusste, als er zugab.

»Tätest du es«, fuhr Abu Dun fort, »wüsstest du, dass man eine solche Situation ein Patt nennt. Unangenehm, nicht? Wenn du mich tötest, töten sie ihn und wenn sie ihn töten, tötest du mich. Jetzt ist die Frage nur, wessen Leben mehr wert ist. Das des Jungen oder meines.«

Andrejs Gedanken überschlugen sich. Er kannte die Antwort auf Abu Duns Frage. Im Zweifelsfall würden seine Männer vermutlich wenig Rücksicht auf sein Leben nehmen. So etwas wie Piratenehre gab es nur in

Legenden. Aber wenn er nachgab, bedeutete das ihrer beider sicheren Tod. Er wusste nicht, was er tun sollte.

»Ich will es dir leicht machen«, sagte Abu Dun. »Lasst den Jungen los!«

Den letzten Satz hatte er laut gerufen und er bediente sich wohl absichtlich Andrejs Sprache, damit er ihn verstand. Die beiden Männer, die Frederic gepackt hatten, reagierten nicht sofort. Auf ihren Gesichtern erschien ein unwilliger Ausdruck.

»Ihr sollt ihn loslassen oder ich lasse euch bei lebendigem Leib die Haut abziehen!«, brüllte Abu Dun.

Die beiden Piraten zögerten noch einmal einen Moment, aber dann ließ der eine sein Schwert sinken und der andere trat einen halben Schritt zurück und ließ Frederic los. Der Junge fiel auf die Knie, kippte auf die Seite und stemmte sich benommen auf Händen und Knien hoch, aber nur, um gleich wieder zu fallen. Er war mehr bewusstlos als wach. Erst beim dritten Versuch kam er in die Höhe, sah sich aus glanzlosen Augen um und torkelte auf Andrej und den Piraten zu.

»Jetzt bist du an der Reihe, Hexenmeister«, sagte Abu Dun. »Du musst dich entscheiden, ob du mir traust oder nicht.«

Selbstverständlich vertraute Andrej dem Piraten nicht. Ebenso gut konnte er einem Krokodil die Hand ins Maul legen und darauf hoffen, dass es satt war. Das Schlimme war nur: Abu Dun hatte Recht. Die Gefangenen an Land zu bringen bedeutete nicht das Ende, sondern erst den Anfang ihrer Probleme. So unglaublich es ihm auch selbst erschien, er hatte die Augen vor diesem Problem bisher einfach verschlossen.

»Ich kann dir nicht trauen«, sagte er. Seine Stimme verriet mehr von seinem Zweifel, als er wollte.

»Dann wirst du mich wohl töten müssen«, sagte Abu Dun. »Entscheide dich! Jetzt! Ich bin es müde, darauf zu warten, dass du mir die Kehle durchschneidest.«

Andrej wusste nicht, was er tun sollte. »Verrate mir noch eins«, sagte er. »Wohin wolltet ihr die Gefangenen bringen? Was hat dir Vater Domenicus gesagt?«

»Nichts«, antwortete Abu Dun unwillig. »Ich hatte vor, die Donau hinaufzufahren und sie an einen anderen Händler zu verkaufen. Es ist Krieg. Jeder braucht Sklaven. Sie bringen einen guten Preis.«

Andrej spürte, dass das nicht die Wahrheit war.

»Du weißt, was dir passiert, wenn du mich hintergehst«, sagte er. »Du kannst mich töten, aber ich werde wiederkommen und dann werde ich dich und alle deine Männer töten und eure Seelen in die Hölle schicken.«

»Da kommen sie sowieso hin, fürchte ich«, seufzte Abu Dun. »Aber ich bin nicht besonders versessen darauf, dass es schon heute geschieht. Haben wir eine Abmachung?«

Andrej zögerte eine unendlich lange, quälende Weile. Dann trat er zurück, durchtrennte mit einem schnellen Schnitt Abu Duns Fesseln und ließ den Dolch sinken.

»Nun?«, fragte Andrej. »Haben wir eine Abmachung?«

Abu Dun betrachtete seine Fingerspitzen. Dann sah er auf, runzelte die Stirn noch tiefer und nickte schließlich.

»Ja«, sagte er. »Das haben wir.«

Und damit schlug er Andrej die Faust mir solcher Wucht ins Gesicht, dass dieser auf der Stelle das Bewusstsein verlor.

3

Als er erwachte, lag er auf einer weichen, angenehm warmen Unterlage, und schon beim ersten Räkeln wurde ihm bewusst, dass seine Arme und Beine ungefesselt waren. Andrej öffnete die Augen, blinzelte verständnislos und benötigte einen kurzen Moment, um zu begreifen, dass er sich in Abu Duns Kabine befand. Er lag auf der gleichen seidenbezogenen Liege, auf der er den Piraten vorhin aufgespürt hatte. Außerdem war er nicht allein. Frederic saß auf dem Schemel neben dem Bett, wach und unversehrt.

»Wie …?«, begann Andrej und wurde sofort von Frederic unterbrochen.

»Der Pirat hat dich hergebracht«, sagte Frederic. »Du warst nur einen kurzen Moment besinnungslos. Draußen vor der Tür steht eine Wache.«

Das hatte Andrej gar nicht fragen wollen. Er setzte sich auf, stützte die Unterarme auf die Knie und ließ die Schultern nach vorne sinken. Seine Lippe blutete. Er hob die Hand und wischte das Blut weg, ehe er den

Kopf wieder hob und Frederic mit einem zweiten, sehr viel längeren Blick maß.

Der Junge erwiderte ihn mit einer Mischung aus Trotz und Schuldbewusstsein. Er war vollkommen durchnässt und seine Kleider hingen in Fetzen an ihm herab.

»Was ist passiert?«, fragte Andrej ruhig.

»Ich wollte dir helfen«, antwortete Frederic. Er sprach schnell, laut und in aggressivem Ton.

Andrej verstand nicht genau, was Frederic überhaupt meinte. »Helfen?«

»Es hätte auch geklappt, wenn du nicht dafür gesorgt hättest, dass die Piraten alle wach und an Deck waren«, sagte Frederic. »Niemand hätte mich bemerkt.«

Andrej riss die Augen auf. »Du bist ...«

»... dir nachgeschwommen«, fiel ihm Frederic ins Wort. »Und? Niemand hätte mich bemerkt!«

»Und was hattest du vor?«, wollte Andrej wissen.

»Warum hast du dem Piraten nicht einfach die Kehle durchgeschnitten?«, fragte Frederic. Seine Augen blitzten. »Wir hätten sie alle töten können! Sie haben geschlafen! Und jetzt erzähl mir nicht, dass du nicht in der Lage gewesen wärst, die Wache an Deck zu überwältigen! Ich weiß, wie schnell du bist!«

Andrej blickte den Jungen betroffen an. »Du sprichst von zwanzig Männern, Frederic«, sagte er.

»Zwanzig *Piraten*«, erwiderte Frederic gereizt. »Hast du Skrupel? Auf diesem Schiff sind hundert von unseren Leuten! Ist ihr Leben vielleicht weniger wert? Ich glaube nicht, dass Abu Dun Probleme hätte, sie zu töten.«

»Und genau das ist der Unterschied zwischen ihm und uns«, sagte Andrej leise. Er war nicht zornig, sondern nur betroffen. Er hatte Frederic eingeschärft, an Land zurückzubleiben und sich nicht von der Stelle zu rühren, ganz egal, was geschah. Aber er war nicht einmal besonders überrascht, dass Frederic nicht gehorcht hatte. Er war ein Kind. Und er hatte in bester Absicht gehandelt. Er hatte ihm helfen wollen.

Und sie damit beide zum Tode verurteilt.

»Es tut mir Leid«, sagte Frederic niedergeschlagen. »Ich wollte dir nur helfen.«

»Schon gut«, sagte Andrej. »Es hätte sowieso nicht geklappt.«

Dir Tür ging auf und Abu Dun kam herein. Andrej spannte sich instinktiv, ließ sich aber fast in der gleichen Bewegung wieder zurücksinken. Selbst wenn er Abu Dun überwältigen würde – was hätte er gewonnen?

Der Pirat schloss die Tür hinter sich, lehnte sich dagegen und verschränkte die Arme vor der Brust. Einige Augenblicke lang sah er Andrej nur an, dann fragte er: »Was macht dein Gesicht, Hexenmeister? Tut es weh?«

»Andrej«, bekam er zur Antwort. »Mein Name ist Andrej Delãny. Und die Antwort auf deine Frage ist nein, Sklavenhändler.«

Abu Dun lachte. »Schade«, sagte er. »Obwohl ich es mir eigentlich hätte denken können. Aber diesen Schlag war ich dir einfach schuldig.« Er hob die Hand und berührte mit den Fingerspitzen die beiden dünn verschorften Linien an seinem Hals, dann lachte er, griff unter den Mantel und zog Andrejs Schwert hervor. Immer noch leise lachend, hielt er ihm die Klinge mit dem Griff voran hin.

Andrej starrte verständnislos auf das schlanke Sarazenenschwert.

»Nimm es«, sagte Abu Dun. »Es gehört dir.«

Zögernd griff Andrej nach der kostbaren Waffe, immer noch sicher, dass Abu Dun sich nur einen grausamen Scherz mit ihm erlaubte. Aber der Pirat ließ das Schwert los und sah schweigend zu, wie Andrej es einen Moment in der Hand drehte und dann in den Gürtel schob.

»Du ... gibst mir meine Waffe zurück?«, fragte er ungläubig.

»Wir haben eine Abmachung, oder?«, gab Abu Dun zurück. »Nun, da wir Partner sind, geziemt es sich nicht, dass du waffenlos vor mir stehst.« Er lachte leise. »Du hast gedacht, ich verrate dich.«

»Ja«, gab Andrej ehrlich zu.

»Genau das solltest du«, erwiderte Abu Dun grinsend. »Nach dem, was du mir angetan hast, tut dir ein kleiner Schrecken ganz gut, meine ich. Aber ich stehe zu meinem Wort.«

»Vor allem, wenn es dir einen hübschen Profit einbringt«, vermutete Frederic.

Abu Dun würdigte ihn keines Blickes. »Womit wir beim Thema wären«, sagte er. »Unsere Vereinbarung. Bevor ich meinen Leuten Anweisung gebe, die Gefangenen loszuketten, würde mich eines interessieren, Delãny: Wie gedenkst du für ihre Überfahrt zu bezahlen? Du hast jedenfalls kein Geld bei dir, davon konnte ich mich überzeugen.«

»Wir haben genug Geld in unserem Dorf«, sagte Frederic. »Ihr werdet großzügig entlohnt.«

»Frederic, sei bitte still«, sagte Andrej. Ihr Dorf war arm, wie die meisten Dörfer und Städte in diesen Kriegszeiten. Das wenige von Wert, was sie besessen hatten, hatten Vater Domenicus' Männer geplündert und mitgenommen. Andrej war ziemlich sicher, dass Abu Dun das wusste.

»Wir besitzen nichts. Weder meine Leute noch ich.«

»Es ist gut, dass du nicht versucht hast mich zu belügen«, sagte Abu Dun. »Du hast also kein Geld, aber du bietest mir trotzdem einen Handel an.«

»Genau genommen hast du ihn mir angeboten«, antwortete Andrej. »Ich nehme an, du hast vergessen, dass ich dein Leben in die Waagschale geworfen habe.«

»So viel ist das nicht wert«, sagte Abu Dun. Dann machte er eine Kopfbewegung zur Tür. »Geh nach hinten zu deinen Leuten, Junge. Einige von ihnen sind krank. Vielleicht kannst du ihnen helfen. Kranke Sklaven will niemand haben. Sie sind nur Ballast, den wir über Bord werfen.«

Frederic funkelte ihn an. »Ich denke nicht daran ...«

»Geh«, sagte Andrej leise. Frederics Zorn drohte sich nun auf ihn zu konzentrieren, aber dann stand er doch auf und stürmte aus der Kabine. Abu Dun wartete, bis er die Tür hinter sich zugeworfen hatte, dann wandte er sich mit einem fragenden Blick an Andrej.

»Du feilschst mit mir und hast nichts zu bieten,

Delāny?« Er schüttelte den Kopf. »Du enttäuschst mich.«

»Das hast du gewusst, als du mir diesen Vorschlag gemacht hast«, sagte Andrej.

»Vielleicht«, sagte Abu Dun. Seine Augen wurden schmal. Er musterte Andrej auf eine Art, die diesem nicht gefiel.

»Also, was willst du?«, fragte Andrej. »Ich habe nichts.«

»Du hast etwas«, behauptete Abu Dun. »Dich.«

»Mich?« Andrej blinzelte. »Du verlangst *mich*? Als Sklaven?«

»Das wäre ziemlich töricht«, antwortete Abu Dun. Er klang jetzt ein bisschen unruhig. »Wer würde schon einen Sklaven halten, der fähig ist, Dinge zu tun, wie du sie tun kannst; und dich zu verkaufen wäre nicht sehr klug. Tote Kunden sind keine sehr zufriedenen Kunden.«

»Was willst du dann?«, fragte Andrej. Er hatte ein ungutes Gefühl.

»Ich will so werden wie du«, sagte Abu Dun gerade heraus.

Es dauerte einen Moment, bevor Andrej antwortete. Er wählte seine Worte sehr sorgfältig.

»Damit ich dich richtig verstehe, Abu Dun«, begann er. »Du hältst mich für einen Dämonen, aber du willst trotzdem, dass ...«

»Du bist so wenig ein Dämon wie ich«, unterbrach ihn Abu Dun. »Ich glaube nicht an all diesen Unfug von Dämonen und Geistern, und ich glaube auch nicht, dass ich mein Seelenheil aufs Spiel setze, wenn ich mich mit dir einlasse. Wenn es so etwas wie den Teufel gibt, so gehört ihm meine Seele ohnehin schon. Ich habe also nichts zu verlieren. Aber eine Menge zu gewinnen. Ich will deine Geheimnisse kennen lernen, Delāny.«

»Selbst wenn ich es wollte, könnte ich sie dir nicht verraten«, sagte Andrej.

»Wieso nicht?«, fauchte Abu Dun.

»Weil ich sie nicht kenne«, erwiderte Andrej. »Ich bin, was ich bin. Aber ich weiß nicht, wer mich dazu gemacht hat. Oder warum. Oder gar *wie*.«

»Und wenn du es wüsstest, würdest du es mir nicht verraten«, sagte Abu Dun nickend. »Ich verstehe.« Er schüttelte ein paar Mal den Kopf. »Ich habe von Männern wie dir gehört, Andrej Delāny. Männer, die sich unsichtbar machen können. Die durchs Feuer schreiten und sich schnell wie der Wind zu bewegen vermögen und die unsterblich und unverwundbar sind. Ich habe gedacht, es wäre nur ein Märchen, aber nun stehe ich einem von ihnen gegenüber.«

»Das meiste von dem, was du gehört hast, ist zweifellos übertrieben«, sagte Andrej vorsichtig.

»Du bist zu bescheiden, Delāny«, sagte Abu Dun. »Ich *weiß*, was ich gesehen habe.« Er kam näher, streckte die Hand aus und machte dann eine blitzartige Bewegung, sodass einer der mit schweren Edelsteinen besetzten Ringe an seinen Fingern Andrejs Wange aufriss. Der Kratzer tat nicht besonders weh, aber er blutete.

Andrej wollte die Hand an die Wange heben, aber Abu Dun ergriff blitzartig sein Gelenk und zwang den Arm herunter. In seinen Augen war nicht die geringste Regung zu erkennen, als er dabei zusah, wie sich der Schnitt in Andrejs Wange schloss.

»Und ich weiß, was ich sehe.«

Andrej riss sich los. »Du irrst dich, wenn du glaubst, dass ich dir dazu verhelfen könnte«, sagte er. »Ebenso gut könnte ich von dir erwarten, mich so schwarz zu machen, wie du es bist.«

»Das glaube ich dir sogar, Delāny«, sagte Abu Dun. »Also, hier mein Vorschlag: Ich setzte deine Leute im nächsten Hafen ab, von dem aus sie sicher in ihr Heimatdorf zurückkehren können. Sie bleiben unter Deck, und sie bekommen zu essen und zu trinken. Ich lasse ihre Ketten lösen, wenn du es wünschst, aber ich will sie nicht an Deck sehen. Die Reise wird vier oder fünf Tage dauern, allerhöchstens sechs. Sie sind dort unten besser aufgehoben als oben an Deck.«

»Und was verlangst du dafür?«, fragte Andrej misstrauisch.

»Ich hatte erhebliche Unkosten«, sagte Abu Dun. »Ich habe für deine Leute bezahlt, Delāny. Sie essen und trinken und ich werde nichts für sie bekommen. Meine Mannschaft verlangt den Anteil an einem Gewinn, den ich nicht haben werde, und der Schwarze Engel weiß, was uns auf dem Weg die Donau hinauf erwartet. Du hast es selbst gesagt: Dein Freund Domenicus wird nicht begeistert sein, wenn er erfährt, dass ich deine Familie nach Hause gebracht habe, statt sie auf dem Sklavenmarkt zu verkaufen.«

»Anscheinend ist alles wahr, was man sich über arabische Markthändler erzählt«, stellte Andrej fest. »Was willst du?«

Abu Dun lächelte. »Dich«, sagte er. »Für ein Jahr. Du wirst bei mir bleiben, als mein Sklave und Leibwächter.«

»Ich bin kein Pirat«, sagte Andrej entschieden.

»Das bin ich auch nicht«, antwortete Abu Dun. »Jedenfalls nicht immer. Ich werde nicht von dir verlangen, dass du gegen deine Landsleute kämpfst. Du wirst mein Leibwächter, mehr nicht. Ich werde dich ein Jahr lang beobachten und versuchen, hinter dein Geheimnis zu kommen. Nach einem Jahr kannst du gehen.«

»Und wenn ich ablehne?«, fragte Andrej.

»Dann machen wir weiter, wo wir gerade aufgehört haben«, antwortete Abu Dun ungerührt. »Wir werden kämpfen. Vielleicht wirst du mich töten, aber dann werden meine Männer dich töten, den Jungen und wahrscheinlich alle deine Leute. Vielleicht werde ich auch gewinnen und dann werden meine Krieger ausprobieren, wie unverwundbar du wirklich bist.«

Er sprach ganz ruhig. In seiner Stimme war keinerlei Drohung. Aber er meinte die Worte auch ganz genau so, wie er sie sagte.

»Wenigstens bist du ehrlich«, sagte Andrej und stand auf. »Ein Jahr, nicht länger?«

»Von heute an gerechnet,« sagte Abu Dun.

»Dann haben wie einen Handel.«

Der Himmel begann sich grau zu färben, als Frederic aus den Gefangenenquartieren zurückkehrte. Er war ungewöhnlich still und so weit Andrej das in dem blassen Licht erkennen konnte, hatte sich seine Gesichtsfarbe der des verhangenen Himmels über ihnen angepasst.

»Nun?«, fragte Andrej. Er hatte sich im Bug des Schiffes niedergelassen und die Beine an den Körper gezogen. Seine Kleider waren mittlerweile getrocknet und Abu Dun hatte ihm eine Decke gebracht, aber er zitterte trotzdem vor Kälte. Er würde nicht krank werden, das wusste er, aber seine Fähigkeit zu leiden war so groß wie die jedes anderen Menschen. In seiner Stimme war ein leises Zittern, von dem er sich einredete, dass es hauptsächlich an der Kälte lag, die in Wellen von der Wasseroberfläche hochstieg.

Frederic warf einen sehnsüchtigen Blick nach achtern, bevor er sich neben ihm niederließ. Keiner der Piraten hatte in dieser Nacht geschlafen. Die Männer hatten sich um ein Becken mit glühender Kohle geschart und Andrej konnte sich gut vorstellen, was jetzt in Frederic vorging. Auch er hätte eine Menge dafür gegeben, dort hinten in der Wärme zu sitzen. Die Vorstellung, dass diese Männer für das nächste Jahr seine Kameraden sein würden, erschien ihm absurd.

»Es ist schrecklich«, murmelte Frederic. »Viele sind krank. Ich glaube, einige werden sterben.«

»Die Delãnys sind zäh«, sagte Andrej.

»Du«, antwortete Frederic. »Ich. Die meisten anderen nicht. Warum bist du nicht nach unten gekommen?«

Vielleicht aus dem gleichen Grund, aus dem er so viele Jahre gezögert hatte, nach Hause zu gehen, dachte Andrej. Diese Leute *waren* seine Familie. Manche von ihnen waren mit ihm verwandt; hätte er sich die

Mühe gemacht, die Geschichte des Dorfes weit genug zurückzuverfolgen, hätte er vermutlich festgestellt: alle. Sie waren die einzige Familie, die er hatte. Und doch hatte er fast Angst vor dem Moment, in dem er sie wiedersehen würde.

»Es gibt einen Grund, aus dem ich damals weggegangen bin«, sagte er nach einer Weile.

»Ich weiß.« Frederic setzte sich neben ihn.

»Woher?«

»Weil ich ihnen gesagt habe, dass du hier bist«, sagte Frederic. »Sie sollen wissen, dass du dein Leben riskiert hast, um sie zu retten. Obwohl sie dich damals davongejagt haben.«

»Sie wussten es nicht besser«, sagte Andrej. »Vielleicht hätte ich nicht anders gehandelt, an ihrer Stelle.«

»Sie sind Dummköpfe«, beharrte Frederic. »Sie haben Angst vor uns, weil wir anders sind als sie.«

»Wir?«, fragte Andrej.

»Wir«, beharrte Frederic. »Ich bin wie du, nicht wie diese undankbaren Narren. Ich habe ihnen gesagt was du getan hast, damit sie ihre Freiheit zurückbekommen. Man sollte meinen, dass sie dankbar sind, aber ich habe nicht viel davon gespürt.«

»Menschen fürchten die Dinge, die sie nicht verstehen«, sagte Andrej. »Das ist nun einmal so.«

»Abu Dun scheint das nicht so zu sehen.«

»Abu Dun ist Abu Dun«, sagte Andrej ausweichend. »Er ist ... anders als die meisten Männer.«

»Und du bist ganz sicher, dass du wirklich mit ihm gehen willst?«, erkundigte sich Frederic nachdem Andrej ihm von dem Handel erzählt hatte.

Sicher? Nein, das war er ganz gewiss nicht. Ihm fielen auf Anhieb zahlreiche Dinge ein, die er lieber getan hätte. Trotzdem nickte er. »Es ist am besten so. Du wirst sie nach Hause begleiten und ich werde nachkommen. Etwas später.«

»Nach einem Jahr!«

»Ein Jahr ist kurz«, sagte Andrej. »Es bedeutet nicht viel. Für mich noch weniger als für die meisten anderen.«

»Du glaubst tatsächlich, dass Abu Dun Wort hält«, sagte Frederic. »Er wird warten, bis er hat, was er von dir will, und dich dann töten.«

»Es ist nicht so leicht, mich zu töten.«

»Kann man dich ...« Frederic verbesserte sich. »Kann man *uns* überhaupt töten?«

»Oh ja«, antwortete Andrej. Es war nicht das erste Mal, dass Frederic versuchte, das Gespräch auf dieses Thema zu lenken. Bisher hatte Andrej es stets unterbunden. Frederic war viel zu jung. Er konnte einfach nicht mit allem fertig werden, was auf ihn einstürmte. Und da war noch etwas: Manchmal glaubte er, etwas Dunkles an dem Jungen zu spüren, das ihn erschreckte.

Aber sie würden nicht mehr lange zusammen sein und es gab ein paar Dinge, die er Frederic sagen musste.

»Es gibt viele Methoden, uns zu töten, Frederic. Wenn man dich enthauptet, bist du tot. Wenn man dir das Herz aus dem Leib reißt, bist du tot. Wenn man dich verbrennt, bist du tot ... Wir sind nicht unverwundbar, Frederic, und schon gar nicht unsterblich. Unsere Körper sind nur ...« Er suchte nach Worten.

»Erheblich widerstandsfähiger als die der meisten anderen. Unsere Wunden heilen schneller.«

»Wie bei einem Salamander, dem ein Schwanz oder ein Bein nachwächst, wenn man es ihm abschneidet«, sagte Frederic.

»Wenn man einem Salamander den Kopf abschneidet, ist er tot«, sagte Andrej ernst. Frederic wollte etwas erwidern, aber Andrej schüttelte den Kopf und fuhr fort: »Du darfst deine Unverwundbarkeit niemals als Waffe einsetzen, hörst du? Niemand darf davon erfahren.«

»Das weiß ich längst«, sagte Frederic. »Außerdem wissen schon viele um dieses Geheimnis. Vater Domenicus und …«

»Er wird es niemandem erzählen«, unterbrach ihn Andrej, »selbst wenn er es tatsächlich überlebt haben sollte, dass du ihm einen Dolch durch die Kehle gestoßen hast.«

»Ich wollte nur, ich wäre sichergegangen, dass er wirklich tot ist«, sagte Frederic feindselig.

»Vielleicht ist er ja auch schon längst tot«, sagte Andrej leise, während ein ganz anderes Bild als das des grausamen Kirchenfürsten vor seinem inneren Auge aufstieg: das von Domenicus' Schwester Maria, die er in Constāntā unter dubiosen Umständen kennen gelernt hatte. Zu behaupten, Maria hätte ihm den Kopf verdreht, wäre maßlos untertrieben gewesen. Doch Frederic hatte den verhassten Inquisitor Domenicus auf dem Markplatz von Constāntā niedergestochen: Mit dieser Tat hatte er seine von der Inquisition ermordeten oder verschleppten Verwandten rächen wollen, doch zwischen ihm und Maria war es deswegen zum Bruch gekommen. Im Grunde genommen hatten Andrej und die verwöhnte junge Frau von Anfang an zwei feindlichen Lagern angehört. Das allerdings änderte nichts daran, dass er noch immer tiefe Gefühle für das schlanke, dunkelhaarige Mädchen hegte.

Fast gewaltsam riss er sich von seinen Erinnerungen los.

»Und Abu Dun und seine Piraten? Du wirst sie töten, sobald wir in Sicherheit sind, habe ich Recht?«

»Nein, Frederic, das werde ich nicht tun«, sagte Andrej ernst. Da war sie wieder, diese Dunkelheit, die er manchmal in Frederic spürte und die ihn erschreckte. Der Junge sprach in letzter Zeit ein bisschen zu viel vom Töten. »Nur weil unsere Leben länger dauern als ihre und wir schwerer zu töten sind, sind wir nicht besser. Wir haben nicht das Recht, nach Belieben Menschen niederzumetzeln.«

»Piraten«, sagte Frederic verächtlich.

»Wir sind nicht ihre Richter«, sagte Andrej scharf. »Willst du so werden wie die Männer in den goldenen Rüstungen?«

»Du bist doch auch ein Krieger, oder?«

»Ich bin ein Schwertkämpfer«, antwortete Andrej. »Ich wehre mich, wenn ich angegriffen werde. Ich verteidige mich, wenn es um mein Leben geht. Ich töte, wenn ich es muss. Aber ich ermorde niemanden.«

»Und du glaubst, das wäre ein Unterschied?«

Andrej seufzte. »Du musst noch sehr viel lernen, Frederic«, sagte er.

»Zeit genug dazu habe ich ja«, sagte Frederic düster. »Werde ich immer ein Kind bleiben?«

»Ich glaube nicht«, sagte Andrej. »Ich bin gealtert, seit ... es geschah. Wir sind nicht unsterblich. Ich weiß nicht, wie alt wir werden, doch irgendwann werden auch wir sterben. Vielleicht in hundert Jahren, vielleicht in tausend ...« Er hob die Schultern. »Hab keine Angst. Du wirst nicht für immer ein Kind bleiben.«

»Wer sagt, dass mir das Angst macht?« Frederic grinste. »Manchmal ist es ganz praktisch, für ein Kind gehalten zu werden. Die Menschen neigen dazu, Kinder zu unterschätzen.« Er wurde übergangslos wieder ernst. »Werden sie mich auch davonjagen, wenn sie ... es bemerken?«

Andrej hätte Frederic gerne belogen, schon um ihm den Schmerz zu ersparen, den auch er nur zu gut kannte. Aber er tat es nicht. »Das weiß ich nicht,« sagte er ausweichend. »Du hast es gerade selbst gesagt, erinnerst du dich? Sie fürchten alles, was sie nicht verstehen. Ich will dir nichts vormachen.« Er rang sich ein Lächeln ab. »Aber du hast noch Zeit. Sicher einige Jahre, bis ...«

»Bis sie merken, dass mit mir etwas nicht stimmt«, führte Frederic den Satz zu Ende. »Dass ich mich nicht verletzen kann. Dass ich niemals krank werde. Und dass ich nicht altere.« Er sah Andrej durchdringend an. »Was ist das, was mit uns geschieht, Andrej? Ein Segen oder ein Fluch?«

»Vielleicht bekommt man das eine nicht ohne das andere«, antwortete Andrej. »Du siehst müde aus, Frederic. Du solltest ein wenig schlafen.«

»Du hast mir niemals gesagt, wie es dazu gekommen ist«, sagte Frederic, ohne auf seine Worte einzugehen. »Wie bist du ... unsterblich geworden?«

Andrej registrierte das Zögern in seiner Stimme. Frederic hatte etwas anderes sagen wollen, war aber im letzten Moment vor dem Wort zurückgeschreckt. »So wie du«, sagte er.

»Ich? Aber ich weiß nicht, wie!«

»Erinnerst du dich an die Nacht, in der ich dich aus dem brennenden Gasthaus gerettet habe? Du warst schwer verletzt. So schwer wie noch nie zuvor in deinem Leben.«

Frederic schauderte. Natürlich erinnerte er sich. Es war erst wenige Wochen her.

»Du hast lange auf Leben und Tod gelegen«, fuhr Andrej fort. »Bei mir war es genauso. Ein dummer Unfall. Ich war leichtsinnig und fiel vom Pferd und ich hatte das Pech, mit dem Schädel auf einen Stein zu schlagen. Drei Tage lag ich auf Leben und Tod. Ich hatte hohes Fieber und habe wild fantasiert. Aber ich überlebte es. Und von diesem Tag an ...« Er hob die Schultern. »Ich weiß nicht, was es ist. Vielleicht hat mein Körper eine Grenze durchbrochen. Vielleicht muss man sterben, um zurückzukommen und unsterblich zu sein.«

»Sterben.« Frederics Augen blickten für einen Moment ins Nichts. Andrej konnte sehen, wie ein Schaudern durch seinen schmalen Körper lief. »Ich ... erinnere mich. Ich war an ... an einem dunklen Ort. Einem schrecklichen Ort. Vielleicht ... haben wir etwas von dort mitgebracht.«

»Vielleicht ist es auch ganz anders«, sagte Andrej.

Auch er fröstelte, aber diesmal war es ganz eindeutig *nicht* die äußere Kälte, die ihn schaudern ließ. Frederics Worte erfüllten ihn mit einer Furcht, gegen die er fast wehrlos war. »Es ist nur eine Idee. *Meine* Idee, Frederic. Vielleicht ist es nur eine Laune der Natur.«

»Das glaube ich nicht«, antwortete Frederic.

»Ganz gleich, was es auch ist, wir müssen damit leben«, sagte Andrej leichthin. »Und weißt du, wir werden sehr viel Zeit haben, darüber zu reden.« Er machte eine Kopfbewegung zum Heck des Schiffes hin. »Die Männer wissen nicht, dass du … so bist wie ich. Das sollte auch so bleiben.«

»Und Abu Dun?«

Andrej war nicht ganz sicher. »Ich glaube, er ahnt es«, sagte er. »Aber er weiß es nicht und ich finde, das ist auch gut so. Du musst sehr vorsichtig sein, solange du noch an Bord dieses Schiffes bist. Gib Acht, dass du dich nicht verletzt. Schon ein kleiner Schnitt könnte fatale Folgen haben.«

Frederic runzelte die Stirn. »Du meinst, weil wir uns praktisch nicht verletzen können, müssen wir besonders darauf achten, uns nicht zu verletzen?«

»Ganz genau das meine ich.« Andrej nickte. »Das mag merkwürdig klingen, aber es ist lebenswichtig.«

»Das ist nur zu wahr«, sagte Frederic. »Es klingt komisch.« Aber er lachte und nach einem kurzen Moment stimmte Andrej in dieses Lachen ein. Er rutschte ein Stück zur Seite und hob die Decke, die Abu Dun ihm gebracht hatte.

»Komm näher, junger Unsterblicher«, sagte er. »Du bist vor Messern gefeit, aber nicht vor der Kälte. Ich weiß das, glaub mir. Ich habe zusammengerechnet schon mehr Jahre gefroren, als du alt bist.«

Frederic kroch zu ihm unter die Decke und nachdem Andrej sie um seine Schulter gelegt hatte, schmiegte er sich enger an ihn. Nach einer Weile hörte er auf zu zittern und nach einer weiteren Weile schloss er die Augen und seine Atemzüge wurden langsamer. Er war eingeschlafen.

Und wenigstens für diesen kurzen Augenblick war er nicht mehr als ein verängstigtes, frierendes Kind, das sich im Schlaf an die Schulter eines Erwachsenen kuschelte.

Vielleicht waren es die letzten Tage seines Lebens, in denen er noch Kind sein durfte.

4

Obwohl er es nicht gewollt hatte, war er doch noch eingeschlafen, wenn auch nur kurz. Er erwachte, als sich das Schiff mit einer schwerfälligen Bewegung und einem Geräusch, das an das Seufzen eines müden Wals erinnerte, leicht auf die Seite legte und den Bug in die Strömung drehte. Irgendwo über seinem Kopf erklang ein schweres, nasses Klatschen und graues Licht drang durch seine halb geschlossenen Lider.

Etwas stieß unsanft in seine Rippen. Andrej hob widerwillig die Lider und war nicht überrascht, Abu Dun mit finsterem Gesicht über sich aufragen zu sehen. Der Pirat trug jetzt wieder seinen Turban und aus seinem Gürtel ragte der Griff eines gewaltigen Krummsäbels, auf den er die linke Hand gelegt hatte.

»Wach auf, Hexenmeister«, sagte Abu Dun und stieß ihn abermals mit dem Fuß an; diesmal so hart, dass es wehtat. »Es ist heller Tag und es geziemt sich nicht, dass mein Leibwächter wie ein Hund hier oben an Deck schläft.«

»Mein Name ist Andrej«, murmelte der Angespro-

chene verschlafen. »Und ich bin noch nicht dein Leibwächter. Erst wenn wir unser Ziel erreicht haben.«
Die Nacht war einem Tag gewichen, der nicht wirklich ein Tag war. Klamme Feuchtigkeit hüllte das Schiff ein und die Umgebung war hinter einer grauen Wand verschwunden. Nebel war aufgekommen und es war sehr kalt.

Andrej wartete einen Moment lang vergeblich darauf, dass Abu Dun irgendetwas erwiderte, dann stand er vorsichtig auf, breitete die Decke über Frederic aus, der ungerührt weiterschlief, und entfernte sich ein paar Schritte. Abu Dun folgte ihm. Er sagte nichts, aber in seinen Augen funkelte es spöttisch.

Andrej sah sich mit ärgerlich gerunzelter Stirn um. Abu Duns Männer hatten das Segel gesetzt und arbeiteten schnell, aber sehr präzise, um das plumpe Schiff endgültig in die Strömung zu drehen. Sie hatten bereits Fahrt aufgenommen, aber Andrej konnte das Ufer so wenig sehen wie in der Nacht, denn es wurde anstelle der Dunkelheit nun von einer Wand aus wattigem grauem Nebel verborgen.

»Was soll das, Abu Dun?«, fragte er. »Soll ich ein paar Knoten für dich knüpfen oder deinen Männern helfen, die Segel zu setzen?«

Abu Dun ignorierte seine Worte einfach. Er war wieder stehen geblieben und sah nachdenklich auf Frederic hinab, der sich im Schlaf in die Decke eingedreht und auf die Seite gewälzt hatte.

»Was ist das mit dir und diesem Jungen?«, fragte er. »Ist er wie … wie du?«

»Nein«, antwortete Andrej. Er war ziemlich sicher,

dass Abu Dun spürte, dass er log. Trotzdem fuhr er fort: »Er ist nur ein Junge. Ich mag ihn, das ist alles. Vielleicht, weil er so einsam ist wie ich. Er hat niemanden, weißt du?«

Abu Dun schwieg eine ganze Weile. Dann sagte er etwas, das Andrej erschreckte: »Du solltest dich nicht zu sehr an ihn binden, Delãny. Der Junge ist nicht gut. Etwas Dunkles lauert in seiner Seele.«

»Du bist also nicht nur Pirat und Sklavenhändler, sondern kannst auch in die Seelen von Menschen blicken.« Der Spott klang selbst in Andrejs Ohren schal, und Abu Dun machte sich nicht einmal die Mühe, darauf zu antworten. Er sah nur den schlafenden Jungen einige Augenblicke lang an, dann deutlich länger Andrej und machte eine wegwerfende Handbewegung.

»Der Himmel wird sich lichten, sobald die Sonne ganz aufgegangen ist«, sagte er. »Das Wetter wird gut heute. Wenn wir günstigen Wind haben, werden wir ein gutes Stück Weg schaffen. Wir müssen ...«

Er unterbrach sich, als ihm einer seiner Männer etwas zurief. Andrej verstand nicht was, aber auf Abu Duns Gesicht erschien ein überraschter, vielleicht auch erstaunter Ausdruck.

»Probleme?«, fragte er spöttisch.

Abu Dun winkte ab, aber diesmal wirkte es eindeutig ärgerlich. »Nichts, was dich beunruhigen müsste«, sagte er harsch. »Hast du nicht selbst gesagt, dass du nichts von der Seefahrt verstehst?«

»Aber ich bin für Euer Wohl verantwortlich, Herr«, sagte Andrej spöttisch. »Also gestattet mir, dass ich mir Sorgen mache.«

»Mach dir lieber Sorgen um deine Zunge«, grollte Abu Dun. Aber er lachte bei diesen Worten. Nach einem Augenblick fuhr er fort: »Der Mann im Ausguck glaubt ein anderes Schiff gesehen zu haben.«

»Und was ist daran so ungewöhnlich?«, fragte Andrej. »Ich meine: Wir sind mitten auf der Donau. Dann und wann sollten auf großen Flüssen schon Schiffe gesichtet worden sein.«

»Kein Kapitän, der seine fünf Sinne noch beisammen hat, würde bei diesem Nebel lossegeln«, sagte Abu Dun. »Es ist viel zu gefährlich.«

»Ach?«

Abu Dun spießte ihn mit Blicken regelrecht auf, als er Andrejs Grinsen bemerkte. »Ich bin aus genau diesem Grund losgesegelt«, sagte er. »Weil niemand sonst es täte.«

»Noch einer hat es getan«, antwortete Andrej.

»Ja«, bestätigte Abu Dun. »Und genau das gefällt mir nicht. Bring den Jungen unter Deck, Hexenmeister, und dann komm zurück. Und bring dein Schwert mit – nur für alle Fälle.«

Andrej sah ihn fast bestürzt an. Es überraschte ihn kaum, zu begreifen, dass Abu Dun ihm vielleicht doch etwas verschwiegen hatte. Was ihn beunruhigte, war der besorgte Ausdruck auf Abu Duns Gesicht.

Wortlos drehte er sich zu Frederic herum und schüttelte ihn wach. Im selben Moment, in dem der Junge die Augen aufschlug, wehte ein dumpfer Knall durch den Nebel herüber. Gleichzeitig erscholl ein gellender Schrei; ein Mann stürzte vom Ast herunter und schlug kaum einen Meter neben Abu Dun auf die

Decksplanken. Abu Dun fuhr auf, riss sein Schwert aus dem Gürtel und sprang zur Seite. Er begann in seiner Muttersprache zu brüllen, und überall auf dem Schiff rissen die Piraten ihre Waffen hervor und machten sich zur Verteidigung bereit.

Nur dass es niemanden gab, gegen den sie sich verteidigen konnten. Dem Schuss, der den Mann im Ausguck getötet hatte, folgte kein weiterer. Die graue Wand, die das Piratenschiff einschloss, schien lautlos näher zu kriechen, aber sie spie keine Angreifer aus.

»Was ist geschehen?«, fragte Frederic. »Andrej!«

»Nichts«, antwortete Andrej,. »Ich weiß es nicht. Geh unter Deck, schnell. Und bleib dort, egal, was geschieht. Und tu diesmal, was ich dir sage!«

Frederic blieb einen Moment trotzig stehen, dann drehte er sich um und verschwand mit raschen Bewegungen in der offen stehenden Luke. Andrej wartete, bis er aus seinem Blickfeld verschwunden war, und trat erst dann an Abu Duns Seite.

»Dieser verlogene Christenhund«, sagte Abu Dun gepresst. »Möge der Teufel seine Seele fressen!«

»Ich glaube, das hat er bereits getan«, sagte Andrej. »Falls wir von dem gleichen Mann sprechen: Vater Domenicus.«

Abu Duns Blick fuhr immer hektischer über die stumpfe graue Wand, die das Schiff einschloss. Aus dem Nebel drangen Geräusche, leise und sonderbar gedämpft, aber eindeutig als die eines Schiffes zu identifizieren, das allmählich näher kam.

»Ich hätte wissen müssen, dass er mich hintergeht«, sagte Abu Dun. »Trau niemals einem Christen!«

Er sah auf den toten Seemann neben sich und Andrej folgte seinem Blick. Der Mann war aus mehr als zehn Metern Höhe herabgefallen und musste sich alle Knochen gebrochen haben, aber davon war er nicht gestorben: Seine Brust war voller Blut. Er war erschossen worden. Und das bedeutete, dass die Angreifer nahe waren. Sie befanden sich in der Mitte des Flusses. Selbst der beste Schütze hätte den Mann nicht vom Ufer aus treffen können.

»Da!«

Abu Dun deutete nach rechts. Eine plötzliche Windböe riss den Nebel auseinander und aus den grauen Fetzen tauchte ein riesiges Schiff auf, dessen Rumpf und Segel vor Nässe glänzten. In seinem Bug, der das Deck des Piratenseglers um mindestens zwei Meter überragte, standen drei hoch aufgerichtete Gestalten. Andrejs Atem stockte, als er den Schriftzug las, der am Bug des Schiffes prangte: ›Möwe‹.

Es war Vater Domenicus' Schiff.

»Hund!«, sagte Abu Dun hasserfüllt. »Verdammter, verräterischer Hund! Dafür töte ich ihn! Macht euch bereit! Sie wollen uns entern!«

Andrej teilte seine Meinung nicht. Die ›Möwe‹ hielt weiter auf sie zu, doch nun, als er den ersten Schrecken überwunden hatte, sah er auch, dass das Schiff nicht annähernd so riesig war, wie es im ersten Moment den Anschein gehabt hatte. Sein Deck lag ein gutes Stück höher als das des Sklavenseglers, aber es war viel kleiner und es war kein Kriegsschiff, sondern ein plumper Frachter.

»Da stimmt etwas nicht«, sagte er.

Abu Dun nickte grimmig. Er mochte ein Mörder sein, aber er war kein Dummkopf. »Vielleicht glaubt er ja, dass sein Christengott ihn beschützt«, sagte er. »Also gut, dann entern wir ihn. Ich will diesen Pfaffen lebendig, hört ihr?«

Den letzten Satz hatte er geschrien, aber seine Männer machten auch jetzt keine Anstalten, seinem Befehl zu folgen. Denn der Wind frischte auf und eine weitere Böe riss den Nebel endgültig auseinander und gewährte ihnen einen Blick auf ein zweites, viel größeres Schiff, das aus der anderen Richtung auf sie zuhielt.

Diesmal war Andrej nicht sicher, ob er das Schiff tatsächlich sah oder in eine schreckliche Vision hinabglitt.

Das Schiff sah aus, als hätte die Hölle selbst es ausgespien.

Es war schwarz. Es musste mindestens doppelt so groß sein wie Abu Duns Sklavensegler. Die Reling war mit runden Schilden und gefährlich aussehenden metallenen Dornen gespickt. Auch Segel und Takelage waren schwarz. Das Einzige, was nicht schwarz an ihm war, war ein riesiger feuerroter Drache, der auf dem Hauptsegel prangte.

»Scheijtan!«, keuchte Abu Dun. Scheijtan – das arabische Wort für Teufel.

»Nicht ganz«, murmelte Andrej. »Aber ich fürchte, du bist nahe dran.« Mühsam riss er seinen Blick von dem schwarzen Segler los und deutete wieder zur ›Möwe‹.

Vater Domenicus' Schiff war mittlerweile nahe genug herangekommen, dass er die drei Männer erkennen konnte, die in seinem Bug standen. Domenicus und seine beiden dämonischen Krieger, die Männer in den goldenen Rüstungen. Domenicus stand zwar hoch aufgerichtet zwischen den beiden goldenen Rittern, aber nur, weil diese ihn unter den Armen ergriffen hatten und ihn stützten. Die Verletzung, die Frederic ihm zugefügt hatte, war offenbar noch lange nicht verheilt.

»Da sind sie!«, schrie Domenicus. »Tötet sie! Verbrennt die Teufelsbrut! Tötet sie alle!« Er machte eine wedelnde Bewegung mit dem linken Arm, die ihn um ein Haar das Gleichgewicht gekostet hätte, und hinter der Reling des schwarzen Seglers erschien eine einzelne, bizarre Gestalt.

Der Mann war riesig. Er musste weit über zwei Meter messen und Andrej war nicht einmal sicher, dass es sich wirklich um einen Mann handelte, denn sein Gesicht war so wenig zu erkennen wie irgendetwas von seinem Körper. Er trug eine dunkelrote Rüstung, die die Farbe geronnenen Blutes hatte und über und über mit fingerlangen Stacheln und Dornen gespickt war. Sein Gesicht verbarg sich hinter einem Visier, das der Form nach einem mythischen Fabelwesen nachempfunden worden war. Vermutlich war es der Drache, den das Schiff auch im Segel führte.

»Verbrennt die Hexen!«, schrie Domenicus mit schriller, fast überschnappender Stimme.

Der rote Ritter hob den Arm. Hinter ihm glomm ein winziger, aber höllisch weißer Funke auf dem Deck des Schiffes auf. Andrej schloss geblendet die Augen und wandte sich ab, aber es nutzte nichts.

Aus dem Funken wurde eine Linie aus orangerotem Feuer, die wie ein glühender Finger in die Höhe und dann wieder hinunter und nach dem Piratenschiff griff. Sie bewegte sich träge, fast gemächlich und sie war zu kurz gezielt: Der Halbkreis aus flüssigem Feuer verfehlte das Schiff und prallte zwei Meter vor dem Bug aufs Wasser.

Die Flammen erloschen nicht.

Andrej beobachtete fassungslos, dass das Wasser das Feuer nicht löschte, sondern das Feuer den Fluss in Brand setzte!

Abu Dun sog ungläubig die Luft zwischen den Zähnen ein. »Was ist das?!«, keuchte er. »Das ist Zauberei!«

Nicht ganz, dachte Andrej entsetzt. Aber es kommt ihr nahe. »Griechisches Feuer!«, murmelte er. »Großer Gott, das ist Griechisches Feuer!«

Abu Duns Antwort ging in einem gellenden Schrei unter. Der Feuerstrahl war weiter gewandert, berührte den Bug des Schiffes und setzte die Reling in Brand. Die Männer prallten entsetzt zurück, aber einer der Piraten reagierte nicht schnell genug. Nur ein Spritzer der brennenden Flüssigkeit berührte sein Gewand, aber schon dieser winzige Spritzer reichte, ihn wie eine lebende Fackel auflodern zu lassen. Schreiend torkelte der Mann einige Schritte zurück und brach zusammen, während vor ihm der gesamte Bug des Schiffes in Flammen aufging.

»Bei Allah!«, keuchte Abu Dun. »Bringt euch in Sicherheit! Ins Wasser!«

Falls seine Männer die Worte über dem Prasseln der Flammen und dem Chor gellender Schreie überhaupt hörten, so blieb ihnen keine Zeit mehr, darauf zu reagieren. Der Finger aus flüssigem Höllenfeuer wanderte weiter und setzte das gesamte Vorderschiff in Brand. Die Hitze war selbst hier so unerträglich, dass Andrej abwehrend die Arme vor das Gesicht riss und für einen Moment keine Luft mehr bekam. Zwei, drei weitere von Abu Duns Männern wurden von den brodelnden Flammen ergriffen und verzehrt, den anderen gelang es, sich in Sicherheit zu bringen, und auch Andrej erwachte endlich aus seiner Erstarrung. Er fuhr herum und rannte mit Riesenschritten auf die Luke zu, in der Frederic verschwunden war.

»Lauft!«, schrie er. »Bringt euch in Sicherheit!«

Aber wie? Er wusste, dass das Schiff verloren war. Nichts, keine Macht der Welt, konnte Griechisches Feuer löschen. Der gesamte Bug des Schiffes stand bereits in hellen Flammen, die erst dann erlöschen würden, wenn es nichts mehr gab, was sie verzehren konnten. Wer immer an Bord des Drachenseglers die teuflische Maschinerie bediente, die einen längst vergessen geglaubten Schrecken aus vergangener Zeit auf das Schiff schleuderte, er tat es mit erschreckender Präzision. Der Feuerstrahl fraß sich durch das Vorderdeck des Schiffes, spritzte lodernde Flammen in die Takelage und setzte die Segel in Brand.

Andrej hatte Abu Dun längst aus den Augen verloren. Die Hitze war beinahe unerträglich. Er stürmte die Treppe hinunter und sah gerade noch, wie Frederic die schwere Tür zum Sklavenquartier aufschob, eine Aufgabe, die seine gesamte Kraft zu beanspruchen schien.

»Nein!«, brüllte er. »Nicht!«

Frederic hielt mitten in der Bewegung inne und drehte sich verwirrt zu ihm um. Er hatte offensichtlich keine Ahnung, was direkt über seinem Kopf geschah. Andrej war mit einem einzigen gewaltigen Satz bei ihm und riss ihn zurück.

»He!«, schrie Frederic. »Was …?«

Die Hitze war mittlerweile selbst hier unten zu spüren. Ein böses, loderndes Licht füllte die Luke aus, durch die Andrej heruntergekommen war. Er hatte keine Zeit für irgendeine Erklärung. Ohne auf Frederics Widerstand zu achten, zerrte er ihn herum, riss ihn in die Höhe und trug ihn zur Treppe zurück. Hitze schlug ihm wie eine unsichtbare Hand entgegen und nahm ihm den Atem, aber er stürmte weiter.

Das Deck war eine Hölle aus Hitze, Licht, Schreien und tobender Bewegung. Frederic stieß einen keuchenden Schrei aus. Andrej versuchte erst gar nicht, sich zu orientieren, sondern rannte blindlings in die Richtung, in der das Licht am wenigsten grell war und ihm die Hitze nicht das Gesicht verbrannte. Eine in Flammen gehüllte Gestalt torkelte vorüber und brach zusammen, dann prallte Andrej gegen die Reling und wäre fast gestürzt. Ohne darüber nachzudenken, was er tat, schleuderte er Frederic in hohem Bogen über die Reling, fort von dem grausamen, verzehrenden Licht.

»Schwimm!«, schrie er. »Zum Ufer!«

Noch bevor Frederic mit einem gewaltigen Platschen im Wasser verschwand, schwang auch er sich über die Reling und sprang von Bord.

Nach der grausamen Hitze, die auf dem Deck des Piratenseglers geherrscht hatte, war das eisige Wasser ein Schock. Andrej schnappte instinktiv nach Luft, schluckte Wasser und spürte, wie sein Herz aus dem Takt geriet, während er von der Wucht des Aufpralls meterweit unter die Wasseroberfläche gedrückt wurde.

Automatisch begann er zu paddeln, kam wieder nach oben und rang keuchend nach Luft, als er die Wasseroberfläche durchbrach. Die Luft verbrannte seine Kehle und füllte seine Lungen mit weißem, flüssigem Schmerz. Er schrie, ging abermals unter und kam irgendwie wieder nach oben, ohne zu wissen, wo er war und in welche Richtung er sich bewegte.

Neben ihm war plötzlich eine Gestalt, eigentlich nur eine Bewegung. Er glaubte, es sei Frederic, griff zu und spürte, dass er sich getäuscht haben musste. Die Gestalt war zu groß, viel zu schwer und vollkommen reglos. Der Mann war ohnmächtig oder bereits tot. Statt ihn jedoch loszulassen, drehte sich Andrej auf den Rücken, lud sich den Mann so auf die Brust, dass sein Gesicht über Wasser blieb und er atmen konnte, und schwamm los.

Er konnte nur hoffen, dass er sich in die richtige Richtung bewegte.

Diesmal war das Schicksal ausnahmsweise auf seiner Seite gewesen. Schon nach wenigen Augenblicken hatte ihn die an dieser Stelle außergewöhnlich starke Strömung ergriffen. Er hatte nicht versucht, dagegen anzukämpfen, sondern war nur bemüht gewesen, in einen möglichst gleichmäßigen und Kräfte sparenden Rhythmus zu gelangen.

Der Fluss war an dieser Stelle voller Wirbel und reißender Unterströmungen, die einen Schwimmer meilenweit davontragen konnten, aber es gab unweit des Ufers eine Felsgruppe, an der sich das Wasser brach, bis es in größer und langsamer werdenden Spiralen ans Ufer schwappte.

Andrej erreichte die Stelle mit letzter Kraft, schleppte sich auf den sanft ansteigenden Streifen aus nassem Sand und kleinen, scharfkantigen Steinen und zerrte mit einer Hand den Mann hinter sich her, den er gerettet hatte. Er bemerkte erst jetzt, dass es Abu Dun war. Er war ohne Bewusstsein, atmete aber, und Andrej verwandte sein letztes bisschen Kraft darauf, ihn an Land zu bringen und auf die Seite zu drehen. Dann fiel er auf den Rücken und war für die nächsten Minuten zu nichts anderem mehr fähig, als in den Himmel zu starren und in tiefen, gierigen Zügen ein- und auszuatmen.

Eine Reihe qualvoller, würgender Geräusche riss ihn in die Wirklichkeit zurück. Mühsam stemmte er sich hoch, drehte den Kopf und sah, dass Abu Dun sich ebenfalls halb aufgerichtet hatte und sich keuchend ins Wasser übergab.

Der Anblick ließ auch in ihm Übelkeit aufsteigen. Hastig drehte er den Kopf in die andere Richtung und sah auf den Fluss hinaus.

Der Nebel hatte sich weiter aufgelöst, wenn auch nicht vollkommen. Der graue Dunst, der über dem

Wasser hing, reichte gerade aus, die Konturen der Dinge zu verwischen und die Szenerie noch gespenstischer erscheinen zu lassen.

Der Sklavensegler hatte sich in einen schwimmenden Scheiterhaufen verwandelt. Er brannte lichterloh vom Bug bis zum Heck. Takelage und Segel hatten sich in der infernalischen Hitze des Griechischen Feuers längst aufgelöst und gerade, als Andrejs Blick ihn streifte, brach der Mast brennend in zwei Teile und stürzte ins Wasser. Selbst der Fluss brannte.

Sowohl die ›Möwe‹ als auch der schwarze Drachensegler waren wieder auf respektvollen Abstand gegangen, um nicht von dem Inferno erfasst zu werden, dass sie selbst entfesselt hatten. Sie kamen Andrej vor wie zwei Raubtiere, die ihre Beute geschlagen hatten und nun geduldig abwarteten, bis sie ausgeblutet und ihr Todeskampf vorüber war.

An Bord des Piratenschiffes konnte niemand überlebt haben. Andrej erinnerte sich an die Hitze, die selbst zehn Meter entfernt im Wasser schier unerträglich gewesen war. Niemand konnte diese Hölle länger als einige Augenblicke überstehen. Andrej betete, dass es so war.

Sein Blick suchte die ›Möwe‹. Sie befand sich noch immer auf der anderen Seite des brennenden Piratenschiffes und das gleißende Licht ließ sie zu einem bloßen Schemen werden, sodass er die drei Gestalten, die hoch aufgerichtet in ihrem Bug standen, nicht erkennen konnte. Vermutlich waren sie schon gar nicht mehr da, sondern vor der Hitze geflohen, die selbst in zwanzig oder dreißig Metern Entfernung noch enorm sein musste. Er stellte sich Vater Domenicus' Gesicht so deutlich vor, als stünde dieser Teufel im Inquisitor-Gewand auf Armeslänge vor ihm. *Verbrennt die Hexen!* Und sie waren tot. Seine Familie, beinahe jeder, den er gekannt hatte, jeder, der seines Blutes gewesen war, war ausgelöscht. Nun gab es nur noch ihn und Frederic. *Verbrennt die Hexen!*

»Du wirst mir jetzt sagen, was du geplant hattest, Pirat«, sagte er, leise, kalt und mit einer Stimme, die so schneidend war wie Stahl.

Abu Dun hatte aufgehört sich zu übergeben, und starrte wie er aus glasigen Augen auf den Fluss hinaus. Sein Gesicht war mit großen Brandblasen übersät.

»Wir hatten nichts …«

»Sag es mir, Abu Dun!«, unterbrach ihn Andrej. »Oder bei Gott, ich schwöre dir, dass ich dir das Herz herausreiße und dich dabei zusehen lasse!«

Er sprach nicht sehr laut und in seiner Stimme war fast kein Gefühl, aber vielleicht war es gerade das, was Abu Dun erkennen ließ, wie bitter ernst diese Worte gemeint waren. Der Pirat schwieg noch eine Weile, dann riss er seinen Blick mit erkennbarer Mühe von dem lodernden Scheiterhaufen los, der im Fluss schwamm.

»Wir hatten nichts geplant«, murmelte er. »Domenicus' Schergen haben mich hierher bestellt. Wir wollten uns treffen, eine knappe Tagesreise weiter flussaufwärts.«

»Wozu?«

»Sie haben gesagt, sie hätten einen Käufer für die Sklaven«, antwortete Abu Dun. »Einen Mann, der einen guten Preis für kräftige Arbeiter und fleißige Weibsstücke zahle.«

»Und warum hat er sie dann nicht selbst zu ihm gebracht?« Andrej beantwortete sich seine Frage: Ein Inquisitor, der mit Sklaven handelte? Ausgeschlossen!

»Er hat das geplant«, murmelte Abu Dun. »Dieser ... dieser verlogene Hund! Er wollte uns alle töten! *Mich!*«

Verbrennt die Hexen!

Einen ganz kurzen Moment lang hatte sich Andrej gefragt, ob Domenicus vielleicht von Abu Duns plötzlichem Sinneswandel erfahren hatte und dieser heimtückische Überfall seine Antwort darauf war. Aber selbstverständlich war das unmöglich. Der Drachensegler war nicht aus dem Nichts aufgetaucht. Eine Falle wie die, in die sie gelaufen waren, bedurfte langer und sehr sorgfältiger Vorbereitung.

Er löste seinen Blick von der ›Möwe‹ und dem brennenden Schiff davor und wandte sich dem Drachensegler zu. So wenig er Vater Domenicus und die beiden goldenen Ritter wirklich erkennen konnte, umso deutlicher sah er den Riesen in der blutfarbenen Rüstung. Sie verfehlte ihre Wirkung nicht.

»Ich werde ihn töten«, sagte Abu Dun. »Und wenn es das Letzte ist, was ich tue.«

»Nein«, sagte Andrej leise. »Das wirst du nicht, Pirat.« Er stand auf. »*Ich* werde es tun. Zuerst ihn und dann Domenicus und seine beiden Schergen.« Er legte eine hörbare Pause ein, in der er Abu Dun durchdringend und eisig ansah. »Und wenn es sein muss, jeden, der sich mir in den Weg stellt.«

Abu Dun wirkte für einen Moment regelrecht erschrocken, dann drehte er sich herum und schöpfte mit den Händen Wasser aus dem Fluss, um sich das Gesicht zu waschen.

»Ich habe mich noch gar nicht bei dir bedankt, dass du mir das Leben gerettet hast, Hexenmeister«, sagte er. »Ich werde dir zum Dank zwei Monate von deiner Schuld erlassen – oder sagen wir besser drei. Niemand soll Abu Dun nachsagen, dass ihm sein eigenes Leben nichts wert ist.«

»Schuld?« Andrej schüttelte den Kopf. »Ich schulde dir nichts, Pirat. Unser Handel ist hinfällig. Deine *Ware* ist gerade verbrannt.«

»Und du sagst, *ich* wäre ein harter Verhandlungspartner?« Abu Dun spie ins Wasser, stand auf und zog eine Grimasse, als er mit spitzen Fingern die Brandblasen auf seinem Gesicht betastete.

»Du hast mich gerettet und den Jungen nicht«, sagte er nachdenklich.

»Frederic kann auf sich selbst aufpassen«, antwortete Andrej. Er starrte weiter in Richtung des Drachenseglers. Auf dem großen Schiff waren mittlerweile gut zwei Dutzend Männer erschienen, aber Andrej hatte nur Augen für den Mann in der blutfarbenen Rüstung.

»Der Junge ist so wie du«, sagte Abu Dun. »Warum überrascht mich das nicht? Er wird trotzdem nicht besonders erfreut sein, dass du ihn im Stich gelassen hast, um das Leben eines Piraten zu retten.«

»Er ist vor allem nicht so geduldig wie ich.« Andrej antwortete, ohne eigentlich zu wissen, was er sagte.

Sein Blick brannte sich währenddessen geradezu in den Drachenritter ein. Der Mann stand reglos wie eine aus rotem Stein gemeißelte Statue im Bug seines unheimlichen schwarzen Schiffes, das Gesicht in Richtung des brennenden Piratenseglers gerichtet, und trotzdem hatte Andrej das Gefühl, dass er wusste, wer ihn vom Ufer aus beobachtete. Eine spürbare Bosheit schien von der Gestalt in der roten Rüstung auszugehen; reine Gewalt, die Gestalt angenommen hatte.

»Soll das eine Warnung sein?«

»Nein«, antwortete eine Stimme aus dem Wald hinter ihnen, bevor Andrej es tun konnte. »Ein Versprechen. Gib mir einen Grund und ich reiße dir die Kehle heraus und trinke dein Blut.«

Frederic stolperte aus dem Wald heraus und kam mit kleinen, ein wenig unsicher wirkenden Schritten auf ihn zu.

»Frederic«, sagte Andrej müde.

Frederic sah aus zornig funkelnden Augen zu ihm hoch, aber er sagte nichts mehr, sondern ging wortlos an ihm und Abu Dun vorbei und stieg auf einen Felsen, der in Ufernähe aus dem Sand ragte. Es war vollkommen unnötig. Er musste das nicht tun, um freie Sicht auf den Fluss und das brennende Schiff zu haben; Andrej kam sein Verhalten seltsam unangemessen vor. Vor allem, als er in sein Gesicht sah. Frederic war nicht entsetzt. Da war keine Trauer. Kein Zorn. Nicht einmal diese schreckliche, saugende Leere, die Andrej am Anfang gefühlt hatte und auch jetzt noch fühlte. Obwohl ihn der bloße Gedanke entsetzte, schien ihm alles, was er auf Frederics Gesicht erblickte, so etwas wie gelindes Interesse zu sein. Er betrachtete den Tod all seiner Freunde und Verwandten auf die gleiche Weise, mit der er einem eindrucksvollen, aber nicht besonders originellen Schauspiel gefolgt wäre.

»Wir sollten von hier verschwinden«, sagte Abu Dun. »Dieser Teufel wird vielleicht das Ufer absuchen lassen, um sicher zu gehen, dass es keine Überlebenden gibt.«

»Das braucht er nicht«, sagte Andrej leise. »Er weiß, dass wir hier sind.«

Und als hätte er seine Worte gehört, drehte sich der Ritter in der stachelbewehrten roten Rüstung herum und sah ihn an.

5

Nicht nur wegen Abu Duns Befürchtung, Domenicus und sein unheimlicher Verbündeter könnten das Ufer nach Überlebenden absuchen, brachen sie kurze Zeit später auf. Sie bewegten sich flussaufwärts, entgegen der Strömung, die sie ans Ufer getragen hatte. Wäre es nach Frederic gegangen, dann wären sie unverzüglich wieder ins Wasser gestiegen, um zur ›Möwe‹ und anschließend zum Drachensegler zu schwimmen und furchtbare Rache für den Tod der Delānys zu nehmen. Auch ein Teil von Andrej schrie nach Blut, so laut, dass es ihm immer schwerer fiel, die Stimme zu überhören. Auch er wollte die beiden goldenen Ritter und vor allem Vater Domenicus tot sehen. Aber es wäre töricht gewesen, diesem Wunsch auf der Stelle nachzugeben.

Schon, weil sie diesen Kampf verloren hätten.

»Was hast du jetzt vor?«, fragte Frederic, nachdem sie eine Weile unterwegs waren. Da sich der Nebel vollends gehoben hatte, waren nicht nur die beiden ungleichen Schiffe deutlich zu erkennen gewesen – auf der ›Möwe‹ und dem Drachensegler musste nur jemand mit nicht einmal allzu scharfen Augen in ihre Richtung blicken, um sie sofort zu sehen, sodass sie gezwungen waren, sich im Schutz des Waldes fortzubewegen. Ihr Tempo war dadurch noch weiter gesunken.

»Ich meine, nur wenn die Frage gestattet ist und ich nicht zu unwürdig und dumm bin, um Kenntnis von deinen genialen Plänen zu haben«, fuhr Frederic in bösem Tonfall fort, als Andrej nicht sofort antwortete. Diese Worte waren die ersten, die er gesprochen hatte, seit sie aufgebrochen waren. Aber er hatte auf eine ganz bestimmte Art geschwiegen, die Andrej nicht gefiel.

»Du bist vor allem ein Kind, das sich am Rande einer Tracht Prügel bewegt«, sagte Abu Dun, als klar wurde, dass Andrej auch jetzt nicht antworten würde. »Lehrt man Kinder bei euch, so mit Erwachsenen zu reden?«

Frederic würdigte ihn nicht einmal einer Antwort, sondern schenkte ihm nur einen verächtlichen Blick. Dann wandte er sich noch einmal und in noch herausfordernder Art an Andrej: »Also? Was haben wir vor?«

»Etwas sehr Wichtiges«, sagte Andrej mit fast ausdrucksloser Stimme. »Am Leben zu bleiben.«

»Oh«, machte Frederic in höhnisch gespielter Überraschung. »Warum hast du das nicht gleich gesagt? Das ist also dein großartiger Plan?«

»Ja«, sagte Andrej. »Das ist er.« Er war nicht einmal sonderlich wütend über den unverschämten Ton des

Jungen, aber er musste sich trotzdem beherrschen, um ihm nicht die Tracht Prügel zu verabreichen, die Abu Dun ihm gerade angedroht hatte.

»Aber wenn du vor Tatendrang gar nicht mehr weißt, was du tun sollst, dann lauf in den Wald und such ein bisschen trockenes Feuerholz. Wir sind weit genug entfernt. Ich möchte rasten und meine Kleider trocknen.«

»Ein Feuer!«, höhnte Frederic. »Was für eine wunderbare Idee. Damit man den Rauch von den Schiffen aus sieht und sie uns nicht erst umständlich zu suchen brauchen!«

Andrej konnte ein Feuer entzünden, das ohne Rauch brannte, und Frederic wusste das sehr genau. Trotzdem antwortete er: »Dann hättest du doch, was du dir wünschst.« Er schüttelte müde den Kopf und schnitt Frederic mit einer entsprechenden Geste das Wort ab, als dieser etwas erwidern wollte. »Geh!«

Natürlich gehorchte Frederic nicht sofort, sondern starrte ihn noch einen Moment aus trotzig funkelnden Augen an, aber dann wandte er sich um und verschwand mit stampfenden Schritten im Wald.

Abu Dun sah ihm kopfschüttelnd nach. »Warum legst du den Bengel nicht übers Knie und ziehst ihm den Hosenboden stramm?«, fragte er.

»Lass ihn«, sagte Andrej leise. »Er ist verzweifelt, das ist alles. Es war seine Familie, die auf dem Schiff verbrannt ist.«

»Verzweiflung ist noch lange kein Grund, seinen Verstand abzuschalten«, knurrte Abu Dun. »Man kann keine Rache üben, wenn man tot ist.«

Statt zu antworten, deutete Andrej mit einer Kopfbewegung auf eine Gruppe halb mannshoher Findlinge in vielleicht hundert Schritten Entfernung, die fast bis ans Wasser heranreichten und durch eine Laune des Zufalls so angeordnet waren, dass sie ihnen einen perfekten Sichtschutz zu den beiden Schiffen hin boten.

Abu Dun runzelte die Stirn, widersetzte sich aber nicht, sondern folgte ihm zu der bezeichneten Stelle. Erst, als Andrej sich nach einem letzten sichernden Blick zu den Schiffen hin zwischen den Felsen niedergelassen hatte, knüpfte er an das unterbrochene Gespräch an.

»Diese drei Ritter, die Domenicus begleiten – sie sind wie du, habe ich Recht?«

»Zwei«, sagte Andrej ruhig. »Es sind nur zwei.«

Abu Dun setzte sich mit untergeschlagenen Beinen neben ihn und schüttelte heftig den Kopf. »Du bist schlecht informiert, Hexenmeister«, sagte er. »Du solltest deine Feinde kennen. Es sind drei. Ich habe sie selbst gesehen.«

»Sie waren zu dritt«, erwiderte Andrej. »Ich habe einen von ihnen getötet.«

»Dann sind sie nicht unsterblich.«

»Doch«, sagte Andrej. Er wollte nicht reden, aber Abu Dun war offensichtlich nicht gewillt, einfach nachzugeben.

Der Pirat machte ein verwirrtes Gesicht. »Das verstehe ich nicht«, sagte er. »Erst sagst du, sie sind wie du, und dann wieder ...« Er schwieg einen Moment und ein sonderbares Funkeln erschien in seinen Augen.

»Ich verstehe«, murmelte er.

»Das glaube ich nicht.«

»Ihr seid gar nicht unsterblich«, fuhr Abu Dun unbeeindruckt fort. »Man kann euch töten.«

»Vielleicht«, sagte Andrej. »Aber bevor du jetzt etwas tust, was dich womöglich deinen Hals kostet, lass dir gesagt sein, dass es nicht leicht ist, einen von uns umzubringen. Selbst ich kenne nur eine sichere Methode.«

»Würdest du sie mir verraten?«, fragte Abu Dun mit ernstem Gesicht.

Andrej sah ihn kurz skeptisch an und musste dann gegen seinen Willen lachen.

»Ich werde nicht schlau aus dir, Pirat«, sagte er. »Was bist du? Dumm oder nur dreist?«

»So ähnlich geht es mir auch«, antwortete Abu Dun grinsend. »Ich verstehe allmählich die Welt nicht mehr. Bis jetzt habe ich geglaubt, dass jeder Mann mit einem guten Messer zu töten ist. Dann habe ich dich kennen gelernt, und als wäre das nicht genug ...«, er suchte nach Worten, »... *wimmelt* es plötzlich rings um mich herum von Hexenmeistern, die nicht zu töten sind. Das ist verrückt!«

»Was willst du?«, fragte Andrej, noch immer mit einem leisen Lächeln in der Stimme, aber mit ernstem Blick. »Wieso bist du noch bei uns?«

»Die Frage ist, was willst *du*?«, entgegnete Abu Dun. »Ich bin jetzt ein mittelloser Mann. Das Schiff und seine Ladung waren alles, was ich besaß. Ich kann nicht einfach in meine Heimat zurückkehren.«

»Weil du ohne dein Vermögen und eine Bande von Halsabschneidern in deiner Begleitung nicht sicher wärst«, vermutete Andrej. »Mir bricht das Herz, Abu Dun.«

Der Pirat grinste noch breiter, aber die nässenden Brandblasen auf seinem Gesicht ließen das Grinsen eher zu einer erschreckenden Grimasse werden. »Es tut gut zu wissen, dass man noch Freunde hat.«

»Wir sind keine Freunde«, antwortete Andrej. »Und du solltest dir das auch nicht wünschen, Pirat. Meine Freundschaft bringt nur zu oft den Tod. Wir werden uns trennen. Du kannst dich an unserem Feuer aufwärmen und deine Kleider trocknen, aber danach geht jeder von uns seiner Wege.«

Abu Dun seufzte. »Und wohin führen dich deine Wege?«

»Warum willst du das wissen?«, fragte Andrej. »Es lohnt nicht mehr, uns auszurauben. Wir haben nichts mehr, was man uns noch nehmen könnte.«

»Jetzt bist du es, der *mir* das Herz bricht«, sagte Abu Dun seufzend. »Aber wer weiß ... vielleicht habe *ich* ja etwas, das *du* haben willst?«

»Und was sollte das sein?«

Abu Dun schüttelte den Kopf. »Nicht so vorschnell, Delány. Wenn wir einen Handel abschließen, muss ich erst sicher sein, auch auf meine Kosten zu kommen. Ich kann es mir nicht mehr leisten, großherzig zu sein.«

Andrej hatte bisher gar nicht gewusst, dass Abu Dun dieses Wort überhaupt kannte. Und er war auch ziemlich sicher, dass Abu Dun nichts hatte, was ihm oder Frederic von Nutzen sein konnte. Wahrscheinlich wollte der Pirat einfach nur im Gespräch bleiben.

Aber was hatte er schon zu verlieren, wenn er ihm zuhörte?

»Was verlangst du? Vielleicht, dass ich dich am Leben lasse?«

»Mein Leben? Das habe ich dir jetzt schon ein paar Mal abgeschachert. Eine Ware verliert rasch an Wert, wenn man zu leichtfertig damit wuchert.«

»*Abu Dun!*«

»Schon gut.« Der Pirat hob die Hände vors Gesicht, als hätte er Angst, dass Andrej ihn schlug. »Nun lass mir doch meinen Spaß. Handeln gehört nun mal zum Geschäft. Wo bleibt denn da der Spaß, wenn man vorher nicht ein bisschen feilscht?«

Andrej war für einen Moment unschlüssig, ob er laut lachen oder Abu Dun die Faust auf die Nase schlagen sollte. Der Pirat amüsierte ihn, aber das durfte nicht sein. Abu Dun war ein Mörder und Sklavenhändler und vermutlich noch einiges mehr. Er durfte nicht zulassen, dass ihm dieses Ungeheuer in Menschengestalt sympathisch wurde!

»Also gut«, sagte Abu Dun. »Höre zuerst, was ich verlange. Ich will dich begleiten. Wenn schon nicht als dein Freund, dann als dein ... ach, such dir was aus.«

»Begleiten?«

»Begleiten?«, fragte Andrej noch einmal. »Aber ich weiß ja selbst noch nicht einmal, wohin ich will.«

»Siehst du? Das ist genau meine Richtung. Lass mich eine Weile mit dir ziehen. Ich verlange nichts.«

»Da du bisher auch nichts geboten hast, ist das ein fairer Preis«, sagte Andrej. Er begann allmählich den Spaß an dem Spiel und damit die Geduld zu verlieren.

»Vielleicht weiß ich ja, wohin du willst«, sagte Abu Dun. »Du suchst Rache, nicht wahr? Ich kann dir dazu verhelfen.«

»Und wie?«

»Der Mann in der roten Rüstung.«

Andrejs Interesse erwachte schlagartig. »Der Drachenritter? Du weißt, wer er ist?«

»Nicht wer«, antwortete Abu Dun hastig. »Aber was.«

»Verdammt, sprich endlich!«, herrschte Andrej ihn an. »Wer ist dieser Mann? Woher kennst du ihn?«

»Was, nicht wer«, korrigierte ihn Abu Dun noch einmal. »Die Ritter des Drachenordens. Sie kämpfen gegen Selics Truppen wie gegen alle Osmanen, aber man sagt, dass sie auch ihre eigenen Landsleute abschlachten, wenn gerade keine Muselmanen zur Stelle sind.«

»Der Drachenorden?«, wiederholte Andrej. Er suchte konzentriert in seinem Gedächtnis, aber da war nichts. »Von dem habe ich noch nie gehört.«

»Seine Männer sind berüchtigt für ihre Grausamkeit«, sagte Abu Dun. »Man sagt, sie hätten noch nie eine Schlacht verloren. Aber es sind nicht viele.«

»Eine Schlacht?« Andrej verzog angewidert das Gesicht. »Das war keine Schlacht, Abu Dun. Er hat meine Leute verbrannt wie ... wie *Vieh!*«

»So wie meine«, pflichtete ihm Abu Dun bei. »Aber urteile nicht vorschnell, Delány. Ich will ihn nicht verteidigen, aber wenn man zu sehr darauf versessen ist, den Falschen zu bestrafen, dann kommt der wirklich Schuldige vielleicht am Ende davon.«

Für einen Mann wie Abu Dun war dies ein überraschend weitsichtiger Gedanke, fand Andrej. Er hatte nicht vergessen, was Domenicus gerufen hatte. *Verbrennt die Hexen!* Er würde es nie vergessen.

»Und wo finde ich diese ... Drachenritter?«, fragte er.

»Das ist es ja, was ich nicht verstehe«, sagte Abu Dun. »Wir sind viel zu weit im Osten. Sie herrschen über einen kleinen Teil des Gebiets, das zwischen Ost-, Süd- und Westkarpaten eingebettet ist ... Die Sieben Burgen nennt ihr es, glaube ich.«

Er meinte ganz offensichtlich Siebenbürgen, den östlichen Teil der Walachei, dachte Andrej, der von einigen Menschen auch Transsilvanien genannt wird: Das Land jenseits der Wälder. »Was tut der Ritter dann hier?«

»Das ist eine interessante Frage«, sagte Abu Dun. »Auch ich weiß nicht viel über die Drachenritter. Nur so viel eben, dass sie ihre Ländereien selten verlassen sollen, außer im Krieg. Aber ich habe niemals gehört, dass einer von ihnen so weit im Osten gesehen worden wäre.« Er lachte leise. »Es wäre auch tollkühn.«

»Warum?«

»Sultan Selic hat einen hohen Preis auf den Kopf jedes Drachenritters ausgesetzt«, antwortete Abu Dun. »Und bei ihren eigenen Landsleuten sind sie auch nicht sonderlich beliebt.«

»Ein Zustand, den du ja kennen dürftest.«

»Ich habe niemals Menschen getötet, nur weil es mir Freude bereitet«, antwortete Abu Dun. »Ich bin kein Heiliger. Ich bin nicht einmal ein ehrlicher Mann.

Aber glaube mir, im Vergleich zu den Drachenrittern bin ich ein Ausbund an Frömmigkeit und Sanftmut.« Er machte ein nachdenkliches Gesicht. »Dein Freund Domenicus war nicht gut beraten, sich mit ihnen einzulassen. Wie immer der Handel war, den er mit ihnen geschlossen hat: Er wird dabei schlechter stehen.«

Andrej glaubte ziemlich genau zu wissen, warum Domenicus den Piratensegler in diese teuflische Falle gelockt hatte. Er hatte niemals vorgehabt, die Delānys leben zu lassen. Aber selbst in seiner Position als Vertreter der Heiligen Römischen Inquisition konnte er es sich kaum leisten, einhundert Menschen in aller Öffentlichkeit abzuschlachten. Wenn sie hingegen von einem Sklavenhändler verschleppt wurden und bei einem Befreiungsversuch starben … Und wenn besagter Sklavenhändler und seine gesamte Besatzung dabei gleich mit ums Leben kamen – umso besser. Er verstand nur noch nicht ganz, welche Rolle der geheimnisvolle Drachenritter dabei spielte. Noch nicht.

Frederic kam spät von seiner Holzsuche zurück – gerade in dem Moment, in dem Andrejs Sorgen um seinen Verbleib in den Impuls umschlugen, nach ihm zu suchen. Der Junge trug eine Ladung trockener Äste auf den Armen, die ausgereicht hätte, einen halben Ochsen darüber zu braten, und er sah Andrej auf eine herausfordernde Art an. Er wusste genau, dass er viel zu lange weggeblieben war, und wartete nur auf einen Verweis.

Andrej hätte ihm auch gerne einen solchen erteilt,

aber er schluckte die Worte hinunter, die ihm auf der Zunge lagen, als er in Frederics Gesicht sah. Es glänzte rosig und so frisch, als hätte Frederic es sich nicht nur gerade gewaschen, sondern auch ausgiebig geschrubbt. Wahrscheinlich hatte er geweint und wollte nicht, dass man es ihm ansah. Andrej respektierte das, empfand aber eine vage Trauer. Vielleicht war Frederic einfach noch zu jung, um zu begreifen, dass ein geteilter Schmerz manchmal leichter zu ertragen war.

Frederic ließ das gesammelte Feuerholz beinahe auf Abu Duns Füße fallen, was dem Piraten ein erneutes, ärgerliches Stirnrunzeln entlockte.

»Was macht der noch hier?« Frederic deutete mit einer zornigen Kopfbewegung auf Abu Dun. »Ich dachte, wir gehen allein weiter?«

»Ich habe meine Pläne geändert«, sagte Andrej ruhig. »Abu Dun wird uns begleiten. Wenigstens für eine Weile.«

»Ach, ich verstehe«, sagte Frederic böse. »Verbünden wir uns jetzt mit Piraten?«

Abu Duns Gesicht verfinsterte sich und Andrej begriff, dass der Sklavenhändler am Rande seiner Beherrschung stand. Frederic machte es ihm wirklich nicht leicht.

»Er weiß, wo wir den Drachenritter finden«, sagte er rasch.

»Ich auch«, sagte Frederic. Er machte eine entsprechende Kopfbewegung. »Gleich dort hinten.« Seine Augen sprühten Funken. »Wir brauchen keinen Sklavenhändler, der uns hilft. Warum gehen wir nicht zurück und töten diese Hunde?«

»Weil wir es nicht können«, antwortete Andrej. »Womöglich könnten wir sie überrumpeln, aber wenn es zum Kampf gegen sie käme, würden wir verlieren. *Ich* würde getötet. Und du auch.«

»Du hast Angst«, behauptete Frederic.

»Ja«, gestand Andrej unumwunden. »Und das solltest du auch.«

»Oder ist es etwas anderes?« Frederics Augen wurden schmal. »Ich verstehe. Es ist dieses Weibsstück, nicht? Maria. Du glaubst, sie wäre an Bord des Schiffes.«

Abu Dun blickte fragend, und Andrej musste sich abermals beherrschen, um nicht in gänzlich anderem Ton mit Frederic zu sprechen. Der Junge war verletzt und zornig, aber das gab ihm nicht das Recht, auch anderen wehzutun. Es war ihm bis jetzt gelungen, die Erinnerung an Domenicus' Schwester zu verdrängen, aber Frederics Worte riefen die qualvollen Bilder wieder wach. Er versuchte, sie zurückzudrängen, aber natürlich gelang es ihm nicht. Für einen Moment sah er Marias engelsgleiches Gesicht so deutlich vor sich, dass er sich beherrschen musste, nicht die Hand zu heben, um sie zu spüren.

»Meine Entscheidung steht fest«, sagte er. »Abu Dun begleitet uns. Wir brauchen ihn. Und jetzt hilf mir, Feuer zu machen. Es ist kalt.«

Frederic setzte zu einer scharfen Entgegnung an, doch dann schien ihn irgendetwas – vielleicht etwas, das er in Andrejs Augen las – zu warnen, und er tat, was Andrej von ihm verlangte. Nachdem er einen kleinen Teil des gesammelten Feuerholzes zu einer leicht schiefen Pyramide aufgeschichtet hatte, entzündete Andrej das Feuer mittels zweier trockener Äste, die er so lange aneinander rieb, bis ein dünner Rauchfaden aufstieg und die ersten Funken glommen. Er brauchte nun nur noch wenige Minuten, bis er ein Feuer entfacht hatte, das tatsächlich nahezu rauchlos brannte.

Abu Dun sah ihm mit wachsendem Erstaunen zu. »Es zahlt sich tatsächlich aus, in deiner Nähe zu sein, Hexenmeister«, sagte er. »Feuer ohne Feuerstein, wie praktisch.«

»Und vor allem eine Idee, die aus deiner Heimat stammt«, sagte Andrej in leicht spöttischem Ton. »Aber gut, wie ich sehe, hast du schon den ersten Teil deiner Bezahlung erhalten. Jetzt bist du an der Reihe. In welche Richtung müssen wir gehen?«

Abu Dun hielt die Hände über die prasselnden Flammen. »Du bist ein zu guter Schüler, Hexenmeister«, grollte er. »Oder ich ein zu guter Lehrer. Wir müssen nach Westen, mehr weiß ich im Moment auch noch nicht. Der Weg ist weit. Ein Schiff wäre ideal, aber wir werden keines bekommen. Vielleicht sollten wir versuchen, uns Pferde zu besorgen.«

»Du meinst stehlen«, sagte Andrej.

»Hast du Geld dabei, um sie zu kaufen?«, fragte Abu Dun ungerührt. Er lachte. »Keine Sorge, Christ. Ich will nicht, dass dein Seelenheil Schaden nimmt, weil du gegen eines eurer Gebote verstößt. Ich werde uns eine Transportmöglichkeit besorgen. Und auch alles andere, was wir brauchen.«

»Du wirst niemanden töten«, sagte Andrej eindringlich.

»Natürlich nicht«, versprach Abu Dun. »Ich schwöre es bei meinem Seelenheil.«

»Dann kann ich ja ganz beruhigt sein«, sagte Andrej spöttisch.

»Sei nicht *zu* unbesorgt«, warnte Abu Dun. »Wie ich dir bereits sagte: Wir werden bald auf Sultan Selics Truppen stoßen. Ich bin einigermaßen sicher, dass sie mir nichts tun werden, aber wir müssen trotzdem vorsichtig sein.« Er wiegte den mächtigen Schädel. »Ihr seid Christen. Es wird nicht leicht zu erklären sein, wieso ihr in meiner Begleitung reist.«

»Nicht anders wird es uns in deiner Begleitung gehen«, sagte Andrej. Worauf wollte Abu Dun hinaus?

»Genau wie umgekehrt«, bestätigte der Pirat. »Das Beste wird sein, ich gebe euch als meine Sklaven aus, sollten wir auf Männer des Sultans treffen.«

Frederic riss die Augen auf und Andrej ergänzte rasch: »Und natürlich sagen wir das über dich, wenn es christliche Truppen sind.«

»Natürlich«, sagte Abu Dun.

»Du scherzt«, mischte sich Frederic ein. »Du willst nicht im Ernst ...«

»... am Leben bleiben?«, unterbrach ihn Andrej. »Doch.«

»Bis dahin vergeht noch Zeit«, sagte Abu Dun rasch. »Tage. Die Gegend hier ist ziemlich ruhig. Es gibt nichts von Interesse. Das ist ja der Grund, aus dem ich mich hier zum ... Geschäftemachen treffen wollte.«

Frederic entging das Stocken in Abu Duns Stimme nicht. Seine Augen wurden schmal.

»Es ist genug jetzt«, sagte Andrej. »Lasst uns eine Weile ausruhen, bis unsere Kleider getrocknet sind. Danach brechen wir auf.«

»Etwas zu essen wäre nicht schlecht«, sagte Abu Dun. »Ich sterbe vor Hunger.«

»Die Wälder sind voller Wild«, sagte Andrej. »Warum schwatzt du dem Wald nicht einen fetten Braten ab?«

»Warum schneiden wir dir nicht eine Hand ab und braten sie?«, fragte Abu Dun. »Sie wächst doch sicher nach.« Er warf einen Ast ins Feuer und sah zu, wie er knackend zerbarst und einen kleinen Funkenschauer aufsteigen ließ.

»Kannst du schwimmen, Hexenmeister?«, fragte er.

»Ich kann nicht auf dem Wasser gehen, wenn du das meinst«, sagte Andrej spöttisch.

»Ich meine: Musst du atmen, wenn du unter Wasser bist?«

»Genau wie du«, bestätigte Andrej. »Aber ich kann die Luft ziemlich lange anhalten. Warum?«

»Mein Schiff«, antwortete Abu Dun. »Der Fluss ist nicht sehr tief, dort, wo es gesunken ist. Jemand könnte hinuntertauchen und etwas von dem Gold in meiner Schatztruhe holen. Wir könnten es sehr gut gebrauchen.«

»Warum tust du es nicht selbst?«, fragte Andrej. »Du kennst dich besser auf deinem Schiff aus als ich.«

»Im Prinzip schon«, sagte Abu Dun ausweichend. »Es gibt da nur ... eine kleine Schwierigkeit.«

»Und welche?«

Abu Dun druckste einen Moment herum. »Ich kann nicht schwimmen«, gestand er endlich.

Andrej blinzelte verwirrt. »Wie?«

»Ich kann nicht schwimmen«, wiederholte Abu Dun finster. »Ich habe es nie gelernt. Wozu auch? Ich hatte ein Schiff.«

»Ein Pirat, der nicht schwimmen kann?«, fragte Andrej ungläubig.

»So wie ein Hexenmeister, der nicht hexen kann.«

»Ich bin kein Hexenmeister.«

»Und ich kein Pirat.« Abu Dun zog eine Grimasse. »Was ist? Wirst du es tun?«

Andrej überlegte einen Moment. Er war ein ausgezeichneter Schwimmer und er konnte lange die Luft anhalten; möglicherweise wirklich lange genug, um zum Wrack des Sklavenseglers hinabzutauchen und etwas aus Abu Duns Gemach zu holen. Der Pirat hatte Recht: Sie würden jede einzelne Münze, die er vielleicht aus dem versunkenen Piratenschiff bergen konnte, brauchen.

Aber es war riskant. Das Wasser war eiskalt und er hatte die enorme Kraft der Strömung am eigenen Leib gespürt. Er kannte sich auf dem Schiff nicht aus und dazu kam, dass er nicht wusste, in welchem Zustand sich das Wrack befand. Griechisches Feuer entwickelte eine unvorstellbare Hitze. Möglicherweise war von Abu Duns Schatz nichts mehr da.

»Also gut«, sagte er. »Wir warten eine Weile. Wenn sie verschwunden sind, versuche ich es. Wenn nicht, machen wir uns zu Fuß auf den Weg.«

Es verging eine erhebliche Zeit, bis sie es wagten, ihr Versteck zwischen den Felsen zu verlassen. Kurz vor Ablauf der Frist, die Andrej willkürlich gesetzt hatte, setzte die ›Möwe‹ ein einzelnes, für den plumpen Rumpf entschieden zu kleines Segel, drehte sich in die Strömung und nahm Fahrt auf, und auch der Drachensegler löste sich mit einer behäbigen Bewegung aus seiner Position und begann sich auf der Stelle zu drehen. Andrej hatte es am Morgen nicht bemerkt, aber nun sah er, dass das Schiff nicht allein auf das riesige Segel mit dem blutroten Drachensymbol angewiesen war, sondern über mehr als ein Dutzend mächtiger Ruder verfügte, die mit gleichmäßigen Bewegungen ins Wasser tauchten und das Schiff langsam von der Stelle bewegten.

Andrej hatte hastig das Feuer gelöscht und sie hatten sich eng zwischen die Felsen geduckt und gewartet, bis der unheimliche schwarze Segler vorübergeglitten war. Er bewegte sich genau in der Flussmitte, weil das Wasser dort am tiefsten war, aber der Nebel war endgültig fort und auch die Wolken hatten sich fast vollkommen aufgelöst, sodass er das Schiff viel deutlicher als in der Nacht erkennen konnte.

Es wirkte auch im hellen Tageslicht unheimlich und Furcht einflößend, aber nicht mehr annähernd so majestätisch wie in der Nacht. Von der morbiden Schönheit, die es trotz allem gehabt hatte, war nichts geblieben; es wirkte einfach nur schäbig. Von dem Ritter in der blutfarbenen Rüstung war nichts zu sehen. Trotzdem beobachtete Andrej das Schiff so konzentriert, wie er konnte. Es fuhr nur langsam vorüber, denn selbst die gewaltigen Ruder hatten es nicht leicht, gegen die Strömung anzukämpfen.

Das Schiff war von älterer Bauart und sehr groß, wenn auch nicht so gewaltig, wie es ihm in der Nacht vorgekommen war. Die Kombination aus Segeln und Rudern machte es vermutlich sehr beweglich, aber auch langsam. Das Segel mit dem aufgestickten roten Drachen war zerrissen und an zahllosen Stellen geflickt und die schwarze Farbe, mit der jeder Zentimeter des Rumpfes bedeckt war, erwies sich als Teer – auch wenn Andrej sich nicht vorstellen konnte, welchem Zweck er diente. Ein knappes Dutzend Männer hielt sich an Deck auf, auch sie waren ausnahmslos in Schwarz gekleidet und ziemlich heruntergekommen. Sie waren zu weit entfernt, als dass er wirklich Einzelheiten erkennen konnte, aber er hatte eher den Eindruck, es mit Sklaven zu tun zu haben statt mit Kriegern; oder zumindest mit Männern, die zum Dienst gezwungen worden waren.

Er prägte sich jedes noch so winzige Detail ein, während das Schiff langsam vorüberglitt. Andrej war ein wenig enttäuscht, seinen unheimlichen Kapitän nicht noch einmal aus der Nähe sehen zu können, zugleich aber auch fast erleichtert. Er war nicht mehr sicher, ob der Drachenritter vorhin nur durch einen Zufall in seine Richtung geblickt hatte.

Selbst als der schwarze Segler schon außer Sicht gekommen war, blieb Andrej noch im Schutze der Felsen liegen, ehe er aufstand und sich mit seinen Begleitern auf den Weg zurück zu der Stelle machte, von der aus sie vor nicht allzu langer Zeit aufgebrochen waren.

Frederic versuchte, ihn von seinem Vorhaben abzubringen, aber Andrej ließ sich nicht beirren. Er zog seine Kleider aus, wies Frederic und Abu Dun an, ein neues Feuer zu entzünden, stieg ins Wasser und schwamm zu der Stelle, an der Abu Duns Schiff untergegangen war. Der Pirat hatte ihm erklärt, wo er zu suchen hatte, und er machte sich unverzüglich an die Arbeit.

Der Fluss war an dieser Stelle tatsächlich nicht besonders tief, aber das Schiff lag auf der Seite und es war fast bis zur Unkenntlichkeit zerstört. Das Wasser war so trüb, dass er praktisch blind war. Er brauchte allein drei Versuche, um Abu Duns Quartier zu finden.

Es dauerte lange, bis er mit seiner Beute zum Ufer zurückkam. Sie war mager genug. Er hatte zwei Beutel mit Goldmünzen gefunden, die einen enormen Wert darstellen mochten, Abu Dun aber ganz und gar nicht zufrieden stellten. Statt Lob schüttete er einen Schwall von Verwünschungen und Vorwürfen über Andrej aus. Andrej ließ die Vorhaltungen des Piraten schweigend über sich ergehen. Er konnte ihn sogar verstehen. In der Kabine des Piraten hatte er ganze Kisten voller Geschmeide und Edelsteine entdeckt, aber nichts davon mitgenommen. Es hatte ihn sogar einige Mühe gekostet, die beiden schmalen Beutel mit Münzen zu finden. Sie brauchten keinen Schmuck, sie brauchten *Geld*.

Zumindest für die Reise, die vor ihnen lag, würde ihre Barschaft reichen. Er tröstete Abu Dun mit dem Hinweis, dass er ja später wiederkommen und sein

Schiff und seine kostbare Fracht bergen lassen konnte, zog seine Kleider wieder an und drängte zum Aufbruch. Frederic konnte sich eine bissige Bemerkung nicht verkneifen, aber Abu Dun hüllte sich für die nächste Zeit in beleidigtes Schweigen – zumal Andrej keine Anstalten machte, ihm seinen vermeintlichen Besitz zurückzugeben, sondern die beiden Geldbeutel sicher unter seinem Gürtel verstaute.

Es war fast Mittag, als sie die Felsgruppe hinter sich ließen, in der sie am Morgen das Feuer gemacht hatten. Auch Andrej hatte mittlerweile Hunger und war so müde, dass er am liebsten gleich wieder eine Rast eingelegt hätte, um eine Weile zu schlafen. Das war der Preis, den er für seine Beinahe-Unverwundbarkeit zu zahlen hatte. Sein Körper vermochte Wunden mit fast unheimlicher Schnelligkeit zu heilen, aber er brauchte dafür Energie. Vielleicht mehr, als er ihm im Moment zur Verfügung stellen konnte.

Sie marschierten noch ein paar Dutzend Schritte weiter, dann blieb Abu Dun plötzlich stehen und deutete die Uferböschung hinauf. »Da oben scheint mir der Weg besser zu sein«, sagte er.

Andrej folgte seinem Blick. Abu Dun hatte Recht. Der Wald lichtete sich dort oben. Das Unterholz war nicht mehr so undurchdringlich wie an den meisten Stellen und zwischen den Bäumen schimmerte es hell. Vielleicht war es nur ein schmaler Streifen, der die Uferböschung flankierte. Im Gegensatz dazu wurde das Gelände unmittelbar am Wasser stetig unwegsamer. Im Sand türmten sich immer mehr Felsen und scharfkantige Steine, die das Vorankommen zu einer mühsamen und kräftezehrenden Angelegenheit machen würden.

»Einverstanden«, sagte er. »Außerdem haben wir von dort aus einen besseren Überblick.«

»Und werden auch besser gesehen«, sagte Frederic beunruhigt.

»Das Risiko müssen wir schon eingehen«, antwortete Andrej. »Hier unten kommen wir zu langsam voran.«

»Aber ...«, begann Frederic.

»Du kannst ja hier bleiben«, fiel ihm Andrej scharf ins Wort. »Meinetwegen kannst du auch schwimmen!« Seine Geduld war zu Ende. Er hatte bis jetzt Nachsicht mit dem Jungen geübt, soweit es ihm möglich war, aber nun war es genug. Er funkelte Frederic zornig an, dann fuhr er herum und ging mit weit ausladenden Schritten die Böschung hinauf. Oben blieb er stehen, nicht nur, damit Abu Dun und Frederic zu ihm stoßen konnten, sondern auch, um sich umzusehen.

Der Wald war hier oben eigentlich kein Wald mehr, sondern nur noch ein schmaler Streifen, hinter dem das Gelände wieder sanft abfiel und zum größten Teil mit Gras, vereinzelten Büschen und wenigen, zumeist halbhohen Bäumen bewachsen war. Das Gehen würde ihnen auf diesem Untergrund weitaus leichter fallen. Weit entfernt glaubte er einen leichten Dunstschleier in der Luft wahrzunehmen. Vielleicht war es Rauch. Eine Stadt?

Abu Dun kam mit gemächlichen Schritten auf ihn zu und grinste zufrieden. »Das wäre dann ein weiterer

Punkt zu meinen Gunsten«, sagte er. »Ich muss allmählich anfangen, Buch zu führen, um den Überblick nicht zu verlieren.«

»Ein Punkt für dich?« Andrej schüttelte den Kopf. »Nur wenn du uns trägst.«

»Du lernst schnell, Hexenmeister«, sagte Abu Dun. Er lachte. »Komm. Der Tag ist noch jung.«

»Das ist Wahnsinn«, beschwerte sich Frederic. »Wir sind über Meilen hinweg zu sehen.«

»Und warum auch nicht?«, fragte Andrej, während sie losgingen. »Wir sind harmlose Reisende, die nichts zu verbergen haben. Wir suchen Menschen, Frederic.« Er wies im Gehen auf den Dunst am Horizont, von dem er mittlerweile sicher war, dass es sich um den Rauch von Kaminfeuer handelte. »Mit etwas Glück können wir dort ein Pferd kaufen oder einen Wagen. Hast du Lust, ein paar hundert Meilen zu Fuß zu gehen?«

Er gab sich Mühe, in freundlichem Ton zu sprechen. Sein Zorn war schon wieder verflogen. Frederic schien auch nicht daran gelegen zu sein, den Streit fortzusetzen, denn er beließ es nur bei einem störrischen Blick. Er wirkte sehr unruhig.

»Vielleicht finden wir ja ein paar Beeren«, rief Abu Dun, der vorausging. »Oder auch …«

Er stockte, blieb mitten in der Bewegung stehen und machte dann plötzlich einen Schritt nach rechts, um sich in die Hocke sinken zu lassen. Andrej trat zu ihm und tat es ihm gleich. Er fuhr überrascht zusammen, als er sah, was Abu Dun aus dem Gras aufhob.

Auf den ersten Blick war es nicht mehr als ein ganz

normaler Hase. Aber er war schrecklich zugerichtet. Eines seiner Ohren war abgerissen. Beide Augen waren herausgedrückt und als Abu Dun sein Maul öffnete, sah er, dass auch seine Nagezähne herausgebrochen waren.

»Bei Allah«, murmelte Abu Dun. »Welches Tier tut so etwas?«

Andrej konnte diese Frage nicht beantworten. Er konnte sich beim besten Willen nicht vorstellen, welches Raubtier seine Beute so zurichten würde. Ein Raubtier, egal ob Katze, Wiesel oder Fuchs, hätte sich kaum damit begnügt, ihn zu töten, ohne wenigstens einen Teil seiner Beute zu verschlingen.

»Fällt dir nichts auf?« Abu Dun schüttelte den Hasen leicht hin und her. Der winzige Körper bewegte sich auf sonderbar falsche Weise und Andrej begriff, dass jeder Knochen im Leib des Hasen zerschmettert sein musste. Er schüttete trotzdem den Kopf.

Abu Dun griff nun auch mit der anderen Hand zu – und riss zu Andrejs Entsetzen den Kopf des Hasen mit einem einzigen Ruck ab!

»Verdammt!«, rief Andrej erschrocken. »Was soll das? Bist du ...«

Dann sah er, warum Abu Dun das getan hatte.

»Kein Blut«, sagte Abu Dun düster. »Jemand hat diesem Tier alles Blut ausgesaugt.«

Er ließ den zerteilten Hasen fallen, stand auf und wischte sich angeekelt die Hände an den Kleidern ab. Sein Blick irrte in die Runde. »Was ist das für eine Teufelei? So etwas tut doch kein Tier!«

»Was denn sonst?«, fragte Frederic bissig. »Glaubst

du etwa, hier treibt ein Dämon sein Unwesen?« Er deutete auf den zerteilten Hasen. »Warum braten wir ihn nicht, jetzt, wo du ihn schon halb zerlegt hast?«

Abu Dun starrte ihn fassungslos an und auch Andrej spürte ein eisiges Frösteln. Schon bei dem bloßen *Gedanken*, dieses Tier zu verzehren, drehte sich ihm schier der Magen um.

»Wir finden schon etwas anderes zu essen«, sagte er. »Kommt, gehen wir weiter.«

6

Sie waren nach einer Weile auf eine Straße gestoßen, die grob in westliche Richtung führte, aber der Tag neigte sich bereits dem Ende zu, bis sie auf die ersten Menschen trafen. Was Andrej in der Ferne gesehen hatte, war tatsächlich der Rauch von Kaminfeuer gewesen; eine kleine Stadt. Aber sie war viel weiter entfernt, als er geschätzt hatte, und die Straße führte keineswegs in gerader Linie darauf zu, sondern schlängelte sich in Windungen. Obwohl sie breit ausgebaut und in gutem Zustand war, begegnete ihnen den ganzen Tag über kein Mensch.

Als sie sich der Ortschaft näherten, sah Andrej, dass es sich eher um eine kleine Festung als um ein Dorf zu handeln schien. Eine mehr als zwei Meter hohe, hölzerne Palisadenwand umgab die guten zwei Dutzend einfacher Gebäude, von denen einige in grober Fachwerkbauweise, die meisten aber aus Felsgestein und Lehm errichtet waren. Es gab auch einen hölzernen Wachturm, von dessen gut acht Meter hoher Plattform aus man das Land in weitem Umkreis überblicken konnte und ein zwar weit offen stehendes, aber sehr massiv wirkendes Tor. Die ganze Verteidigungsanlage war alt und an zahllosen Stellen geflickt und ausgebessert worden, aber in tadellosem Zustand.

Die Dorfbewohner begegneten ihnen mit dem natürlichen Misstrauen einfacher Leute, aber trotzdem freundlich. Es gelang Andrej, für einen überraschend geringen Preis ein Nachtquartier für Frederic, Abu Dun und sich zu erstehen und für die kleinste Münze aus Abu Duns Beutel ein Abendessen.

Es gab gebratenen Hasen.

Obwohl der Ort klein war, hatte er einen überraschend großen Gasthof mit gleich mehreren Zimmern, dessen Schankraum sich rasch zu füllen begann, kaum dass die Sonne untergegangen war. Frederic – der als einziger mit wirklichem Appetit zugegriffen hatte, als er den gedünsteten Hasen erblickte – hatte sich direkt nach dem Essen zurückgezogen, aber Andrej und Abu Dun waren noch geblieben. Auch Andrej hätte nichts lieber getan, als nach oben zu gehen und sich in einem bequemen Lager auszustrecken. Seit einiger Zeit hatte er nur auf nacktem Boden geschlafen, allenfalls mit seinem Sattel als Kopfkissen, und die Vorstellung, sich in einem richtigen *Bett* ausstrecken zu können – selbst wenn es nur aus einem strohgefüllten Sack bestand –, erschien ihm geradezu paradiesisch.

Doch sie brauchten Informationen. Sie mussten wissen, wo genau sie sich befanden, wer in diesem Teil des Landes herrschte, welche größeren Städte es in der Umgebung gab und welche davon sie besser mieden

… tausend Fragen, von denen vielleicht jede einzelne über Leben und Tod entscheiden konnte. Und sie brauchten Pferde.

Andrej wusste, dass sie diese Fragen nicht unvermittelt stellen konnten. Die Menschen in dieser einsamen Gegend waren begierig auf Neuigkeiten, aber sie hassten es, wenn jemand selbst zu viele neugierige Fragen stellte. Und allein die wehrhafte Palisadenwand, die den ganzen Ort umgab, machte deutlich, dass sie einen Grund hatten, Fremden gegenüber misstrauisch zu sein.

Abu Dun erwies sich jedoch als überraschend geschickt darin, ein Gespräch in Gang zu bringen. Am Anfang waren sie noch allein. Zweifellos erfüllte schon der Anblick alles Fremden die Menschen mit Furcht, aber Abu Dun lachte laut und viel, gab dem Wirt Anweisung, an jeden Tisch einen Krug Bier auf seine Kosten zu bringen, und schließlich siegte die Neugier. Nach einer Weile hatten sich fast ein Dutzend Männer an ihrem Tisch versammelt, die auf ihre Kosten tranken, den Geschichten lauschten, die Abu Dun zum Besten gab – und die zweifellos alle ausgedacht, aber sehr kurzweilig waren –, und ihnen dabei nach und nach alle Informationen gaben, die sie brauchten.

Andrej hielt sich die meiste Zeit zurück, aber er kam nicht umhin, Abu Duns Geschick im Umgang mit Worten mehr und mehr zu bewundern. Der Muselman verstand es ausgezeichnet, das Misstrauen der Dörfler nicht nur zu zerstreuen, sondern auch eine Stimmung zu erzeugen, in der sie mehr von sich aus zu erzählen begannen. Geraume Zeit nachdem Frederic sich zurückgezogen hatte, hätte man meinen können, eine Runde guter alter Freunde säße zusammen und lausche den Erzählungen eines der ihren, der von einer langen, abenteuerlichen Reise zurückgekehrt war.

Es musste auf Mitternacht zugehen, als draußen auf der Straße Lärm aufkam. Andrej glaubte einen Schrei zu hören, aufgeregte Rufe und Schritte. Er sah irritiert zur Tür und auch einige der anderen blickten in die gleiche Richtung. Zwei Männer standen auf und verließen das Gasthaus und auch Andrej wollte schon aufstehen, ließ sich aber dann sofort wieder zurücksinken, als er einen warnenden Blick aus Abu Duns nachtschwarzen Augen auffing; und ein kaum sichtbares, angedeutetes Kopfschütteln. Natürlich hatte der Muselman recht: Was immer dort draußen geschah, ging sie nichts an.

Abu Dun hob seinen Becher und winkte dem Wirt damit zu, der eine neue Runde brachte, und es gelang ihm tatsächlich, das für einen Moment ins Stocken geratene Gespräch noch einmal in Gang zu bringen, wenn die Stimmung auch nicht mehr ganz so gelöst war wie zuvor. Die Männer, die bei ihnen am Tisch saßen, blickten immer wieder unruhig zur Tür, hin- und hergerissen zwischen dem Verlangen, Abu Duns faszinierenden Geschichten zu lauschen, und der Neugier, zu erfahren, was sich dort draußen abspielte. Zumindest war es kein überraschender Angriff der Türken, dachte Andrej in dem vergeblichen Versuch, sich selbst zu beruhigen. Der Lärm war fast ganz verstummt. Weit entfernt glaubte er eine Frau weinen zu hören, aber nicht einmal dessen war er sich ganz sicher.

Die Tür flog auf und einer der Zecher kam zurück, ein großer, ausgemergelter Mann mit schulterlangem schwarzem Haar, der gerade noch am Tisch gesessen und besonders ausgiebig und lang über Abu Duns Anekdoten gelacht hatte. Jetzt war er leichenblass. Seine Hände zitterten und in seinen Augen stand ein Flackern, als wäre er dem Leibhaftigen selbst begegnet.

»Was ist passiert?«, fragte einer der Männer am Tisch.

»Miroslav«, antwortete der Dunkelhaarige. Auch seine Stimme bebte. »Sie haben ... Miroslavs Tochter gefunden.«

Er schloss die Tür hinter sich, kam mit unsicheren Schritten näher und griff nach dem erstbesten Becher auf dem Tisch, um ihn mit einem einzigen Zug zu leeren. Bier lief an seinem Kinn herab und tropfte auf sein Hemd, aber er schien es nicht einmal zu merken.

»Was ist mit ihr? Erzähle!«

Der Mann stellte den Becher zurück und sah sich auf eine Art um, als hätte er Mühe, die Gesichter der Anwesenden einzuordnen. Ganz besonders lang starrte er Abu Dun an, wie es Andrej vorkam.

»Tot«, sagte er schließlich. »Sie ist tot.«

Einen Atemzug lang war es vollkommen still, doch dann brach ein regelrechter Tumult los. Die Männer schrien durcheinander und sprangen von ihren Stühlen hoch. Einige rannten aus dem Haus und alle redeten gleichzeitig, bis der Mann, der den Dunkelhaarigen schon vorhin angesprochen hatte, mit einem scharfen Ruf für Ruhe sorgte.

»Erzähl!«, sagte er, während er dem Dunkelhaarigen einen zweiten Becher Bier reichte, den dieser zwar entgegennahm, aber nicht trank.

»Da gibt es nicht viel zu erzählen«, sagte er nervös. »Sie haben sie gerade gefunden, vorne beim Tor. Sie muss hinausgegangen sein, ich weiß nicht warum.« Er schüttelte sich. »Ich habe sie gesehen. Es war grauenhaft. Jemand hat ihr die Augen ausgestochen und ...«

Er sprach nicht weiter, aber der Ausdruck in seinen Augen machte deutlich, dass dies längst nicht das Einzige war, was man dem Kind angetan hatte. Womöglich nicht einmal das Schlimmste.

Er trank einen Schluck Bier. »Grauenhaft«, murmelte er. »Sie wurde regelrecht geschlachtet.«

Andrej musste sich mit aller Kraft beherrschen, um nicht erschrocken zusammenzufahren. Er versuchte, einen Blick mit Abu Dun zu tauschen, aber der Pirat sah den Dunkelhaarigen an und schien voll und ganz auf das konzentriert zu sein, was er sagte. Sein Gesicht war ausdruckslos, seine Miene wie erstarrt.

Andrej spürte den Blick eines der anderen auf sich ruhen. Er ignorierte ihn einen Moment lang, drehte sich aber dann betont langsam zu dem Mann herum und sah ihm fest in die Augen. Der Ausdruck, den er darin erblickte, gefiel ihm nicht.

»Das ist schrecklich, nicht wahr?«, fragte er.

Der Mann nickte. »Ja. Zumal so etwas noch nie vorgekommen ist. Jedenfalls bis heute nicht.«

»Was willst du damit sagen?«, fragte Andrej.

»Nur das, *was* ich sage«, antwortete der andere. »Wir leben hier in Frieden. Es gibt keine Mörder hier. Jedenfalls bis jetzt nicht.«

»Bevor wir gekommen sind, meinst du?«, mischte sich Abu Dun ein. Andrej fragte sich, ob er den Verstand verloren hatte.

»Zum Beispiel.«

»Sei kein Narr, Usked«, sagte der Dunkelhaarige. »Sie waren die ganze Zeit hier. Außerdem kann es kein Mensch gewesen sein.«

»Wieso nicht?«

»Weil kein Mensch zu solch einer Grausamkeit fähig wäre«, antwortete der Dunkelhaarige schaudernd. »Sie wurde regelrecht in Stücke gerissen, ihr Blut ...« Er rang einen Moment nach Worten, dann schüttelte er noch einmal entschieden den Kopf. »Nein. Es muss ein Tier gewesen sein. Auch wenn ich mir kein Tier vorstellen kann, das zu so etwas fähig wäre.«

»Vielleicht war es ja auch ein Zauberer«, sagte der Mann stur.

»Jetzt reicht es aber«, mischte sich der Wirt ein. Er war um seine Theke herumgekommen und hatte sich zu ihnen gesellt. In der rechten Hand hielt er einen gefüllten Bierkrug, aber es sah nicht so aus, als wolle er daraus ausschenken, sondern eher, als überlege er, auf welchen Schädel er ihn schlagen sollte.

»Zauberei! Was für ein Unsinn! Es ist ein Kind zu Tode gekommen. Da geziemt es sich nicht, solch gotteslästerlichen Unsinn zu reden!« Er hob den Krug. »Das ist die letzte Runde, danach geht ihr nach Hause.«

»Er hat Recht«, sagte der Dunkelhaarige. »Es ist spät. Wir sollten schlafen gehen. Wenn es hell ist, finden wir vielleicht Spuren und können die Bestie jagen, die das getan hat.«

Keiner der Männer verspürte noch Durst auf die letzte Runde, die der Wirt angeboten hatte. Sie gingen, und als Letzter verließ auch Usked die Gaststätte, wenn auch nicht, ohne Andrej und insbesondere Abu Dun einen langen, misstrauischen Blick zugeworfen zu haben.

Der Wirt sah ihm kopfschüttelnd nach. »Ich muss für sie um Verzeihung bitten, die Herren«, sagte er. »Sie sind …«

»Das ist schon gut«, unterbrach ihn Andrej. »So etwas ist furchtbar. Ich nehme es ihnen nicht übel. Kanntest du das Kind?«

»Hier kennt jeder jeden«, sagte der Wirt.

»Also sind die einzigen Fremden auch ganz selbstverständlich sofort verdächtig«, fügte Abu Dun hinzu. »Nur gut, dass wir die ganze Zeit hier gesessen und getrunken haben. Sonst ginge es uns jetzt vielleicht an den Kragen.«

»Ja«, sagte der Wirt. »Aber ihr wart ja hier.«

Abu Dun schien der Ton, in dem er dies sagte, nicht zu gefallen, denn er fragte: »Du glaubst doch diesen Unsinn nicht, dass wir Zauberer oder gar Hexenmeister sind?«

Der Wirt zögerte eine Winzigkeit zu lange, bevor er antwortete. »Ich weiß nicht, was ich glauben soll«, sagte er. »Vielleicht gibt es Zauberei, vielleicht nicht. Ich weiß nur, dass ihr hier wart und es genug Zeugen dafür gibt.« Er machte einen Schritt, um zur Theke zurückzugehen, und blieb dann wieder stehen.

»Aber wenn ich euch einen Rat geben darf ...«

»Nur zu«, sagte Andrej aufmunternd.

»Ihr habt die Leute hier erlebt«, sagte der Wirt. Die Worte bereiteten ihm sichtliches Unbehagen. »Sie sind sehr erschrocken und zornig, und es sind einfache Leute. Sie werden einen Schuldigen suchen.«

»Du meinst, es wäre besser, wenn wir gleich morgen verschwinden«, sagte Andrej.

»Ihr habt nach Pferden gefragt«, sagte der Wirt, statt direkt zu antworten. »Ich habe drei Tiere, die ich euch überlassen kann. Sie sind alt und nicht besonders gut zum Reiten geeignet, aber sie können euch nach Tandarei bringen, einen Tagesritt von hier entfernt. Ich gebe euch den Namen meines Bruders. Er hat einen Stall dort. Bei ihm könnt ihr gute Pferde kaufen. Er wird euch einen fairen Preis machen, wenn er hört, dass ich euch schicke.«

»Du vertraust uns einfach so drei Pferde an?«, fragte Abu Dun. »Das ist ziemlich leichtsinnig.«

»Es sind alte Klepper«, antwortete der Wirt. »Ihr könnt froh sein, wenn sie bis Tandarei durchhalten. Zahlt mir dasselbe, was mir der Schlachter geben würde. Mein Bruder wird euch den Betrag anrechnen.«

»Das ist ein faires Angebot, meine ich.« Abu Dun stand auf. »Es sei denn, bei euch werden alte Klepper in Gold aufgewogen.«

Der Wirt blieb ernst. »Gute Nacht, die Herren«, sagte er.

Andrej wartete, bis er verschwunden war, dann trank er noch einen letzten Schluck Bier und stand ebenfalls auf. »Er kann uns gar nicht schnell genug loswerden, wie?«

»Ich glaube, er meint es ernst«, antwortete Abu Dun. »Denkst du an dasselbe wie ich?«

»Das weiß ich nicht«, log Andrej. »Woran denkst du denn?«

»An den Hasen.«

»Das mag Zufall sein«, sagte Andrej. »Vielleicht wirklich ein Raubtier, das sein Unwesen hier treibt.« Er hob die Schultern. »Wer weiß, vielleicht tragen wir wirklich einen Teil der Schuld, weißt du? Vielleicht haben wir das Raubtier ohne Absicht hierher geführt.«

»Vielleicht ist es ja bei uns«, sagte Abu Dun.

»Was willst du damit sagen?«, fragte Andrej scharf.

»Nichts«, antwortete Abu Dun. »Es war ... nur so eine Idee. Eine dumme Idee. Verzeih.« Er machte eine Kopfbewegung zur Treppe. »Geh nach oben und leg dich schlafen.«

»Und du?«

»Ich schlafe bei den Pferden. Auf diese Weise kann ich sie mir auch gleich ansehen und mich überzeugen, ob die Klepper in der Lage sind, uns bis nach Tandarei zu bringen.«

Er verließ ohne ein weiteres Wort den Raum. Andrej ging nach oben und betrat das Zimmer, das er für Frederic und sich – und eigentlich auch Abu Dun – gemietet hatte. Es war dunkel. Das einzige schmale Fenster war geschlossen, aber es war überraschend kalt. Andrej schloss die Tür hinter sich, so leise er konnte und blieb stehen, damit sich seine Augen an die herrschende Dunkelheit gewöhnen konnten.

Das Zimmer war groß, aber bis auf die drei schmalen Betten und eine grob gezimmerte Truhe vollkommen leer. Frederic lag komplett angezogen auf dem mittleren dieser drei Betten und schlief.

Aber schlief er wirklich?

Andrej sah noch einmal zum Fenster und trat dann lautlos an Frederics Bett heran. Der Junge hatte sich auf die Seite gerollt. Seine Augen waren fest geschlossen und seine Atemzüge waren flach und gleichmäßig. Andrej streckte die Hand nach ihm aus, zog sie dann aber wieder zurück, ohne ihn zu berühren. Frederic schlief zweifellos.

7

Sie brachen am nächsten Tag im Morgengrauen auf. Der Abschied war kurz und kühl. Der Wirt machte jetzt keinen Hehl mehr daraus, dass er die drei Fremden lieber gehen als kommen sah, und mehrere Dorfbewohner hatten sich bereits am Tor versammelt; vermutlich, um nach Spuren zu suchen, wie es der Dunkelhaarige am vergangenen Abend vorgeschlagen hatte. Andrej behielt Frederic unauffällig im Auge, während sie an dem halben Dutzend Männer vorüberritten. Der Junge wirkte müde und er betrachtete die kleine Versammlung mit einer Mischung aus kindlicher Neugier und Verwirrung. Andrej hatte ihm nicht erzählt, was passiert war.

Die Pferde waren tatsächlich nicht viel mehr als heruntergekommene Mähren, die reif für den Abdecker waren. Sie kamen nicht wesentlich schneller voran, als wären sie zu Fuß unterwegs, aber doch um einiges bequemer. Spät am Nachmittag erreichten sie Tandarei und fragten sich zum Besitzer des Stalles durch, dessen Namen ihnen der Wirt gegeben hatte. Sie bekamen neue Pferde, und als der Mann erfuhr, wer sie geschickt hatte, wies er ihnen auch den Weg zu einem einfachen Gasthaus, in dem Fremde willkommen waren und wo keine neugierigen Fragen gestellt wurden.

Am nächsten Morgen ritten sie weiter. Abu Dun hatte sich noch einmal genau nach dem Weg erkundigt und in Erfahrung gebracht, dass sie von Tandarei aus am besten nach Buzau, dann ein Stück nach Westen bis Cîmpîna und schließlich nach Kronstadt ritten, um nach Siebenbürgen und damit zu den Drachenkriegern zu gelangen; ein Weg, der auch mit guten Pferden mindestens eine Woche in Anspruch nehmen würde. Aber er war sicherer als der direkte, denn auf diese Weise umgingen sie den größten Teil der Gebiete, in denen sie auf Sultan Selics Truppen stoßen konnten.

Sechs Tage lang bewegten sie sich auf dem vorgegebenen Weg, wobei sie versuchten, Städte und Menschenansammlungen nach Möglichkeit zu meiden. Sie übernachteten in einfachen Gasthäusern auf dem Lande oder auf Gehöften, sofern sie einen Bauern fanden, der bereit war, sie in seiner Scheune oder auf dem Heuboden nächtigen zu lassen. Als Abu Dun nach einer Weile auffiel, dass Andrej Frederic praktisch keine Sekunde aus den Augen ließ, machte er nicht eine Bemerkung in diese Richtung, aber sein Schweigen war sehr beredt.

Ohnehin wurde Abu Dun immer mehr zu einem Problem, je weiter sie nach Westen kamen. Die Menschen fürchteten sich vor Muselmanen – viele wohl zu Recht, wie Andrej annahm – und fast alle begegneten ihnen mit Misstrauen, einige mit Hass. Es fiel Andrej immer schwerer, eine glaubhafte Erklärung für die Anwesenheit des schwarzen Riesen zu finden. Ein paar Mal war es wohl nur Abu Duns Schwert, dessen Anblick die Menschen davon abhielt, ihren wahren Gefühlen Ausdruck zu verleihen.

Und trotzdem war es Abu Dun, der ihnen am Abend des sechsten Tages vermutlich das Leben rettete. Sie waren früh aus der Nähe von Kronstadt Richtung Schäßburg aufgebrochen und Andrej rechnete damit, noch vor Sonnenuntergang Rettenbach zu erreichen, ihre letzte Zwischenstation auf dem Weg nach Petershausen, wo es – nach Abu Duns Überzeugung – in der Nähe des Flusses Arges und des Poenari-Felsens einen Stützpunkt des *ordo draconis* geben sollte; der Ritter des Drachenordens. Sie waren wenigen Menschen begegnet, aber dafür hatten sich die Gerüchte gemehrt, dass sich türkische Truppen in der Umgebung herumtreiben sollten. Sultan Selics Heer war noch mehrere Tagesreisen entfernt und Andrej glaubte nicht, dass es überhaupt bis zu ihnen vordringen würde. Er interessierte sich nicht sonderlich für den Verlauf des Krieges. Es ging dabei um Dinge, die er nicht verstand und die ihn nichts angingen. Er war zu unbedeutend, um die Aufmerksamkeit der Mächtigen auf sich zu ziehen; und letztlich konnte es ihm egal sein, welches Herren Fahne über dem Land flatterte. Die einfachen Leute, mit deren Blut und Tränen dieser Krieg letzten Endes geführt wurde, würden unter osmanischer Herrschaft kaum schlechter leben als unter dem Banner der Walachen-Fürsten, die dafür bekannt waren, ein blutiges Regime zu führen.

Trotzdem hatte er mitbekommen, dass die Sache nicht gut für die Walachen stand, die drohten zwischen den Ungarn und den Türken wie zwischen zwei mächtigen Mahlsteinen zerrieben zu werden. Die heranstürmenden Osmanen schienen nicht aufzuhalten zu sein, auch wenn sie nicht jede Schlacht gewannen. Andrej bezweifelte dennoch, dass sie *hier* auf sie stoßen würden. Die Stoßrichtung der Angreifer lag viel weiter westlich. Ihre Ziele waren Budapest und Wien – und danach der Rest Europas, nicht *Petershausen*. Dennoch bestand die Gefahr, dass sie auf einen versprengten Teil des türkischen Heers trafen oder vielleicht auch nur auf eine Patrouille, die Selic ausgeschickt hatte.

Wäre das Land hier so eben gewesen wie weiter im Osten, wo ihre gemeinsame Reise begonnen hatte, so hätten sie eine gute Chance gehabt, eine Falle rechtzeitig zu erkennen und ihr auszuweichen. So aber bemerkten sie die Gefahr erst, als es zu spät war. Sie hatten einen der steilen Hügel überquert, die für diesen Teil des Landes typisch waren, und ritten nebeneinander aus dem Wald heraus, da stießen sie auf ein Dutzend Reiter.

Die Männer hatten abgesessen und waren offensichtlich damit beschäftigt, ein provisorisches Nachtlager aufzuschlagen. Einige hatten ihre Speere gegen Bäume gelehnt und die Schilde und Harnische abgeschnallt, und die meisten Pferde waren mit den Fesseln aneinander gebunden, damit sie nicht wegliefen.

Andrej überschlug blitzschnell ihre Chancen, auf der Stelle herumzufahren und davonzugaloppieren.

Sie standen vielleicht gar nicht schlecht. Die Männer waren mindestens ebenso überrascht wie sie, keiner von ihnen saß im Sattel und sie würden etliche Zeit brauchen, um die Verfolgung aufzunehmen. Aber Abu Dun hob so rasch die Hand, dass er nicht einmal dazu kam, den Gedanken ganz zu Ende zu denken, und zischte: »Rührt euch nicht und zeigt um Allahs willen keine Angst! Ich regele das.«

»Bist du verrückt?«, keuchte Frederic. »Wir müssen weg!«

»Still!«, schnappte Abu Dun. »Keinen Laut mehr – oder wir sind alle tot.«

Frederic schien den Ernst der Situation zu begreifen, denn er schwieg tatsächlich. Abu Dun warf ihm einen letzten warnenden Blick zu und drehte sich dann wieder im Sattel nach vorne. Fast bedächtig hob er die Hand und sagte etwas in seiner Muttersprache, bekam aber keine Antwort.

Die fremden Krieger hatten sich mittlerweile nicht nur von ihrer Überraschung erholt, sondern waren von einer Sekunde auf die andere kampfbereit. Mit gezückten Krummsäbeln kreisten sie Andrej und seine beiden Begleiter ein.

Andrej hatte noch niemals zuvor einen der Krieger gesehen, die sich im Moment wie eine unaufhaltsame Flut vom Südwesten nach Europa ergossen, aber das musste er auch nicht, um zu wissen, dass er türkische Krieger vor sich hatte. Die meisten von ihnen waren nicht sehr groß; sie hatten dunkle, scharf geschnittene Gesichter mit schwarzen Haaren und noch schwärzeren Augen. Bewaffnet waren sie mit Krummsäbeln,

Lanzen und glänzenden, runden Schilden. Manche trugen spitze Helme, die mit roten Tüchern verziert waren. Andrej sah nirgendwo das Symbol des gefürchteten Halbmondes. Seine Hand wollte zur Waffe greifen, aber er konnte den Impuls im letzten Moment unterdrücken. Es wäre wahrscheinlich der letzte seines Lebens gewesen.

Abu Dun wiederholte seine Worte und begleitete sie mit einem rohen Lachen, und diesmal bekam er wenigstens eine Antwort. Andrej verstand die Worte nicht, aber die Tonart war alles andere als freundlich.

Abu Dun lachte trotzdem noch einmal, deutete erst auf Andrej und dann auf Frederic und schwang sich dann aus dem Sattel. »Steigt ab«, sagte er. »Benehmt euch ganz normal. Es ist alles in Ordnung.«

Das bezweifelte Andrej. Die türkischen Krieger betrachteten sie alles andere als freundlich. Viele hatten ihre Waffen gesenkt, aber längst nicht alle und Andrej war noch nicht ganz aus dem Sattel gestiegen, da trat einer der Krieger hinter ihn und zog das Schwert aus dem Gürtel.

»Was bedeutet das?«, fragte Frederic.

»Sei still!« Abu Dun warf ihm einen zornigen Blick zu und hob die Hand, als wolle er ihn schlagen, ließ die Hand aber dann im letzten Moment wieder sinken. Dann wandte er sich wieder an die muslimischen Krieger und lachte roh.

»Er hat Recht«, stieß Andrej gepresst hervor. »Sei still Frederic, ich bitte dich! Er wird es schon regeln.«

»Regeln?« Frederics Stimme wurde schrill. »Bist du

blind? Er hat uns in die Falle gelockt! Sie werden uns die Kehlen durchschneiden!«

Andrej kam nicht dazu, zu antworten, denn Frederic und er wurden ein paar Schritte weggeführt und grob zu Boden gestoßen. Andrej rechnete damit, dass sie gefesselt würden, aber die Türken verzichteten darauf. Zwei von ihnen bedrohten sie jedoch mit ihren Speeren und auch etliche andere blieben mit den Waffen in der Hand in der Nähe.

»Ich hab ihm von Anfang an nicht getraut«, fauchte Frederic. »Du wirst sehen, was du von deiner Gutgläubigkeit hast.«

Andrej sagte gar nichts dazu – und er hätte sich gewünscht, dass auch Frederic den Mund hielt. Dass Abu Dun türkisch oder irgendeine andere morgenländische Sprache mit den schwarzäugigen Kriegern sprach, bedeutete nicht, dass die Männer ihre Sprache nicht beherrschten.

Während Abu Dun weiter mit dem Mann debattierte, den auch Andrej mittlerweile für den Anführer der Patrouille hielt, nutzte Andrej die Gelegenheit, die fremdländischen Krieger unauffällig etwas genauer in Augenschein zu nehmen.

Er musste seine etwas vorschnell gefasste Meinung über die Männer revidieren. Es waren fast zwei Dutzend und sie waren in nicht annähernd so schlechtem Zustand, wie er zuerst geglaubt hatte. Sie waren nicht ausgemergelt, sondern einfach von kleinerem und schlankerem Wuchs, wirkten dabei aber erschreckend zäh. Ihre Kleider waren zerschlissen und an zahlreichen Stellen geflickt, doch ihre Waffen befanden sich in tadellosem Zustand. Einige von ihnen trugen frische Verbände. Andrej nahm an, dass sie erst vor kurzer Zeit in einen Kampf verwickelt gewesen waren.

Eine kleine Ewigkeit schien zu vergehen, bis Abu Dun zu ihnen zurückkehrte. Er grinste, aber Andrej hatte längst begriffen, dass das bei dem Sklavenhändler ebenso gut alles wie auch nichts bedeuten konnte.

»Nun?«, fragte er.

»Es ist alles in Ordnung«, sagte Abu Dun. »Macht euch keine Sorgen.«

»Um uns oder um dich?«

»Es ist alles in Ordnung«, sagte Abu Dun noch einmal. »Er glaubt mir. Die Hauptsache ist, dass ihr mitspielt. Wir bleiben bei dem, was wir besprochen haben. Ihr seid meine Sklaven. Wir sind auf dem Wege zu Selics Heer, weil ich mich als Kundschafter und Dolmetscher anschließen will.«

»Und das haben sie dir geglaubt?« Frederic machte ein abfälliges Geräusch. »Komisch, dass ich dir nicht glaube.«

Abu Dun ignorierte ihn. »Aber wir haben ein Problem«, fuhr er fort. »Die Männer sind auf dem Weg zum Heer des Sultans. Es lagert keine zwei Tagesmärsche von hier.«

»Und sie haben vorgeschlagen, dass wir sie begleiten«, vermutete Andrej.

»Vorgeschlagen.« Abu Dun wackelte mit dem Kopf. »Nun ja. So kann man es auch nennen.«

»So viel dazu, dass sie dir trauen«, sagte Andrej.

»Das spielt jetzt keine Rolle«, sagte Abu Dun. »Im

Moment jedenfalls sind sie nicht unsere Feinde. Alles andere wird sich zeigen.«

»Wir müssen fliehen«, zischte Frederic.

»Wir müssen vor allem die Nerven behalten«, sagte Abu Dun. »Und vorsichtig sein. Ich bin nicht sicher, ob nicht doch einer von ihnen eure Sprache versteht.«

»Aber er hat Recht«, sagte Andrej. »Wir dürfen auf keinen Fall ...«

»Das weiß ich selbst«, unterbrach ihn Abu Dun. »Wir werden Selics Heer frühestens in zwei Tagen erreichen. Das ist eine lange Zeit. Also tut nichts Unbedachtes. Sie glauben mir, aber das heißt nicht, dass sie mir vorbehaltlos vertrauen. Wir müssen auf eine günstige Gelegenheit warten.«

»Und warum sollten wir dir trauen?«, fragte Frederic böse.

Abu Dun sah ihn fast traurig an und wandte sich dann mit einem Blick an Andrej, der deutlich machte, dass er eine ganz bestimmte Reaktion von ihm erwartete. Aber Andrej schwieg.

So elend er sich selbst bei diesem Gedanken fühlte – Frederic hatte Recht. In den Tagen, die sie zusammen unterwegs gewesen waren, hatte er fast vergessen, wer Abu Dun wirklich war: nämlich ein Pirat und Sklavenhändler und vor allem ein Muselman. Bei Selics Heer war er so gut wie bei seinen Leuten, zumindest aber in Sicherheit.

»Ich verstehe«, sagte Abu Dun nach einer Weile. Er klang ein wenig verletzt. Dann erschien wieder das gewohnte breite Grinsen auf seinem Gesicht, bei dem seine Zähne fast unnatürlich weiß blitzten. »Nun, eigentlich kann ich dich verstehen. Ich an deiner Stelle würde wohl nicht anders reagieren. Kann ich mich darauf verlassen, dass wir bei dem bleiben, was wir besprochen haben? Du bist mein Diener und Leibwächter – ich musste mir etwas einfallen lassen, um zu erklären, warum du ein Schwert trägst.«

Welche Wahl hatte er schon? Andrej nickte.

»Und ich?«, fragte Frederic.

Abu Dun sah ihn nachdenklich an. »Mein Lustknabe?«, schlug er schließlich vor.

Frederics Gesicht verdüsterte sich vor Zorn und Andrej sagte rasch: »Er ist mein Sohn. Wir bleiben bei der Geschichte. Wir haben einige Übung darin.«

»Wenn er dein Sohn ist, möchte ich seine Mutter nicht kennen lernen«, seufzte Abu Dun. »Aber gut. Bitte bewahrt einen kühlen Kopf. Wir haben viel Zeit.«

Er gab den Männern, die Andrej und Frederic bewachten, einen Wink. Andrej entging zwar nicht, dass sie einen fragenden Blick zu ihrem Anführer hin warfen und auf sein zustimmendes Kopfnicken warteten, aber schließlich senkten sie ihre Waffen und nach einem weiteren Augenblick wagte es Andrej auch, langsam aufzustehen. Niemand versuchte ihn daran zu hindern, aber die beiden Krieger, die ihn bisher bewacht hatten, folgten ihm in zwei Schritten Abstand, als er Abu Dun begleitete.

Der Mann, mit dem Abu Dun gesprochen hatte, sah ihm aufmerksam und noch immer ein wenig misstrauisch entgegen. Obwohl sein Gesicht einen undurchdringlichen Ausdruck hatte, wirkte es doch zugleich auch offen. Er sah Andrej gerade lange genug durchdringend an, um seinen Blick unbehaglich werden zu lassen, dann wandte er sich mit einer Frage an Abu Dun und machte eine komplizierte Handbewegung. Abu Dun antwortete und wandte sich dann an Andrej.

»Er sagt, du siehst nicht aus, als wärst du mein Leibwächter«, sagte Abu Dun.

Andrej verzog nur flüchtig die Lippen. Er konnte den Mann verstehen: Abu Dun war ein gutes Stück größer als er und sein schwarzes Gesicht ließ ihn noch bedrohlicher erscheinen. Wenn man sie nebeneinander sah, konnte man höchstens annehmen, dass Abu Dun *sein* Leibwächter war.

»Und?«, fragte er schließlich.

»Er will, dass du es beweist«, sagte Abu Dun.

»Beweisen? Wie soll das gehen?«

Die Aufforderung beunruhigte Andrej mehr als nur ein bisschen: Bevor Abu Dun antworten konnte, reichte ihm der türkische Kommandant sein Schwert, zog mit der anderen Hand seine eigene Waffe und machte eine auffordernde Kopfbewegung.

»Was soll das?«, fragte Andrej.

»Er will, dass du mit ihm kämpfst«, sagte Abu Dun. »Du musst ihm beweisen, dass du wirklich mein Leibwächter bist.«

»Ich kämpfe nicht zum Spaß«, antwortete Andrej. »Das habe ich noch nie getan.«

»Dann wird es Zeit, dass du damit anfängst«, sagte Abu Dun. »Denn wenn du es nicht tust, wirst du ernsthaft kämpfen müssen. Möglicherweise gegen alle.«

Andrej schwieg. Abu Dun hatte natürlich Recht. Es wäre närrisch zu glauben, dass ein Mann wie der Kommandant der türkischen Patrouille jedem Fremden, den er zufällig traf, sofort vertraute – mitten im Feindesland und noch dazu in Begleitung zweier Feinde. Aber er konnte es sich im Grunde gar nicht leisten, mit diesem Mann zu kämpfen. Andrej zweifelte nicht daran, dass er ihn besiegen würde; er war bisher nur auf sehr wenige Männer getroffen, die ihm im Kampf mit dem Schwert ebenbürtig oder gar überlegen gewesen wären. Das Problem war ein ganz anderes: Weder durfte er den Mann schwer verletzen, noch das Risiko eingehen, selbst verwundet zu werden. Er durfte nicht einmal einen Kratzer abbekommen. Wenn die Menschen in dem Dorf, in dem sie vor einer Woche gewesen waren, schon nicht an Zauberei glaubten: diese heidnischen Krieger taten es bestimmt. Wenn sie sahen, dass sich seine Verletzungen in Sekundenschnelle wieder schlossen, dann würden sie alle zu ihren Waffen greifen und ausprobieren, wie weit seine Unverwundbarkeit wirklich reichte.

»Also gut«, sagte er schweren Herzens. Er trat einen Schritt zurück und hob sein Schwert. »Aber ich will ihn nicht verletzen. Der Kampf endet, sobald einer von uns entwaffnet ist.«

Abu Dun verstand, was er meinte. Er übersetzte Andrejs Worte und der Türke erklärte sich mit einem Nicken einverstanden. Auch er hob sein Krummschwert und machte gleichzeitig eine befehlende Geste mit der freien Hand, woraufhin seine Krieger einen vielleicht fünf Meter durchmessenden Kreis rings um sie herum bildeten. Dann griff er ohne weitere Verzögerung an.

Andrej spürte sofort, dass er es mit einem ernst zu nehmenden Gegner zu tun hatte. Der Mann war gut. Nicht so gut wie er, aber *gut,* und vor allem: Er war entschlossen, vor seinen Männern nicht das Gesicht zu verlieren. Andrej parierte seine ersten Angriffe mit vorgetäuschter Mühe, um sich ein Bild von der Kraft und Schnelligkeit seines Gegners zu machen, dann löste er sich von ihm, griff an und legte alle Kraft in einen einzigen Hieb.

Der Türke war stärker, als er geglaubt hatte. Es gelang Andrej nicht, ihm das Schwert aus der Hand zu schlagen. Aber er wusste, wie schmerzhaft ein solcher Schlag war. Der Mann taumelte mit schmerzverzerrtem Gesicht zurück und Andrej setzte ihm blitzartig nach, trat ihm wuchtig vor das linke Knie und brachte ihn damit endgültig aus dem Gleichgewicht. Der türkische Krieger stürzte und Andrej war mit einem einzigen Schritt über ihm. Sein Schwert senkte sich auf die Hand, die das Schwert hielt, verletzte sie aber nicht.

Der Krieger erstarrte. Seine Augen weiteten sich in einer Mischung aus Unglauben und Entsetzen.

»Er sollte die Waffe loslassen«, sagte Andrej. »Bevor ich sie ihm aus der Hand nehme. Sag ihm das.«

Abu Dun übersetzte getreulich (wenigstens hoffte Andrej das) und der Türke zögerte noch einen Herzschlag lang – und ließ dann zu Andrejs unendlicher Erleichterung das Schwert los.

Andrej trat rasch einen Schritt zurück, schob sein Schwert in den Gürtel und streckte dann die Hand aus, um dem gefallenen Krieger auf die Füße zu helfen. Der Türke blickte seine ausgestreckte Rechte einen Moment lang an, als wüsste er nichts damit anzufangen, aber dann griff er danach und ließ sich von ihm aufhelfen. Seine Mundwinkel zuckten, als er das verletzte Bein belastete, aber der Ausdruck in seinen Augen hatte sich vollkommen gewandelt. Er sagte etwas zu Andrej und lachte, und aus dem Wald hinter ihnen zischte ein Armbrustbolzen heran und traf ihn mitten in die Stirn.

Dann brach die Hölle los.

Noch während Andrej blitzschnell herumfuhr und das Schwert wieder aus dem Gürtel riss, zischten weitere Bolzen und Pfeile heran. Gleichzeitig stürmte eine Anzahl dunkel gekleideter Gestalten aus dem Unterholz, die die vollkommen überraschten Türken mit Speeren, Schwertern und Äxten angriffen. Fast die Hälfte der muselmanischen Krieger fiel unter dem ersten Angriff, bevor es dem Rest gelang, seine Waffen zu ergreifen und eine Verteidigung zu organisieren.

Andrej stand volle zwei Sekunden lang reglos mit dem Schwert in der Hand da, ohne dass irgendjemand auch nur Notiz von ihm zu nehmen schien, dann aber attackierten ihn gleich zwei der feindlichen Krieger. Andrej wehrte den Angriff des ersten mit einer reflexartigen Bewegung ab, die den Mann zurücktaumeln ließ, ohne ihn zu verletzen, dem zweiten versetzte er eine tiefe Stichwunde in den Unterarm, die ihn seine Waffe fallen ließ. Dann war plötzlich alles voller kämpfender Männer, Schreie, blitzender Waffen, und es blieb ihm keine Zeit mehr, auch nur einen klaren Gedanken zu fassen. Er wehrte ab, parierte, wich aus, konterte und griff seinerseits an, alles in einer einzigen, rasend schnellen Bewegung und ohne genau zu wissen, gegen wen er kämpfte oder warum eigentlich. Abu Dun war dicht neben ihm und er kämpfte mindestens so hart wie er, wenn nicht härter, denn er wurde nicht nur von den überraschend aufgetauchten Gegnern attackiert, sondern auch von den Türken, die ihn offensichtlich für einen Verräter hielten.

Es stand nicht gut um ihn. Er schlug sich wacker, aber er hatte es gleich mit drei Gegnern zu tun; eine Übermacht, gegen die er auf Dauer nicht bestehen würde. Er blutete bereits aus einer tiefen Schnittwunde im Oberarm.

Andrej hackte und schlug sich rücksichtslos zu ihm durch und erreichte ihn im buchstäblich allerletzten Moment. Irgendwie war es Abu Dun gelungen, zwei seiner Gegner mit einem einzigen Hieb des gewaltigen Krummschwertes zurückzutreiben, aber er konnte sich dabei gegen den dritten nicht mehr verteidigen. Der nutzte diese Schwäche, um einen tödlichen Stich nach Abu Duns Herzen zu führen. Andrej schmetterte die Klinge so knapp beiseite, dass sie in der Abwärtsbewegung Abu Duns Gewand zerfetzte. Dann schleuderte er den Mann mit einem Tritt zurück und stellte sich hinter den Piraten. Sie kämpften Rücken an Rücken. Aber es war aussichtslos.

Andrej begriff mit entsetzlicher Klarheit, dass sie verlieren würden. Ganz gleich, welche Seite siegte, Abu Dun und er gehörten zu ihren Feinden.

Er war noch nicht einmal sicher, wer den Sieg davontragen würde. Die Angreifer waren zahlenmäßig hoffnungslos überlegen. Der überraschende Angriff hatte den Türken schreckliche Verluste zugefügt – aber im Gegensatz zu den zerlumpten und schlecht ausgebildeten Bauern und Milizionären waren sie geübte Krieger, die ihr Handwerk verstanden und es leicht mit jeweils zwei oder auch drei Gegnern aufnahmen. Wer immer diesen Überfall geplant hatte, war dabei nicht sehr geschickt vorgegangen.

Dann geschah etwas, das alles änderte.

Andrej sah, wie einer der türkischen Krieger mit zerschmettertem Schädel zurücktaumelte und zusammenbrach. Hinter ihm trat eine riesenhafte Gestalt in einer blutfarbenen Rüstung aus dem Wald, die über und über mit Stacheln und eisernen Dornen gespickt war. In der Rechten hielt sie einen Morgenstern mit drei Kugeln; vielleicht nicht die wirkungsvollste, aber mit Sicherheit die furchteinflößendste Waffe, die Andrej kannte.

Er starrte das Visier der blutroten Rüstung an.

Es war der Drachenritter. Der Mann, der Abu Duns Schiff versenkt und seine gesamte Familie ausgelöscht hatte.

»Du!«, schnappte Andrej. Und dann schrie er, noch einmal und mit kreischender, fast überkippender Stimme: »*DU!!*«

Nichts anderes mehr zählte. Die Schlacht und die Krieger ringsum wurden bedeutungslos. Es gab nur noch den Drachenritter, den Mörder seiner Familie, den er sterben sehen wollte.

»*Du!*«, brüllte Andrej noch einmal. »*Du gehörst mir! Stell dich!*«

Der Kopf des Drachenritters ruckte mit einer schlangengleichen Bewegung herum. Ein türkischer Krieger attackierte ihn. Der Ritter schlug ihn mit seinem dornenbesetzten Handschuh zu Boden, hob seinen schrecklichen Morgenstern und machte eine spöttische, winkende Bewegung, mit der er die Herausforderung annahm.

Andrej stürmte los. Niemand versuchte ihn aufzuhalten. Vielleicht hatten die Männer trotz des tobenden Kampfes bemerkt, was zwischen ihm und dem Drachenritter vorging, aber vielleicht war da auch etwas in seinem Gesicht und seinen Augen, was die Männer erschreckte.

Der Drachenritter hob seinen Morgenstern höher und Andrej führte einen zornigen Hieb gegen seinen Arm aus, um ihn zu entwaffnen.

Er hatte seinen Gegner unterschätzt. Der Drachenritter ignorierte seinen Angriff und verließ sich – zu Recht! – darauf, dass seine Rüstung dem Schwerthieb Stand halten würde. Gleichzeitig schlug er mit seinem stachelbewehrten linken Handschuh zu.

Trotzdem musste Andrejs Schwerthieb den Arm des Drachenritters gelähmt haben, denn er ließ den Morgenstern fallen und taumelte zurück, aber auch sein Hieb traf und die Wirkung war verheerend. Andrej sank in die Knie. Ein grausamer Schmerz explodierte in seinem Leib, als die zehn Zentimeter langen Dornen in sein Fleisch bissen, und er spürte, wie schlagartig alle Kraft aus seinem Körper wich. Er ließ das

Schwert fallen, kippte nach vorne und erbrach würgend Blut und Schleim. Aus den Augenwinkeln sah er, wie der Drachenritter mit einem raschen Schritt sein Gleichgewicht fand und sich nach seiner Waffe bückte.

Dann sah er etwas anderes, was ihn selbst den Drachenritter für den Moment vergessen ließ.

Auch Frederic hatte sich mit einem Schwert bewaffnet, das er wohl einem toten Krieger abgenommen hatte. Er stürmte heran, tauchte unter einem Speer hindurch, mit dem ein türkischer Krieger nach ihm stocherte und versetzte dem Mann aus der gleichen Bewegung heraus einen tiefen Stich in die Wade. Der Mann brüllte vor Schmerz und Wut, fuhr herum und schlug Frederic den Speer quer über den Rücken. Frederic stürzte mit weit nach vorne gestreckten Armen zu Boden und ließ das Schwert fallen. Der Türke führte seine Bewegung zu Ende, drehte den Speer herum und stieß ihm die Spitze zwischen die Schulterblätter.

Andrej schrie auf, als hätte ihn selbst die tödliche Speerspitze getroffen, sprang in die Höhe und warf sich auf den Krieger. Mit einem einzigen Hieb schleuderte er ihn zu Boden, riss den Speer aus Frederics Rücken und tötete den Mann mit seiner eigenen Waffe. Dann ließ er sich neben Frederic auf die Knie fallen und drehte ihn herum.

Frederic war bei Bewusstsein, hatte aber große Schmerzen. Er weinte. Die Wunde in seiner Brust hatte sich noch nicht ganz geschlossen, hörte aber bereits auf zu bluten. Der Stich hatte sein Herz verfehlt. Die Wunde war nicht tödlich.

»Entspanne dich«, sagte er. »Du darfst nicht dagegen ankämpfen! Lass deinen Körper die Arbeit tun!«

Er wusste nicht, ob Frederic ihn überhaupt hörte, und ihm blieb auch keine Zeit, sich weiter um ihn zu kümmern. Doch auch wenn der Drachenritter die Gelegenheit nicht nutzte, um zu Ende zu bringen, was er angefangen hatte, war der Kampf noch nicht vorüber, und er wurde sofort wieder attackiert. Ein weiterer türkischer Krieger drang auf ihn ein.

Andrej war im Moment waffenlos. Er ließ sich zur Seite fallen, hörte ein Schwert über sich hinwegzischen und schlug instinktiv die Arme vors Gesicht, als der Krieger mit seinem Schild nach ihm stieß.

Die Abwehrbewegung kam zu spät. Andrej wurde hart getroffen und fiel nach hinten, griff aber auch im gleichen Moment zu und packte mit beiden Händen den Schild. Mit einem kräftigen Ruck brachte er den Mann aus dem Gleichgewicht, schleuderte ihn über sich hinweg und nutzte den Schwung seiner eigenen Bewegung, um mit einer Rolle wieder auf die Füße zu kommen. Noch bevor der Krieger vollends zu Boden gestürzt war, war Andrej über ihm, entriss ihm seine Waffe und stieß ihm die Klinge ins Herz.

Ein harter Schlag traf seinen Rücken. Er stolperte nach vorne, fand mit einem raschen Ausfallschritt seine Balance wieder und wirbelte herum. Ein weiterer Krieger hatte ihn angegriffen. Blut lief über seinen Rücken, aber die Wunde war nicht tief. Andrej griff den Mann sofort und mit kompromissloser Wucht an. Der völlig verblüffte Krieger parierte seinen Hieb zwar, wurde aber zurückgetrieben, stolperte über irgendetwas und stürzte mit hilflos rudernden Armen nach hinten.

Als er zu Boden fiel, stürzte sich Frederic auf ihn.

Es ging zu schnell, als dass Andrej es verhindern konnte.

Er hätte ohnehin nichts mehr tun können, um Frederic zurückzuhalten. Der Junge warf sich auf den gestürzten Krieger, presste ihn durch die schiere Wucht seines Angriffs zu Boden und grub die Zähne in seine Kehle. Der Türke brüllte vor Schmerz und bäumte sich auf, aber es war aussichtslos: Frederics Zähne zerfetzten seinen Kehlkopf und seine Halsschlagader in Sekundenschnelle. Aus seinem Schrei wurde ein schreckliches, nasses Gurgeln und seine Arme und Beine begannen unkontrolliert zu zucken.

Aber Frederic hörte nicht auf. Sein Gesicht wühlte sich weiter in die Kehle des sterbenden Mannes und seine zu Krallen gewordenen Finger tasteten nach seinen Augen. Er begann das Blut des Mannes zu trinken.

Endlich löste Andrej sich aus seiner Erstarrung. Er ließ das erbeutete Schwert fallen, stürzte vor und riss Frederic von seinem Opfer fort. Der Junge wehrte sich wie von Sinnen, schrie und schlug nach ihm. Er bot einen furchtbaren Anblick. Sein Mund war blutverschmiert, die Zähne rot vom Lebenssaft seines Opfers, den er getrunken hatte. In seinen Augen loderte etwas, das schlimmer war als Wahnsinn.

Andrej schüttelte ihn, so fest er konnte. »Frederic!«, schrie er. »Hör auf! Um Gottes willen, *hör auf!*«

Frederic hörte nicht auf, sondern wehrte sich nur

mit umso größerer Kraft, sodass es Andrej kaum noch möglich war, ihn zu halten. Schließlich sah er keine andere Wahl mehr: Er holte aus und versetzte Frederic einen Fausthieb ins Gesicht, der dem Jungen auf der Stelle das Bewusstsein raubte. Frederic erschlaffte in seinen Armen. Andrej ließ ihn sanft zu Boden sinken und richtete sich auf.

Die Schlacht war nahezu vorbei. Hier und da wurde noch gekämpft, aber die Angreifer hatten gesiegt. Die wenigen türkischen Krieger, die noch am Leben und nicht zu schwer verletzt waren, versuchten sich von ihren Gegner zu lösen und zu fliehen. Der Drachenritter selbst beteiligte sich nicht mehr am Kampf. Er stand in einiger Entfernung da und starrte ihn an. Andrej wurde klar, dass er auch die unheimliche Szene mit Frederic beobachtet haben musste.

Er nahm sein Schwert, trat dem unheimlichen Ritter einen Schritt entgegen und machte eine auffordernde Geste. Da war noch etwas zwischen ihnen, was darauf wartete, zu Ende gebracht zu werden.

Der Drachenritter nickte.

Doch er nahm Andrejs Herausforderung damit nicht an. Hatte er wirklich geglaubt, dass dieser Mann *fair* kämpfte?

Andrej registrierte ein Geräusch hinter sich, aber er kam nicht einmal mehr dazu, sich umzudrehen. Ein harter Schlag traf seinen Hinterkopf und löschte sein Bewusstsein aus.

8

Als er zu sich kam, war er an Händen und Füßen gefesselt. Er lag bäuchlings im Sattel eines Pferdes, vielleicht auch eines Maultiers, dem schwankenden Gang nach zu schließen. Man hatte ihm einen Sack über den Kopf gestülpt, sodass er nicht nur blind war, sondern auch nur mühsam atmen konnte.

Wenigstens konnte er hören. Hufschläge, *sehr viele* Stimmen, die mannigfaltigen, einzeln kaum identifizierbaren Laute, die in ihrer Gesamtheit die typische Geräuschkulisse eines Trosses abgaben, manchmal ein Wortfetzen, den er verstand. In seiner Umgebung wurden verschiedene Sprachen gesprochen, was gewisse Rückschlüsse auf die Zusammensetzung des Trupps zuließ, der die türkische Patrouille überfallen hatte.

Eine sehr lange Zeit verging auf diese Weise. Aber Andrej wusste, wie sehr das Zeitgefühl eines Menschen getäuscht werden konnte.

Plötzlich bemerkte er eine Veränderung. Der Tross wurde langsamer und die Geräusche hörten sich anders an. Die Hufschläge der Pferde riefen nun hallende Echos hervor, als brächen sie sich an steinernen Wänden, und er hörte noch andere, neue Laute, die ihm verrieten, dass sie eine Stadt erreicht hatten, vielleicht auch eine Burg. Kurz darauf hielten sie an. Andrej wurde unsanft vom Rücken des Tieres gezerrt und auf die Füße gestellt. Jemand durchtrennte seine Fußfesseln. Er konnte gehen, aber an einen Fluchtversuch war gar nicht zu denken. Mindestens zwei Männer hielten ihn und wie viele noch in seiner Nähe waren, war nicht auszumachen.

Andrej wurde grob vorangestoßen und in ein Haus bugsiert, dann ging es eine steile Treppe hinunter und in einen kalten, muffig riechenden Raum. Ein dunkler, rötlicher Lichtschimmer durchdrang den groben Stoff der Kapuze, die man ihm übergestülpt hatte, und er hörte Metall klirren. Auch seine Handfesseln wurden durchtrennt, aber seine Arme wurden sofort von jeweils zwei kräftigen Händen gepackt und nach oben gezwungen. In seinem Rücken spürte er harten Stein. Seine Gelenke wurden weit über seinem Kopf mit eisernen Handfesseln angekettet. Erst danach rissen ihm seine Peiniger die Kapuze vom Kopf.

Andrej blinzelte ein paar Mal. Nicht weit von seinem Gesicht entfernt brannte eine Fackel, deren Licht ihm unangenehm grell erschien, sodass er im ersten Moment kaum etwas sehen konnte.

Immerhin erkannte er, dass seine Einschätzung richtig gewesen war: Er befand sich in einem niedrigen Gewölbekeller, dessen Wände aus nur grob behauenem Felsgestein bestanden. Auf dem Boden lag übelriechendes Stroh und hoch unter der Decke gab es ein schmales Fenster, hinter dem aber kein Tageslicht zu sehen war. Abgesehen von ihm selbst befanden sich noch drei weitere Männer hier unten; zwei der zerlumpten Soldaten, die die türkische Patrouille überfallen hatten, und der Drachenritter. Er stand in einigem Abstand da und starrte ihn durch die Sehschlitze seiner unheimlichen Maske durchdringend an.

Andrej hörte ein gedämpftes Stöhnen, drehte den Kopf nach links und sah, dass das Kellerverlies noch einen weiteren Bewohner hatte: Abu Dun war neben ihm an die Wand gekettet. Er bot einen schrecklichen Anblick. In sich zusammengesunken wurde er nur noch von den eisernen Ringen um seine Handgelenke gehalten. Er war kaum noch bei Bewusstsein, und sein Gesicht zeigte, dass man ihn schwer geschlagen hatte.

»Es ist gut.«

Der Drachenritter machte eine befehlende Geste und die beiden Männer verließen hastig den Keller. Andrej kam es vor, als flüchteten sie aus der Nähe ihres Herrn.

Der Drachenritter kam mit langsamen Schritten näher. Statt des Morgensterns trug er ein Schwert mit einer gezahnten Klinge im Gürtel, eine Waffe, die zum Verletzen und Verstümmeln gemacht zu sein schien. Im flackernden, roten Licht der Fackel sah seine Rüstung nun wirklich aus, als wäre sie in Blut getaucht worden. Einen Moment lang sah der Ritter Andrej an, dann schlenderte er fast gemächlich zu Abu Dun hin, legte die Hand unter sein Kinn und hob seinen Kopf an. Abu Dun stöhnte und versuchte die Augen zu öffnen, aber seine Lider waren zugeschwollen.

Der Ritter ließ sein Kinn los, kam auf Andrej zu und hob abermals die Hand. Andrej ahnte, was kommen würde, aber er versuchte nicht, sich zu wehren oder auch nur den Kopf zu drehen. Es wäre ohnehin zwecklos gewesen, und er wollte dem Drachenritter nicht die Genugtuung gönnen, ihn in Angst versetzt zu haben.

Langsam drehte der Ritter die Hand. Andrej biss die Zähne zusammen, als einer der rasiermesserscharfen Dornen auf dem Rücken seines Handschuhs seine Wange aufriss. Warmes Blut lief über sein Gesicht. Der Ritter zog die Hand zurück, wartete einen Moment und wischte dann das Blut von seiner Wange. Die Augen hinter den schmalen Sehschlitzen weiteten sich.

»Tatsächlich«, sagte er. »Ich habe mich nicht getäuscht.« Er schwieg einen Moment, dann ging er wieder zu Abu Dun hin und ritzte auch seine Wange. Der Pirat stöhnte vor Schmerzen, hatte aber wohl nicht einmal die Kraft, den Kopf zur Seite zu drehen.

»Nein«, sagte der Drachenritter. »Bei ihm funktioniert es nicht.«

»Warum tust du das?«, fragte Andrej, »Macht es dir Spaß, Menschen zu quälen?«

»Ja«, antwortete der Ritter. »Das größte Vergnügen überhaupt. Obwohl ich nicht sicher bin, ob ihr überhaupt Menschen seid.« Er kam wieder näher. »Bei diesem Mohr natürlich schon, aber bei dir? Was bist du?«

»Mach mich los und gib mir eine Waffe, dann zeige ich es dir«, knurrte Andrej. »Oder mach mich einfach nur los. Das würde schon reichen.«

Der Ritter lachte. »Das werde ich nicht tun. Aber ich gebe dir mein Wort, dass ich nicht versuchen werde, dich daran zu hindern, dich aus eigener Kraft zu befreien. Hast du schon einmal einen Fuchs gesehen, der in eine Falle gegangen ist? Manchmal beißen sie sich selbst die Pfote ab, um sich zu befreien. Ich frage mich, ob du das auch könntest. Und ob deine Hand vielleicht nachwachsen würde.«

»Du bist tatsächlich ein außergewöhnlich tapferer Mann«, höhnte Andrej. »Es gehört schon eine Menge Mut dazu, einen Mann zu verspotten, der hilflos an die Wand gekettet ist.«

»Ich bin tapfer«, antwortete der Drachenritter ruhig. »Aber nicht dumm. Welche Chance hätte ich schon gegen einen Mann, der nicht verletzt werden kann?«

Andrej lachte, obwohl ihm ganz und gar nicht danach zumute war. »Willst du mich foltern? Das hätte wenig Zweck.«

»Oh, ganz im Gegenteil«, antwortete der Drachenritter lachend. »Es würde vieles für mich vereinfachen. Dieses Bauernpack hält nicht viel aus. Ich brauche ständig neues Material und in Zeiten wie diesen ist es manchmal nicht leicht, ausreichend Nachschub zu bekommen. Du würdest dieses Problem für eine ganze Weile lösen. Ich könnte mich lange mit dir amüsieren. Sehr lange.«

»Willst du mir Angst machen?«, fragte Andrej.

»Nein«, antwortete der Drachenritter. »Ich werde dich morgen wieder aufsuchen, und bis dahin hast du Zeit, über meine Worte nachzudenken.«

»Welche Worte?«, fragte Andrej trotzig. »Du hast ja noch gar nichts gesagt.«

»Dein Geheimnis«, sagte der Ritter. »Ich will, dass du es mich lehrst.«

Andrej lachte böse. »Du musst wahnsinnig sein, wenn du glaubst, dass ich einem Monster wie dir ein solches Geheimnis anvertrauen würde – selbst wenn ich es könnte.«

»Wahnsinnig ... Wer weiß? Aber das spielt für dich keine Rolle, nicht wahr? Du wirst reden, so oder so, aber ich mache dir ein für mich ungewohnt großzügiges Angebot. Ich verspreche einen schnellen und schmerzlosen Tod, wenn du redest. Er kann aber auch Tage dauern. Wochen, wenn du willst.«

»Du willst mich foltern?« Andrej zwang sich zu einem Grinsen. »Mach dich nicht lächerlich.«

»Wer spricht von dir?«, fragte der Drachenritter. »Wie wäre es mit ihm?« Er deutete auf Abu Dun. »Ich habe gerade von seinem Volk exquisite Tötungsarten gelernt, die ich gerne einmal an ihm ausprobieren würde. Es liegt bei dir – oh ja, und selbstverständlich müsstest du dabei zusehen. Und außerdem: Hast du dich noch nicht gefragt, wo dein junger Freund geblieben ist?«

»Frederic?«, entfuhr es Andrej. »Was ist mit ihm?«

»Frederic. Das ist also sein Name. Um deine Frage zu beantworten: Nichts. Es geht ihm gut. Noch.«

»Wenn du ihm etwas antust ...«

»... wirst du noch aus der Hölle zurückkommen und mich töten, ja, ja«, unterbrach ihn der Drachenritter. »Ich weiß. Aber es liegt ganz bei dir.«

»Ich kann dir nicht geben, was du willst«, sagte Andrej. »Es ist nichts, was man lernen kann.«

»Dann stille wenigstens meinen Wissensdurst«, sagte der Drachenritter spöttisch. »Schlaf eine Nacht darüber. Du musst die spartanische Unterkunft verzeihen, aber wir haben Krieg und in solchen Zeiten muss man manchmal auf den gewohnten Luxus verzichten. Wenn du irgendwelche Wünsche hast, klingle einfach nach dem Diener.« Er lachte noch einmal, drehte sich dann um und ging. Der Raum hatte keine Tür, sodass Andrej hören konnte, wie seine Schritte draußen auf der Treppe verklangen.

Er blieb jedoch nicht lange allein. Es vergingen nur Augenblicke, bis er erneut Schritte hörte und einer der beiden Soldaten zurückkam. Er bedachte Andrej nur mit einem flüchtigen Blick, ging dann zu Abu Dun und hob seinen Kopf an. Auf seinem Gesicht breitete sich ein Ausdruck von wachsendem Schrecken aus, als er Abu Duns zerschlagenes Antlitz betrachtete.

»Gott im Himmel«, murmelte er erschüttert. »Dieses ... *Vieh*.«

»Hast du keine Angst, dass dein Herr hört, wie du über ihn sprichst?«, fragte Andrej.

»Tepesch?«

»Ist das sein Name? Der des Drachenritters?«

»Fürst Vladimir Tepesch«, bestätigte der Soldat. »Aber er nennt sich selbst gerne Dracul. Du kannst ihn ruhig so ansprechen. Es macht ihm nichts aus. Ich glaube, es schmeichelt ihm. Er will, dass die Menschen ihn fürchten.« Er wies mit einer Kopfbewegung auf Abu Dun. »Ist er ein Freund von dir?«

»Ja«, antwortete Andrej. »Auch wenn er ein Araber ist.«

»Wir sind hier auf dem Balkan, da hat so ziemlich jeder ein bisschen morgenländisches Blut in seiner Ahnenreihe. Selbst Tepesch – aber das sollte man ihm besser nicht ins Gesicht sagen. Vielleicht würde er dann doch böse.« Er legte den Kopf auf die Seite. »Ich bin Vlad. Wie ist dein Name?«

»Andrej. Vlad?«

»Eigentlich Vladimir«, antwortete Vlad achselzuckend. »Aber seit Dracul über Burg Waichs und damit über die Walachei und ganz Transsylvanien herrscht, ist dieser Name nicht mehr besonders beliebt. Keine Sorge – der Name ist alles, was ich mit ihm gemein habe.«

»Und dass du ihm dienst.«

»Die andere Alternative wäre, zu Draculs Kurzweil beizutragen.« Vlad zog eine Grimasse. »Wo kommt ihr her, dass ihr so wenig über ihn wisst. Er genießt einen gewissen Ruf.«

»Von ... ziemlich weit her«, antwortete Andrej ausweichend.

»Ich verstehe.« Vlad nickte. »Du willst nicht darüber reden. Es geht mich auch nichts an. Brauchst du etwas? Ich kann dir Wasser bringen oder auch ein Stück Brot.«

»Ein Arzt für Abu Dun wäre gut.«

»Das ist unmöglich. Wenn Dracul davon erführe ...« Er schüttelte den Kopf.

Andrej nahm sich das erste Mal die Zeit, Vlad genauer zu betrachten. Er war ein Mann schwer zu schätzenden Alters mit einem scharf geschnittenen, harten Gesicht und dunklen Augen, etwas größer als Andrej, aber auch deutlich schlanker. Er hatte einen wachen Blick, der einen schärferen Geist verriet, als sein zerlumptes Äußeres und seine Art, sich zu geben, vermuten ließen. Andrej traute ihm nicht – und wie konnte er? –, aber er hütete sich auch, ihn gleich als erbitterten Feind einzustufen. Der Grat zwischen angezeigter Vorsicht und krankhaftem Misstrauen war schmal.

»Vielleicht könntest du tatsächlich etwas für mich tun«, sagte er. »Da war ein Junge bei uns. Sein Name ist Frederic. Ich möchte wissen, was ihm geschehen ist.«

»Ich werde keine Fragen stellen«, sagte Vlad. »Dabei verliert man zu schnell seine Zunge. Aber ich werde die Ohren offen halten. Vielleicht höre ich etwas.«

»Danke«, sagte Andrej. »Und ein Schluck Wasser wäre vielleicht doch nicht schlecht.«

9

Vlad kam tatsächlich nach einiger Zeit zurück und brachte ihnen Wasser und ein kleines Stück Brot. Doch ansonsten blieben sie für den Rest der Nacht allein. Andrej schlief ein paar Mal ein, wachte aber immer wieder durch die Schmerzen auf, die durch die Art seiner Fesselung verursacht wurden. Seine Handgelenke schmerzten unvorstellbar. Jeder Muskel von seinen Schultern aufwärts war verkrampft und gefühllos. Was Abu Dun erleiden mochte, wagte er sich nicht einmal vorzustellen.

Der Pirat hatte die ganze Nacht über hohes Fieber und fantasierte laut in seiner Muttersprache, aber als sich in dem kleinen Fenster über ihnen das erste Morgenlicht zeigte, erwachte er aus seinem Fiebertraum. Seine Augen waren dunkel vor Schmerz und sein Gesicht sah nun viel mehr grau als schwarz aus; aber zumindest schien er das Fieber überwunden zu haben.

»Hexenmeister«, murmelte er. »Ich wollte, ich könnte sagen, dass ich mich freue, dich zu sehen. Aber das wäre eine Lüge.« Er sprach so undeutlich, dass

Andrej Mühe hatte, ihn zu verstehen, denn seine Lippen waren unförmig geschwollen. Seine Zähne waren rot von seinem eigenen, eingetrockneten Blut.

»Und ich freue mich, dass du noch lebst«, antwortete Andrej.

»Wahrscheinlich fragst du dich, warum«, nuschelte Abu Dun. »Wenn du die Antwort gefunden hast, verrate sie mir. Ich habe noch nie gehört, dass Tepesch einen Muslim am Leben gelassen hätte. Und wenn, hat sich dieser vermutlich gewünscht, er hätte es nicht getan.«

Er versuchte sich aufzurichten und stieß einen keuchenden Schmerzenslaut aus, als die eisernen Fesseln in seine wundgescheuerten Handgelenke schnitten.

»Du wusstest also, wer er ist«, sagte Andrej.

»Ich habe von ihm gehört«, brachte Abu Dun stöhnend hervor. »Der Schwarze Engel ist der schlimmste der Drachenritter. Aber ich wusste nicht, dass *er* es ist. Es heißt, dass nicht viele Menschen sein Gesicht bisher gesehen haben.«

»Woher weist du dann ...«

»Weil ich nicht taub bin«, unterbrach ihn Abu Dun. »Ihr habt laut genug geredet.«

»Du hast den Bewusstlosen gespielt?«

»Das erschien mir angeraten«, antwortete Abu Dun. »Es macht keinen Spaß, einen Mann zu quälen, der den Schmerz nicht spürt. Ich bin kein sehr tapferer Mann, habe ich dir das schon erzählt?«

»Du bist ein Lügner.«

Abu Dun versuchte noch einmal, in eine andere Position zu gelangen, und diesmal schaffte er es. »Ich hoffe, du überlegst dir deinen Standpunkt noch einmal. Ich bin nicht versessen darauf, Draculs Erfindungsreichtum kennen zu lernen.«

»Glaubst du etwa, er würde dich am Leben lassen?«, fragte Andrej. »Oder auch nur sein Wort halten?«

»Nein«, gestand Abu Dun nach kurzem Überlegen. Er rang sich ein gequältes Grinsen ab. »Wenn du wirklich ein Hexenmeister bist, wäre jetzt vielleicht der Moment, ein paar deiner Zaubertricks vorzuführen.«

»Wenn ich zaubern könnte, wären wir nicht hier«, antwortete Andrej.

»Ja, auch das habe ich befürchtet«, seufzte Abu Dun. »Und was tun wir jetzt?«

»Abwarten«, antwortete Andrej. »Es sei denn, du hast eine bessere Idee.«

»Nein«, sagte Abu Dun. »Was habe ich nur getan, dass Allah mich so bestraft?«

»Ich könnte es dir erklären«, antwortete Andrej. »Doch ich fürchte, dazu reicht unsere Zeit nicht.« Er bewegte vorsichtig die Hände. Es tat sehr weh, aber entgegen seiner eigenen Erwartung konnte er es. Prüfend zerrte er an der Kette, begriff aber sofort, wie sinnlos es war. Sie war stark genug, einen Ochsen zu halten.

»Das hat keinen Zweck«, sagte Abu Dun. »Dracul hat gesehen, wozu du fähig bist. Und der Junge auch. Ich habe es übrigens ebenfalls gesehen.«

Andrej schwieg, obwohl er die Botschaft durchaus verstand, die sich in dieser harmlos erscheinenden Bemerkung verbarg.

»Lass mich nicht dumm sterben, Hexenmeister«, sagte Abu Dun nach einer Weile. »Erzähle es mir. Das bist du mir schuldig.«

»Du wirst nicht sterben«, beharrte Andrej. »Und ich bin dir nichts schuldig.«

»Über eine dieser beiden Behauptungen können wir jetzt lange streiten«, sagte Abu Dun. »Also?«

»Ich kann es nicht«, sagte Andrej. »Glaub mir. Ich kenne das Geheimnis selbst nicht. Eines Tages bin ich aufgewacht und ... und es war einfach so.« Er zögerte einen Moment. »Malthus ... der goldene Ritter, den ich getötet habe, er hat mir einiges erzählt. Aber ich weiß nicht, ob es die Wahrheit ist.«

»Ich habe es gesehen«, sagte Abu Dun. »Der Junge hat Blut getrunken. Und nicht das erste Mal.«

Andrej wusste, was er damit sagen wollte, überging es aber. »Es ist nicht seine Schuld«, sagte er. »Ich wusste es nicht, aber er muss wohl gesehen haben, was bei Malthus' Tod geschah. Er hat es falsch verstanden. Er *musste* es falsch verstehen. Wenn überhaupt, dann trage ich die Schuld. Ich hätte es ihm erklären müssen.«

»Was? Dass ihr Blut trinken müsst, um am Leben zu bleiben?«

»Aber so ist es nicht!« Andrej war selbst ein wenig über die Heftigkeit erschrocken, mit der er widersprach. »Nicht wirklich.«

»Dann habe ich mir nur eingebildet, es gesehen zu haben.«

»Nein. Aber es bringt uns keine Kraft, das Blut eines normalen Menschen zu trinken. Es muss einer der unseren sein. Jemand, der so ist wie wir. Ich wusste es

selbst nicht, bevor ich Malthus' Blut getrunken habe.«
Selbst bei der Erinnerung an das schreckliche Erlebnis seiner ersten *Transformation* begann seine Stimme zu zittern. Es war grauenhaft gewesen, die entsetzlichste – und zugleich berauschendste – Erfahrung seines bisherigen Lebens. Er konnte Abu Dun unmöglich erklären, was er gespürt hatte, denn er verstand es selbst nicht genau. Aber er versuchte es.

»Ich habe lange Zeit geglaubt, ich wäre der Einzige«, sagte er. »Ich wusste nicht, dass es mehrere wie mich gibt. Und ich wusste nicht, dass wir das Blut eines der unseren trinken müssen. Vielleicht ist das der Preis, den wir für das bezahlen, was wir sind.«

Abu Dun kniff eines seiner zugeschwollenen Augen noch weiter zu. »Ihr müsst euch gegenseitig töten, um am Leben zu bleiben? Das glaube ich nicht.«

»Es ist aber so«, beharrte Andrej. »Ich glaube nicht einmal, dass es das Blut ist. Es ist wohl nur eine Art ... Symbol, wenn du so willst. Es ist die Lebenskraft, die wir aufnehmen.«

»Das ist unmöglich«, beharrte Abu Dun. Obwohl es ihm Schmerzen bereiten musste, schüttelte er heftig den Kopf. »Wenn es so wäre, dürftest du gar nicht hier sein. Ihr hättet euch längst gegenseitig ausgerottet.«

»Vielleicht ist es der einzige Grund, aus dem wir *euch* noch nicht ausgerottet haben«, antwortete Andrej.

Darüber musste Abu Dun eine Weile nachdenken. Schließlich sagte er: »Das ist ... unheimlich. Unnatürlich.«

»Du wolltest es wissen«, antwortete Andrej.

»Vielleicht will ich es nicht glauben«, gestand Abu Dun. »Obwohl es wohl wahr sein muss. Allahs Wege sind wahrlich rätselhaft. Leider hilft uns das im Moment nicht weiter.«

»Vielleicht kann ich euch weiterhelfen.« Vlad trat gebückt durch die niedrige Tür und kam näher. Er sah sehr müde aus. Anscheinend hatte er die ganze Nacht kein Auge zugetan. Andrej fragte sich voller Unbehagen, wie lange er schon dort stand und wie viel er gehört hatte.

»Ich kann nicht lange bleiben«, fuhr Vlad fort, während er näher kam. »Aber ich habe etwas über den Jungen in Erfahrung gebracht.«

»Frederic? Lebt er?«

Bei dem Wort *Leben* hob Vlad kurz die linke Augenbraue, aber er sagte nichts, sondern kam näher und setzte einen Becher mit brackig schmeckendem Wasser an Andrejs Lippen. Er wartete, bis er ihn mit gierigen, tiefen Zügen zur Hälfte geleert hatte, dann nahm er ihn fort und ging zu Abu Dun, um auch dessen schlimmsten Durst zu stillen. Erst dann beantwortete er Andrejs Frage.

»Er ist bei Tepesch«, sagte er. »Ich habe gehört, dass er ihn nach Petershausen bringen lässt und von dort aus vielleicht zur Burg Waichs. Die Türken sind im Anmarsch. Wir werden Rettenbach noch heute verlassen und uns ebenfalls nach Petershausen zurückziehen. Dort ist es sicherer. Die Stadt ist befestigt. Nicht sehr gut, aber sie ist befestigt. Vielleicht scheint sie den Türken nicht lohnend genug, um sie zu belagern und zu stürmen.«

»Und Dracul selbst?«

Vlad hob die Schultern. »Es heißt, er käme im Laufe des Tages zurück, um noch einmal mit dir zu reden. Aber ich weiß es nicht. Er teilt mir seine Pläne nicht mit.« Er wandte sich wieder zur Tür. »Ich komme später noch einmal und bringe euch Wasser. Mehr kann ich nicht für euch tun.«

Aber vielleicht war das schon mehr, als sie verlangen konnten.

Vlad kam noch zweimal an diesem Tag, einmal um das versprochene Wasser und einmal, um ein wenig Brot zu bringen, mit dem er sie zu gleichen Teilen fütterte. Abu Dun weigerte sich am Anfang zu essen, aber Andrej überredete ihn schließlich dazu. Es war entwürdigend, wie ein hilfloser Säugling gefüttert zu werden. Die Situation war Andrej ebenso peinlich wie ihm. Aber allein der Umstand, dass sie angekettet waren und sich nicht von der Stelle rühren konnten, brachte einige noch viel peinlichere Dinge mit sich. Abu Dun beugte sich schließlich seinem Argument, dass sie womöglich jedes bisschen Energie brauchen würden, das sie bekommen konnten.

Beim dritten Mal – es war schon später Nachmittag – war es nicht Vlad, der die Treppe herunterpolterte, sondern Vladimir Tepesch. *Dracul.* Er trug auch jetzt seine bizarre blutfarbene Rüstung, obwohl es eine schiere Qual sein musste, sich den ganzen Tag über darin zu bewegen. Er kam nicht allein, sondern in Begleitung Vlads und drei weiterer Männer.

»Ich sehe, ihr habt die Nacht in meinem bescheidenen Gästehaus genossen«, begann er spöttisch. »Hattest du Zeit, über meinen Vorschlag nachzudenken?«

»Das hatte ich«, antwortete Andrej.

»Und?«

»Fahr zur Hölle.«

Tepesch lachte. »Nein, ich fürchte, diese Gnade wird Gott mir nicht erweisen«, sagte er. »Dort würde ich mich vermutlich wohl fühlen. Also fürchte ich, dass ich in den Himmel komme, um dort für alle Ewigkeiten Höllenqualen zu erleiden.«

»Du langweilst mich«, sagte Andrej. Er starrte an Dracul vorbei ins Leere.

Tepesch lachte. »Oh, mir würden da schon ein paar Dinge einfallen, um unsere Unterhaltung etwas kurzweiliger zu gestalten«, sagte er. »Ich fürchte nur, dass unsere Zeit dazu nicht reicht.«

Er deutete mit einer Kopfbewegung auf Abu Dun. »Seine Brüder sind auf dem Weg hierher. Sie sind noch eine gute Strecke entfernt. Wir müssen uns an einen sichereren Ort zurückziehen. Aber grämt Euch nicht, lieber Freund. Wir werden unterwegs viel Zeit haben, um zu reden.«

»Was hast du mit Frederic gemacht?«, fragte Andrej.

»Deinem jungen Freund? Nichts. Es war nicht notwendig. Der Junge ist viel einsichtiger als du. Ich glaube, dass wir Freunde werden könnten.«

Genau das war die größte Angst, die Andrej hatte. Er machte sich schwere Vorwürfe, nicht schon längst und ganz offen mit Frederic gesprochen zu haben.

Das Schicksal hatte dem Jungen einen grausamen Streich gespielt, ihm seine Unverwundbarkeit so früh zu schenken. Er hatte noch nicht einmal Zeit genug gehabt, herauszufinden, wer er war. Wie sollte er da begreifen, *was* er war. Nicht einmal Andrej wusste es genau. Wenn Frederic unter den Einfluss eines Ungeheuers wie Tepesch geriet ...

Andrej wagte sich nicht einmal vorzustellen, was dann aus ihm werden konnte.

»Nun, ich erwarte jetzt keine Antwort von dir«, fuhr Tepesch fort, als Andrej beharrlich schwieg. »Wir brechen gleich auf. Bis dahin müssen wir allerdings dafür sorgen, dass ihr wieder einigermaßen menschlich ausseht. Und riecht.« Er gab Vlad einen Wink. »Wascht sie und gebt ihnen saubere Kleider. Ich erwarte euch unten am Fluss.«

Er ging. Vlad und die drei anderen Männer blieben zurück und ketteten erst Abu Dun und dann Andrej los, waren aber dabei sehr vorsichtig, sodass Andrej nicht die geringste Chance gehabt hätte, einen Ausbruchsversuch zu wagen, selbst wenn er die nötige Kraft dazu besessen hätte.

Sie wurden unsanft aus dem Keller nach oben befördert, wo erst Abu Dun und dann ihm die Kleider vom Leib gerissen wurden. Dann tauchte man sie in einen bereitstehenden Zuber mit eiskaltem Wasser, bis sie einigermaßen sauber waren; allerdings auch halb erstickt. Sie bekamen neue Kleider und Vlad nutzte die Gelegenheit gleich, um Abu Duns schlimmste Wunden zu verbinden, was den Piraten mit einigem Erstaunen zu erfüllen schien. Anschließend wurden ihre Hände auf den Rücken gebunden und Andrej zusätzlich noch eine Fußfessel angelegt.

»Habe ich dein Wort?«, fragte Vlad, als sie sich daran machten, das Haus zu verlassen.

»Mein Wort worauf?«

»Dass du nicht zu fliehen versuchst«, antwortete Vlad ernst. »Oder mich verhext.«

»Wohin sollte ich schon gehen?«, fragte Andrej spöttisch. »Und wie? Außerdem ist Frederic bei deinem Herrn. Ich würde mich selbst dann zu Dracul begeben, wenn ich die freie Wahl hätte.«

Vlad sah ihn einen Moment lang prüfend an, dann drehte er sich um und wandte sich an die drei Bewaffneten in seiner Begleitung.

»Bringt den Mohren zu Fürst Tepesch«, sagte er. »Und behandelt ihn gut. Wir brauchen ihn vielleicht noch. Falls wir auf die Türken stoßen, kann er uns als Geisel von Nutzen sein.«

Andrej hatte mit Widerspruch gerechnet, aber das genaue Gegenteil war der Fall. Die drei Männer und ihr Gefangener verschwanden so schnell, dass es fast einer Flucht gleichkam, und es dauerte auch nur einen Moment, bis er begriff, dass es genau das war: Die drei Soldaten waren froh, aus seiner Nähe verschwinden zu können.

»Warum tust du das?«, fragte er, als sie allein waren.

»Was?«

»Du weißt genau, was ich meine«, antwortete Andrej. »Dein Herr wird nicht glücklich sein, wenn er hört, dass du mich gut behandelst.«

»Dracul ist nicht mein Herr«, sagte Vlad. Für einen

Moment schwang fast so etwas wie Hass in seiner Stimme mit. Dann fand er seine Beherrschung wieder und zuckte mit den Schultern. »Vielleicht hat er mich ja angewiesen, genau das zu tun, um mich in dein Vertrauen zu schleichen.«

»Unsinn«, sagte Andrej.

»Vielleicht habe ich auch euer Gespräch heute Morgen gehört«, fuhr Vlad fort, »und mir meine Gedanken dazu gemacht.«

»Vielleicht. Was soll das heißen?«

Vlad hob zur Antwort nur die Schultern, ließ sich plötzlich in die Hocke sinken und durchtrennte mit einem schnellen Schnitt seine Fußfesseln.

»Geh.«

Andrej versuchte nicht noch einmal, in Vlad zu dringen. Er traute ihm immer noch nicht völlig, aber ob er es nun ehrlich meinte oder nicht, im Augenblick hatte eindeutig er die bessere Position.

Er folgte Vlads Aufforderung und verließ das Haus. Da er gesehen hatte, dass sich Abu Dun und seine drei Begleiter nach links gewandt hatten, wollte er in die gleiche Richtung losmarschieren, aber Vlad schüttelte den Kopf und deutete in die entgegengesetzte Richtung. Andrej gehorchte.

Zum ersten Mal sah er die Stadt, in der sie gefangen gehalten wurden – wobei er nicht ganz sicher war, ob *Stadt* tatsächlich die richtige Bezeichnung war. Rettenbach war ein winziges Nest, das nur aus einer Hand voll Häuser bestand, die sich rechts und links einer einzigen, morastigen Straße drängten. Die meisten waren klein und ärmlich, und er sah kaum einen

Menschen auf der Straße. Wahrscheinlich waren viele bereits geflohen, um sich vor den heranrückenden Türken in Sicherheit zu bringen.

»Ich bin Roma«, begann Vlad, nachdem sie eine Weile schweigend nebeneinanderher gegangen waren. »Weißt du, was das ist?«

Andrej schüttelte den Kopf und Vlad schürzte die Lippen; verletzt, aber nicht so, als überrasche ihn diese Antwort.

»Dann sagt dir das Wort Zigeuner vielleicht mehr«, sagte er bitter.

Nun wusste Andrej, wovon er sprach. Er nickte.

»Das wundert mich nicht«, sagte Vlad bitter. »Weißt du, woher dieser Name kommt? Wir haben ihn nicht selbst gewählt. Er bedeutet: Ziehende Gauner. Das sind wir in euren Augen. Ziehende Gauner, nicht mehr. Aber es macht uns nichts aus. Wir sind es gewohnt, mit eurer Verachtung zu leben. Wir sind ein Volk ohne Land, das gewohnt ist, herumzuziehen und ein Nomadenleben zu führen. Wir wollen es nicht anders.«

Andrej spürte, wie schwer es Vlad fiel, darüber zu sprechen. Er fragte sich, warum er es tat.

»Ich war einst Mitglied einer großen Sippe, Andrej«, fuhr Vlad fort. »Einer sehr mächtigen und sehr großen Sippe. Wir fühlten uns frei und wir fühlten uns stark. Zu stark. Und eines Tages begingen wir einen Fehler. Vielleicht war es Gottes Strafe für unseren Hochmut. Wir waren fast achthundert, weißt du? Heute gibt es nur noch wenige von uns. Vielleicht bin ich der Letzte.«

»Was war das für ein Fehler?«, fragte Andrej. Er spürte, dass Vlad diese Frage von ihm erwartete.

»Wir kamen hierher«, antwortete. Vlad. »Nicht in diese Stadt, aber in dieses verfluchte Land. Wir waren gewarnt worden, aber wir haben diese Warnung in den Wind geschlagen. Wir fühlten uns so stark. Aber wir rechneten nicht mit der Bosheit dieses ... Teufels.«

»Tepesch.«

»Dracul, ja.« Vlad spie den Namen regelrecht hervor. »Wir wurden gefangen genommen. Alle. Männer, Frauen, Kinder, Alte, Kranke – alle ohne Ausnahme. Dracul ließ drei von uns bei lebendigem Leibe rösten. Sie wurden in Stücke geschnitten und wir mussten ihr Fleisch essen.«

Andrej blieb stehen und starrte den Mann mit aufgerissenen Augen an. »*Was?*«

Vlad nickte. »Wer sich weigerte, dem wurden die Augen ausgestochen und die Zunge herausgeschnitten«, sagte er. »Die anderen hatten die Wahl, unter Tepeschs Fahne gegen die Türken zu kämpfen oder ebenfalls zu sterben. Die meisten entschieden sich für den Kampf.«

»Du hast ...?«

»Ich habe das Fleisch meines Bruders gegessen, ja«, unterbrach ihn Vlad. Seine Stimme bebte. »Du brauchst mich dafür nicht zu hassen, Andrej. Das tue ich schon selbst, in jedem Augenblick, der seither vergangen ist. Aber ich wollte leben. Vielleicht bin ich der Einzige, der sein Ziel erreicht hat. Fast alle anderen fanden den Tod im Kampf oder wurden von Dracul umgebracht.«

»Dieses Ungeheuer«, murmelte Andrej erschüttert. »Warum erzählst du mir das alles? Du musst dich nicht rechtfertigen. Ich weiß, was es heißt, zu etwas gezwungen zu werden.«

Vlad antwortete nicht. Er drehte sich mit einem Ruck um und ging weiter, und er achtete nicht einmal darauf, ob Andrej ihm folgte oder nicht. Andrej blieb auch tatsächlich einen Moment stehen, folgte ihm dann aber. Er war nicht nur schockiert von dem, was er gehört hatte, er war auch vollkommen verwirrt und fragte sich, warum Vlad ihm diese Geschichte erzählt hatte. Sicher nicht nur, um sein Gewissen zu erleichtern.

Sie gingen noch eine ganze Weile weiter, dann hatten sie die Stadt hinter sich gelassen. Da wurden sie einer unheimlichen Szenerie gewahr. Andrej blieb mit einem Gefühl vollkommenen Entsetzens stehen. Er hatte geglaubt, dass Vlads Geschichte das Schlimmste sei, was ein Mensch an Grausamkeiten ersinnen konnte, aber das stimmte nicht.

Andrej weigerte sich zu glauben, was er sah.

Vor ihnen waren drei gut vier Meter hohe, armdicke Pfähle aufgestellt worden, die lotrecht in den Himmel ragten. Auf jeden dieser Pfähle war ein nackter Mensch aufgespießt; zwei Männer und eine Frau.

»Großer Gott«, flüsterte Andrej.

Vlad ergriff ihn am Arm und zerrte ihn so grob mit sich, dass er ins Stolpern geriet. Andrejs Entsetzen wuchs mit jedem Moment. Sein Magen revoltierte und er verspürte ein unsägliches Grauen, das nicht nur Übelkeit, sondern ganz konkreten körperlichen Schmerz in ihm auslöste.

Die bedauernswerten Opfer dieser Gräueltat waren nicht aufgespießt worden wie Schmetterlinge auf die Nadel eines Sammlers. Die armdicken Pfähle waren zwischen ihren Beinen in ihre Leiber gerammt worden, hatten ihren Weg hinauf durch ihre Körper gesucht und waren in der Halsbeuge wieder hervorgetreten, was ihre Köpfe in eine absurde Schräghaltung zwang. Noch während Andrej glaubte, nunmehr die absolute Grenze dessen erreicht zu haben, was ein Mensch an Grauen überhaupt ertragen konnte, sah er sich abermals getäuscht.

Einer der Männer ... *lebte noch!*

Seine Augen waren geöffnet. Pein, nichts anderes als unvorstellbare Pein, stand in sein Gesicht geschrieben.

»Drei Tage«, sagte Vlad leise. »Sein Rekord liegt bisher bei drei Tagen, die ein Opfer überlebt hat.«

»Tepesch?«, murmelte Andrej.

Vlad machte ein sonderbares Geräusch. »Wusstest du nicht, dass man ihn den Pfähler nennt?«

»Nein«, antwortete Andrej. Und hätte er es gewusst, so hätte er sich nichts darunter vorstellen können. Er hatte von Grausamkeiten gehört, die Menschen einander antaten. Er hatte mehr davon gesehen, als er je gewollt hatte, aber so etwas hätte er sich bis zu diesem Moment nicht einmal *vorstellen* können.

»Warum ... zeigst du mir das?«, würgte er mühsam hervor.

Statt gleich zu antworten zog Vlad einen Dolch aus dem Gürtel, streckte den Arm in die Höhe und befreite die gepeinigte Kreatur mit einem schnellen Stoß von ihrer Qual. Er wischte die Klinge im Gras ab und steckte sie zurück, ehe er sich zu Andrej herumdrehte.

»Damit du weißt, mit wem du es zu tun hast«, sagte er. »Nur falls du geglaubt haben solltest, dass dieser Mann auch nur noch einen Funken Menschlichkeit in sich haben könnte.«

Andrej machte sich von dem entsetzlichen Anblick los (warum übte das Grauen nur eine solche Faszination auf Menschen aus?), drehte sich weg und atmete ein paar Mal tief ein und aus, bis sich die Übelkeit allmählich zu legen begann.

»Und wozu er fähig ist.«

»Menschen sind prinzipiell zu allem fähig«, murmelte Andrej. Dann schüttelte er den Kopf. »Nein. Das hätte ich mir nicht vorstellen können.«

»Jetzt kannst du es«, sagte Vlad bitter. »Ich wollte, dass du das siehst, bevor ich dir meine Frage stelle.«

Obwohl Andrej eine ziemlich konkrete Vorstellung davon hatte, wie diese Frage lautete, fragte er: »Welche?«

»Ich habe euer Gespräch heute Morgen belauscht«, sagte Vlad. »Und ich habe gehört, was die Männer erzählt haben, die beim Kampf gegen die Türken dabei waren.«

»Und?«, fragte Andrej.

»Ich weiß, was du bist«, sagte Vlad.

»Dann weißt du mehr als ich.«

»Es gibt Legenden, die von Männern wie dir berichten«, fuhr Vlad fort. »Männer, die nachts ihre Gestalt verändern und auf schwarzen Schwingen fliegen. Die unsterblich sind und Blut trinken.«

»Du hast es gerade selbst gesagt, Vlad«, antwortete Andrej. »Legenden. Märchen, mit denen man Kinder erschreckt.«

»Du bist ein Vampyr«, sagte Vlad. »Ich weiß es.«

»So nennt man uns?« Andrej wiederholte das Wort ein paar Mal und lauschte auf seinen Klang. Es hörte sich düster an, nach etwas Uraltem, Unheiligem. Es gefiel ihm nicht.

»Selbst wenn ich so ein … Vampyr wäre«, sagte er, »was sollte ich schon für dich tun?«

»Nicht für mich«, antwortete Vlad. »Es gibt nichts, was irgendein Mensch auf der Welt noch für mich tun könnte – es sei denn, mir einen gnädigen Tod zu gewähren. Aber ich kann nicht sterben, solange dieses Ungeheuer noch lebt.«

»Ich verstehe«, sagte Andrej. »Du willst, dass ich ihn töte.« Er lachte, sehr leise und sehr bitter. »Du hältst mich selbst für ein Ungeheuer und du willst, dass ich ein anderes Ungeheuer für dich töte.«

»Nicht für mich«, widersprach Vlad. »Für die Menschen hier. Für das Land. Für *sie*.« Er deutete auf die drei Gepfählten. »Auch für deinen jungen Freund. Willst du, dass er so wird wie er?«

»Was geht mich das Land an?«, fragte Andrej kalt. »Du hast es selbst gesagt: Die Menschen halten uns für Ungeheuer. Glaubst du, sie würden auch nur einen Finger rühren, um mir zu helfen oder Frederic?«

»Ich verlange es nicht umsonst«, sagte Vlad.

»Nicht? Was könntest du mir schon bieten?«

»Ich weiß, was du bist«, antwortete Vlad. »Vergiss nicht, was *ich* bin. Wir sind Roma. Wir haben kein

Land, aber wir haben Geschichten. Wir kennen alle die alten Geschichten und Legenden. Ich könnte dir sagen, woher ihr kommt und warum ihr da seid.«

»Warum?«, fragte Andrej.

Vlad schüttelte den Kopf. »Nein. Ich habe zu wenig, um etwas davon verschenken zu können. Du musst dich nicht jetzt entscheiden. Dracul wird dir nichts tun und auch dem Jungen nicht. Ihr seid viel zu kostbar für ihn. Denk über meinen Vorschlag nach. Ich könnte dir von Nutzen sein.«

»Das werde ich«, versprach Andrej. Doch er hatte sich längst entschieden. Er würde dieses Ungeheuer vom Antlitz der Erde tilgen, nicht für Vlad, nicht für die drei unglückseligen Opfer vor ihnen, nicht für das Land und seine Menschen, sondern einfach, weil er eine Bestie war, ein Tier, das den Namen Mensch nicht verdiente und kein Recht hatte, zu leben.

»Das werde ich«, sagte er noch einmal.

10

Wie sie es vorausgesehen hatten, stießen sie auf Tepesch und die anderen. Nach Draculs Worten hatte Andrej eine Armee erwartet, aber der Drachenritter hatte keine drei Dutzend Männer bei sich, von denen ein Gutteil nicht einmal Krieger zu sein schienen. Abu Dun saß auf einem Pferd neben Tepesch. Seine Hände waren nicht nur aneinander-, sondern auch an den Sattelknauf gebunden und zwar so, dass er keine Möglichkeit hatte, die Zügel zu fassen. Falls sie in einen Kampf verwickelt wurden, war er so gut wie verloren.

»Ihr kommt spät«, begrüßte sie Tepesch.

»So? Ich dachte, wir kämen genau zur verabredeten Zeit«, antwortete Andrej.

»Dann wollen wir hoffen, dass sich die Brüder deines Freundes auch an den verabredeten Zeitplan halten«, sagte Tepesch mit einer Kopfbewegung auf Abu Dun. »Sie sind schon ganz in der Nähe. Es wird Zeit, dass wir das Feld räumen.«

Andrej drehte sich halb herum und sah zum Dorf

zurück. Aus der Entfernung betrachtet wirkte Rettenbach noch kleiner und ärmlicher – und vor allem wehrloser. Der Ort hatte keine Mauern, keine festen Häuser, keine Türme. Die Türken würden keine Mühe haben, ihn einzunehmen und mit seinen Bewohnern nach Belieben zu verfahren. Andrej konnte nur hoffen, dass die vermeintlichen Heiden barmherziger waren als der Mann, der angeblich im Namen Christi kämpfte. Tepesch überließ sie einfach ihrem Schicksal – aber das war vielleicht nicht das Schlimmste, was ihnen durch diesen Mann widerfahren konnte.

»Spar dir deinen Atem«, sagte Dracul. »Ich könnte nichts für sie tun, selbst wenn ich es wollte.«

»Du könntest sie mitnehmen«, sagte Andrej.

»Und mich von diesem Bauernpack aufhalten lassen?« Dracul lachte. »Sie sind nur Ballast. Vlad – sein Pferd.«

Vlad zerschnitt mit seinem Messer Andrejs Handfesseln, entfernte sich und kam kurz darauf mit zwei Pferden zurück. Andrej stieg in den Sattel und streckte die aneinander gelegten Handgelenke aus, aber Dracul schüttelte nur den Kopf.

»Ich bitte dich, lieber Freund«, sagte er hämisch. »So viel Vertrauen muss doch sein, oder? Ich meine, wo wir doch Freunde werden wollen.«

»Wo ist Frederic?«, fragte Andrej.

Tepesch sah ihn einen Moment nachdenklich an und gab dann das Zeichen zum Aufbruch. Erst als sie sich in Bewegung gesetzt hatten, antwortete er auf Andrejs Frage.

»An einem sicheren Ort.«

»Sicher vor dir?«

»Auch«, bestätigte Tepesch ungerührt. »Jedenfalls hoffe ich es.«

»Was soll das heißen?«

Tepesch lachte. »Dass ich nicht genau weiß, wo er sich im Moment aufhält«, sagte er. »Ich bin nicht dumm. Und ich begehe nicht den Fehler, dich zu unterschätzen. Mein treuester Diener hat ihn weggebracht – an einen Ort, den selbst ich nicht kenne.«

»Burg Waichs?«, vermutete Andrej.

Tepesch seufzte. »Vlad redet zu viel«, sagte er. »Er ist ein zuverlässiger Diener, aber seine Zunge sitzt zu locker. Vielleicht sollte ich sie ihm an den Gaumen nageln lassen ... nein, ich weiß nicht, wo er ist. Er wird zu mir gebracht, sobald ich Burg Waichs unbeschadet erreiche. Sollte mir hingegen etwas zustoßen ...«

»Ich verstehe«, sagte Andrej düster. »Du musst große Angst vor mir haben.«

»Verwechsle Respekt nicht mit Angst«, sagte Tepesch. »Ich habe gesehen, wozu du fähig bist.«

»Und wenn wir in einen Hinterhalt geraten?«

»Dann wäre es um deinen jungen Freund geschehen, fürchte ich«, sagte Tepesch gleichmütig. »Das Leben ist voller Risiken.«

Andrej sagte nichts mehr. Er hatte nicht vor, sich von Tepesch in ein Gespräch verwickeln zu lassen, dessen Verlauf nicht er bestimmte. Der Mann war gefährlich. In jeder Beziehung.

Trotzdem war er es, der das Schweigen wieder brach, nachdem sie eine Weile nebeneinanderher geritten waren. »Es gibt da etwas, das du tun könntest, um mein Vertrauen zu gewinnen.«

»So? Und was?« Tepesch klang nicht sonderlich interessiert. Er drehte nicht einmal den Kopf.

»Abu Dun.« Andrej deutete auf den Piraten, der mit einem Ausdruck leiser Überraschung den Blick hob, als er seinen Namen hörte. »Lass ihn frei.«

»Und warum sollte ich das tun?«

»Er ist dir nicht von Nutzen«, sagte Andrej. »Nur ein Gefangener mehr, auf den du Acht geben musst.«

»Das stimmt«, sagte Tepesch. »Vielleicht sollte ich ihn töten lassen.«

»Lass ihn frei«, beharrte Andrej. »Lass ihn gehen und wir reden.«

»Du meinst das ernst«, sagte Tepesch in erstauntem Ton. »Ich hätte nicht gedacht, dass du so billig zu haben bist.«

»Du weißt nicht, wovon du sprichst«, sagte Andrej. »Selbst wenn ich dir gebe, was du von mir erwartest, wäre der Preis höher, als du dir auch nur vorstellen kannst.«

»Ich kann mir eine Menge vorstellen«, sagte Dracul. »Aber gut, ich bin heute großzügig. Der Heide kann gehen: Früher oder später schneidet ihm sowieso jemand die Kehle durch.«

»Dann mach ihn los«, verlangte Andrej.

»Jetzt?« Tepesch schüttelte den Kopf. »Mit dem türkischen Heer auf den Fersen? Das wäre nicht klug. Er wird freigelassen, sobald wir Petershausen erreichen. Darauf hast du mein Wort.«

»Und was ist dein Wort wert?«, fragte Andrej.

Tepesch lachte böse. »Ich würde sagen: Mindestens so viel wie deines. Nicht weniger. Aber auch nicht mehr.«

Sie ritten bis spät in die Nacht hinein und machten auch dann nur eine kurze Rast, gerade ausreichend, um die Pferde zu tränken und den Männern Gelegenheit zu geben, sich die Beine zu vertreten und ihre steif gesessenen Glieder zu recken, dann ritten sie weiter. Andrej war sicher, dass sie ohne längere Rast durchreiten würden, bis sie Petershausen erreichten; was frühestens um die Mittagsstunde des nächsten Tages der Fall sein würde. Draculs Furcht vor der heranrückenden türkischen Armee schien größer zu sein, als er zugab.

Möglicherweise hatte er einen guten Grund dafür.

Es musste Mitternacht sein, als Andrej sich im Sattel herumdrehte und nach Osten zurücksah, in die Richtung, aus der sie gekommen waren. Der Horizont glühte in einem dunklen Rot. Etwas brannte. Etwas Großes. Vielleicht nur das Heerlager der Türken, dessen Lagerfeuer den Himmel erhellte. Vielleicht auch Rettenbach.

Die Nacht zog sich dahin. Als der Morgen graute, legten sie eine zweite, etwas längere Rast ein, in der Tepesch Andrejs erneute Bitte, Abu Dun sofort freizulassen, wiederum abschlug. Sie ritten weiter und erreichten am frühen Nachmittag die bewaldeten Hügel um Petershausen am Oberlauf des Flusses Arges, nicht weit entfernt von Poenari, auf dessen steilen Felsen der

Walachen-Fürst gerade eine neue mächtige Burg errichten ließ, wie Andrej gehört hatte. Aber vielleicht war das auch nur ein Gerücht, das Tepesch in die Welt gesetzt hatte, um seine Feinde zu beeindrucken.

Die Stadt Petershausen zumindest war real; sie war deutlich größer als Rettenbach und von einer wehrhaften, gut fünf Meter hohen Mauer umgeben, in die drei gewaltige Rundtürme eingebettet waren. Dahinter, schon fast an der Grenze des überhaupt noch Erkennbaren, erhob sich der düstere Umriss einer mittelgroßen Burg; Waichs, Vladimir Tepeschs gefürchteter Stammsitz.

Als sie sich dem Tor näherten, zügelte Andrej sein Pferd und sah Tepesch auffordernd an. »Abu Dun.«

Auch Dracul hielt an. Andrej war schon fast überzeugt, dass er sich nur einen seiner grausamen Scherze mit ihm erlaubte, aber dann nickte er und machte eine befehlende Geste.

»Bindet ihn los. Er kann gehen. Niemand wird ihn anrühren, habt ihr gehört?«

Nicht nur Andrej war überrascht, als Vlad sein Pferd an das des Piraten heranlenkte und seine Handfesseln durchtrennte. Abu Dun riss ungläubig die Augen auf und starrte abwechselnd seine Hände, Tepesch und Andrej an. Er hatte sichtlich Mühe, zu glauben, was er sah.

»Worauf wartest du, Heide?«, herrschte Tepesch ihn an. »Verschwinde. Reite zu deinen Brüdern und sag ihnen, dass ich auf sie warte.«

»Das ... möchte ich nicht«, sagte Abu Dun stockend.

»Wie?« Tepesch legte lauernd den Kopf auf die Seite.

Abu Dun sah nicht ihn, sondern Andrej an. »Ich bleibe bei dir.«

»Was soll denn dieser Unsinn?«, fragte Andrej.

»Es ist kein Unsinn«, antwortete Abu Dun. Er versuchte, gleichmütig zu wirken, aber seine Stimme klang ein ganz kleines bisschen brüchig und er konnte nicht verhindern, dass sein Blick immer wieder in Draculs Richtung irrte. »Schließlich haben wir eine Abmachung.«

»Du bist verrückt«, sagte Andrej.

»Aber Andrej«, mischte sich Tepesch ein. »Du wirst doch deinem Freund diesen Wunsch nicht abschlagen? Ich bin enttäuscht.« Er richtete sich im Sattel auf und sprach mit lauterer Stimme weiter. »Ihr habt es alle gehört! Der Mohr ist mein Gast und ihr werdet ihn als solchen behandeln!«

Andrej starrte Abu Dun an und zweifelte für einen Moment ernsthaft an dessen Verstand. Sie in diese Stadt zu begleiten bedeutete Abu Duns sicheren Tod. Bildete sich der ehemalige Sklavenhändler tatsächlich ein, dass Tepesch ein Mann von Ehre war? Andrej war sicher, dass Dracul nicht einmal wusste, was dieses Wort bedeutete.

»Vlad, du wirst mit den anderen weiterreiten«, fuhr Tepesch fort. »Ich sorge dafür, dass unsere Gäste standesgemäß untergebracht werden. Dann folge ich euch.«

Vlad zögerte. Er wirkte regelrecht bestürzt.

»Herr, seid Ihr sicher, dass ...«

Tepesch starrte ihn an, und Vlad verstummte und senkte hastig den Blick.

»Wie Ihr befehlt.« Er drehte hastig sein Pferd herum und sprengte los. Der Rest der kleinen Truppe folgte ihm. Für einen Augenblick waren sie allein. Zwar nur wenige Meter von der Stadtmauer entfernt, aber allein und nicht einmal gefesselt.

»Ich weiß, was jetzt hinter deiner Stirn vorgeht«, sagte Dracul. »Zweifellos bist du dazu fähig, mich anzugreifen und zu töten, bevor mir jemand aus der Stadt zu Hilfe eilen könnte, obwohl ich bewaffnet bin und du nicht. Wirst du es tun?«

»Du *bist* wahnsinnig«, sagte Andrej.

»Mag sein.« Tepesch deutete auf das offen stehende Stadttor Petershausens. »Tu es oder reite dort hinein. Meine Zeit ist knapp.«

Warum tat er es nicht? Andrej war ganz und gar nicht sicher, dass er tatsächlich in der Lage gewesen wäre, den gut bewaffneten und gepanzerten Drachenritter in so kurzer Zeit zu überwältigen. Selbstverständlich würde die Torwache sofort Alarm schlagen; die Männer blickten schon jetzt misstrauisch in ihre Richtung.

Er ließ einige Augenblicke verstreichen, dann wendete er sein Pferd und ritt auf das Stadttor zu.

Unter dem gemauerten Torbogen hielten sie an und stiegen aus den Sätteln. Zwei Männer in Kettenhemden traten ihnen mit langen Spießen entgegen, hielten aber respektvollen Abstand – wenn auch eher zu ihrem Herrn als zu Andrej und Abu Dun.

Tepesch musste den Kopf senken, um nicht in dem

Torbogen anzustoßen, machte aber keine Anstalten abzusteigen, sondern gestikulierte zu den beiden Wachen hin.

»Bringt die beiden in den Turm«, sagte er. »Ich bin gleich zurück und will dann mit ihnen reden.«

»Turm?«

»Keine Sorge«, antwortete Dracul. »Es klingt schlimmer, als es ist.«

Die beiden Wächter führten sie eine steile Treppe hinauf in eine winzige, karg eingerichtete Kammer, die im oberen Stockwerk des massigen Turmes lag. Sie wurden nicht angekettet und auch vor dem schmalen Fenster gab es keine Gitter, aber als die Tür hinter ihnen geschlossen wurde, konnten sie das Geräusch eines schweren Riegels hören, der vorgelegt wurde.

Darauf achtete Andrej aber kaum. Die Tür war noch nicht ganz geschlossen, da fuhr er herum und fauchte Abu Dun an: »Was zum Teufel ist in dich gefahren?«

»Ich verstehe nicht«, behauptete Abu Dun.

»Du verstehst ganz genau, wovon ich spreche!« Andrej musste sich beherrschen, um nicht zu schreien. »Was soll dieser Irrsinn? Wieso bist du hier?«

Abu Dun ging zum Fenster und beugte sich neugierig hinaus. »Das sind gute zehn Meter«, sagte er. »Und die Wand ist glatt. Trotzdem könnte man es schaffen.«

»Abu Dun!«, sagte Andrej scharf.

»Nur, was würde es nutzen?«, sinnierte Abu Dun. »Dort draußen wird es spätestens in zwei Tagen von den Kriegern des Sultans wimmeln.« Er drehte sich herum, lehnte sich neben dem Fenster an die Wand und verschränkte die Arme vor der Brust. »Wusstest du, dass zwei der Krieger entkommen sind?«

»Welche Krieger?«

»Türken der Patrouille, die Draculs Männer überfallen haben«, erklärte der Pirat. »Zwei von ihnen sind entkommen, mindestens. Ich würde dort draußen keinen Tag überleben.«

»Oh«, sagte Andrej.

»Sie haben gesehen, wie wir Rücken an Rücken gegen ihre Brüder gekämpft haben, Delãny. Ich bin jetzt ein Verräter. Schlimmer als ein Feind. Jeder einzelne Mann des Heeres würde mir ohne zu zögern die Kehle durchschneiden.«

»Tepesch wird dich ebenfalls töten«, sagte Andrej.

»So wie dich«, fügte Abu Dun hinzu. »Sobald er hat, was er von dir will.«

»Ich weiß«, sagte Andrej. »Aber ich habe einen Grund, dieses Risiko einzugehen. Frederic.«

Abu Dun sah ihn auf sonderbare Weise an. »Man könnte meinen, er wäre wirklich dein Sohn.«

»Irgendwie ist er das auch«, murmelte Andrej, »in einem gewissen Sinne.« Er sah sich unschlüssig in der kleinen Kammer um. Es gab kein Bett, aber einen Tisch mit vier niedrigen Schemeln. Er ging hin und setzte sich auf einen davon, ehe er fortfuhr: »Auf jeden Fall ist er alles, was ich noch habe.«

»Vielleicht ist er mehr, als gut für dich ist«, sagte Abu Dun ernst. »Der Junge ist böse, Andrej, begreif das endlich.«

»Das ist er nicht!«, widersprach Andrej heftig. »Er

ist jung. Er weiß es nicht besser. Er braucht jemanden, der ihn leitet.«

»Ich glaube, er hat ihn gefunden«, sagte Abu Dun. »Ich weiß nicht, wen ich mehr bedauern soll – Fürst Tepesch oder ihn.«

»In einem Punkt gebe ich dir Recht«, sagte Andrej. »Dracul ist eine Gefahr für ihn. Ich muss ihn aus den Klauen dieses Ungeheuers befreien. So schnell wie möglich.«

Abu Dun stieß sich von der Wand ab und kam mit langsamen Schritten näher. Er setzte sich nicht, sondern blieb mit verschränkten Armen auf der anderen Seite des Tisches stehen und sah auf Andrej hinab, und Andrej fragte sich, ob er wohl wusste, wie drohend und einschüchternd er in dieser Pose wirkte.

»Ist dir schon einmal in den Sinn gekommen, dass es Menschen gibt, die einfach böse geboren werden?«, fragte er.

»Einen davon kenne ich«, sagte Andrej, aber Abu Dun verstand die spitze Bemerkung nicht einmal.

»Und deshalb hast du dich also entschieden, bei mir zu bleiben und auf mich aufzupassen«, fuhr Andrej böse fort. »Ich verrate dir ein Geheimnis: Ich brauche keinen Leibwächter. Man kann mich nicht verletzen.«

»Schade«, sagte Abu Dun. »Wäre es so, dann würde ich dich jetzt windelweich prügeln. So lange, bis du endlich Vernunft annimmst.« Er atmete hörbar ein, schwieg einen Moment und ließ sich dann auf einen der kleinen Hocker sinken. Das Möbelstück ächzte unter seinem Gewicht.

»Lass uns aufhören, miteinander zu streiten«, sagte er. »Das führt zu nichts.«

»Ich habe nicht damit angefangen«, behauptete Andrej trotzig.

Es klang so sehr nach einem verstockten Kind, dass er selbst lachen musste. Auch Abu Dun lachte leise, aber seine Augen blieben ernst.

»Uns bleibt nicht viel Zeit«, sagte er nach einer Weile, jetzt aber in versöhnlichem Ton. »Ich kenne Selics Pläne nicht, aber ich kann zwei und zwei zusammenzählen. Im Moment ist es hier noch scheinbar friedlich, aber das ist ein Trugbild. In zwei, spätestens drei Tagen versinkt dieses Land im Chaos. Ich weiß nicht, ob Selic diese Stadt des Eroberns für wert hält. Ich täte es nicht. Aber selbst wenn er Petershausen ungeschoren lässt, werden seine Krieger das Land ringsum besetzen.«

»Und?«, fragte Andrej.

»Noch können wir fliehen«, sagte Abu Dun.

»Fliehen? Und wohin?«

»Nach Westen«, antwortete Abu Dun. »Waren all deine Racheschwüre nur Gerede? Wir suchen diesen verdammten Inquisitor. Und wenn schon nicht ihn, dann das Mädchen. Oder war auch das nur so dahingesagt?«

»Welches …« Andrej ballte die Hand zur Faust. »Frederic«, murmelte er. »Er redet zu viel. Ich habe ein- oder zweimal über sie gesprochen. Und ich habe niemals gesagt, dass sie mir etwas bedeutet.«

»Du hättest deine Augen sehen sollen, als die Rede auf Maria kam«, sagte Abu Dun grinsend. »Du liebst sie, habe ich Recht?«

Andrej schwieg. Er hatte sich diese Frage bisher nicht gestellt. Vielleicht, weil er Angst vor der Antwort hatte. Es war lange her, dass er die Frau, der er sein Herz geschenkt hatte, zu Grabe getragen hatte, und er hatte sich damals geschworen, sich dem süßen Gift der Liebe nie wieder hinzugeben. Der Preis war zu hoch. Selbst wenn sie ein Menschenleben währte, der Schmerz über den Verlust dauerte länger, so unendlich viel länger.

Trotzdem verging kein Tag, an dem er nicht mindestens einmal an Maria dachte. Das Schicksal hatte sich einen besonders grausamen Scherz mit ihm erlaubt. Der Schmerz war bereits da. Er bezahlte den Preis, ohne die Gegenleistung dafür bekommen zu haben.

»Wenn du ihn nicht jagst, ich tue es auf jeden Fall«, sagte Abu Dun. »Der Kerl hat nicht nur deine Familie ausgelöscht. Er hat auch meine Männer getötet und mich betrogen.«

»Warum gehst du dann nicht ohne mich?«

»Weil ich es nicht kann«, gestand Abu Dun unumwunden. »Araber sind im Augenblick in eurem Land nicht sonderlich beliebt, weißt du? Ich brauche dich. Und du mich.«

»Dann haben wir ein Problem«, sagte Andrej. »Denn ich gehe ohne Frederic hier nicht weg.«

»Wen liebst du mehr, Delăny?«, fragte Abu Dun. »Diesen Jungen oder das Mädchen? Weißt du was? Ich glaube, du weißt es selbst nicht. Oder ist es gar keine Liebe? Kann es sein, dass du dich nur für etwas bestrafen willst?«

Andrej antwortete darauf nicht. Aber für einen Moment hasste er Abu Dun dafür, dass er diese Frage gestellt hatte.

Vielleicht, weil er tief in sich spürte, dass er Recht hatte.

Tepesch kam an diesem Tag nicht mehr zu ihnen. Dafür erschienen nach einiger Zeit mehrere Bedienstete, die ihnen Strohsäcke zum Schlafen und eine überraschend reichhaltige Mahlzeit brachten. Alle schienen mit Taubheit geschlagen zu sein, denn sie beantworteten keine ihrer Fragen und reagierten nicht einmal auf ihre Versuche, ein Gespräch zu beginnen. Der Tag ging zu Ende, ohne dass sie den Drachenritter oder einen seiner Krieger noch einmal gesehen hatten. Auch am nächsten Morgen blieben sie allein.

Sie durften ihr Quartier zwar nicht verlassen, aber da das einzige Fenster unmittelbar über dem Tor lag, blieb ihnen nicht verborgen, dass in der Stadt ein reges Kommen und Gehen herrschte. Den ganzen Tag über strebten Menschen in die Stadt, manche einzeln, zu Fuß oder in kleinen Gruppen, andere mit Pferdekarren oder Ochsen, auf die sie ihre hastig zusammengerafften Habseligkeiten gepackt hatten. Dieser Anblick erschreckte Andrej, denn er machte ihm klar, was in der Stadt vorging.

Petershausen wappnete sich für den Krieg. Die Menschen kamen nicht, weil Markttag war oder ein Fest bevorstand. Sie hatten ihre Höfe und Dörfer verlassen, weil sie vor einer Gefahr flohen, die noch nicht zu sehen war, aber fast greifbar in der Luft lag.

Erst, als sich die Sonne bereits wieder den Bergen im Westen entgegensenkte, bekamen sie Besuch. Es war jedoch nicht Tepesch, sondern Vlad. Er wirkte unausgeschlafen und übernächtigt. Unter seinen Augen lagen dunkle Ringe und seine Hände zitterten leicht. Etwas war geschehen, das spürte Andrej.

»Dracul schickt mich«, sagte er, ohne sich mit einer Begrüßung aufzuhalten. »Ich soll ihn entschuldigen. Er hätte gerne selbst mit euch gesprochen, aber er wurde aufgehalten.«

»Er musste ein paar Leute hinrichten, nehme ich an?«, fragte Andrej.

»Selic ist im Anmarsch«, sagte Vlad. »Sein gesamtes Heer.«

»Hierher?«, fragte Andrej zweifelnd.

»Mehr als dreitausend Mann«, bestätigte Vlad. »Tepesch und die anderen Ritter des Drachenordens waren fast davon überzeugt, dass sie Petershausen und Waichs meiden würden, um sich unverzüglich mit dem Hauptheer zu vereinigen, das sich im Westen zum Angriff auf den ungarischen König Matthias Corvinus sammelt, aber seine Kundschafter berichten, dass sie auf direktem Wege hierher sind. Petershausen wird fallen. Und Burg Waichs zweifellos auch.«

»Mir bricht das Herz«, sagte Abu Dun.

Vlad sah ihn kurz und feindselig an, ohne jedoch auf seine Bemerkung einzugehen. Andrej sagte rasch: »Was hat er jetzt vor?«

»Fürst Tepesch erörtert seine Pläne nicht mit mir«, antwortete Vlad. »Aber ihr könnt ihn selbst fragen.

Ich bin zusammen mit zwanzig Männern hier, um euch abzuholen. Er will euch sehen.«

»Was für eine Ehre«, spöttelte Abu Dun. »Ich nehme an, er braucht unsere Schwerter, um im Kampf gegen Selics Truppen zu bestehen.«

Vlad warf ihm einen neuerlichen, noch zornigeren Blick zu und Andrej spürte, wie schwer es ihm fiel, die Fassung zu wahren. Er sagte jedoch auch dieses Mal nichts, sondern drehte sich wieder ganz zu Andrej herum und griff unter sein Wams.

Andrej stockte der Atem, als er sah, was Vlad darunter hervorzog.

»Er sagte, ich solle dir das geben«, sagte Vlad. »Du wüsstest schon, was es bedeutet.«

Andrej griff mit zitternden Fingern nach dem Stück Tuch, das ihm Vlad hinhielt. Es bestand aus feinem, dunkelblauem Linnen, das an einer Seite mit einer kunstvollen Goldborte verziert und offensichtlich aus einem größeren Stück herausgerissen worden war.

Aus einem Kleid. Er kannte es. Es war das Kleid, dass Maria in Constāntā getragen hatte, als …

Er wagte nicht, den Gedanken zu Ende zu denken, sondern schloss die Faust um den Stofffetzen.

»Ich sehe, du weißt es«, sagte Vlad.

Andrej sagte nichts, sondern starrte Vlad nur an, sodass dieser fortfuhr: »Gestern Nacht kamen Gäste auf Burg Waichs.«

»Ich nehme an, sie kamen ungefähr so freiwillig wie wir«, vermutete Abu Dun.

Diesmal antwortete Vlad. »Sie waren nicht in Ketten, wenn du das meinst«, sagte er. »Aber ich hatte auch nicht das Gefühl, dass sie vollkommen freiwillig gekommen sind.«

»Wie sahen sie aus?«, fragte Abu Dun.

»Zwei von ihnen müssen Ritter sein«, antwortete Vlad, »und der Dritte wohl ein Geistlicher. Er ist krank, glaube ich. Er konnte nicht aus eigener Kraft gehen.«

»Domenicus«, grollte Abu Dun. Sein Gesicht verfinsterte sich, aber im nächsten Moment lachte er. »Scheinbar hat er sich mit dem Falschen eingelassen. Der Fuchs ist dem Wolf in die Falle gegangen.«

»Und das Mädchen?«, fragte Andrej.

Vlad hob abermals die Schultern. »Ich habe sie nur bei ihrer Ankunft gesehen«, sagte er. »Sie ist nicht verletzt, das ist alles, was ich euch sagen kann.« Er machte eine Kopfbewegung auf das blaue Tuch in Andrejs Hand. »Sie bedeutet dir etwas?«

»Viel«, gestand Andrej, ohne auf Abu Duns mahnenden Blick zu achten. »Aber ich frage mich, woher *er* das weiß.«

»Das fragst du dich wirklich?«, sagte Abu Dun. »Dein junger Freund redet eben gerne.«

»Warum sollte er ...« Andrej sprach nicht weiter. Es war vollkommen sinnlos, das Gespräch fortzusetzen. Und es spielte im Grunde auch gar keine Rolle. Jetzt nicht mehr. Das Stück blauen Tuches in seiner Hand änderte alles.

Er steckte es ein und stand mit versteinertem Gesicht auf. »Gehen wir.«

11

Sie hatten Mühe, die Stadt zu verlassen. Andrej hatte bisher kaum etwas von Petershausen gesehen, aber er glaubte nicht, dass die Stadt mehr als drei- oder vierhundert Einwohner hatte. Jetzt musste es die doppelte Anzahl von Menschen sein, die ihre Mauern füllte, und durch das wuchtige Tor drängten immer noch Flüchtlinge herein. Sie kamen ausnahmslos zu Fuß, denn vor dem Tor stand eine Truppe Bewaffneter, die die Menschen zwang, ihre Wagen stehen zu lassen und nur mit dem weiterzugehen, was sie auf dem Leib trugen. Ihre Wagen und Karren waren ein Stück vor der Stadt zu einem unregelmäßigen Karree zusammengestellt. Andrej bemerkte etwas, das ihn keineswegs überraschte: Vielleicht dreißig oder vierzig von Tepeschs Männern waren offensichtlich dazu abgestellt, das zurückgelassene Hab und Gut der Flüchtlinge zu bewachen, aber nicht wenige taten das Gegenteil: Sie plünderten.

Es kam ihm grausam vor, dass man die Menschen, die bereits fast alles zurückgelassen hatten, was sie besaßen, nun auch noch zwang, diesen letzten kümmerlichen Rest herzugeben, aber er sah auch ein, dass es keine andere Möglichkeit gab. Die Stadt platzte schon jetzt aus ihren Nähten.

Auf den Wehrgängen und hinter den Zinnen der großen Türme gewahrte er nur wenige Wachen. Wenn Petershausen sich auf eine längere Belagerung vorbereitete, dann geschah dies nicht sehr durchdacht.

»Wie groß ist Draculs Heer?«, wandte er sich an Vlad, während sie sich der kleinen Gruppe bewaffneter Reiter näherten, die in geringer Entfernung auf sie wartete.

»Nicht allzu groß«, antwortete Vlad. »Vielleicht einhundertfünfzig Mann. Der Rest sind einfache Soldaten, Söldner oder Bauern und Gefangene, die zum Dienst gezwungen worden sind.« Er überlegte einen Moment. »Alles in allem vielleicht gut fünfhundert Mann. Möglichweise auch siebenhundert, aber nicht mehr.«

»Gegen dreitausend kampferprobte Männer auf Selics Seite.« Abu Dun schüttelte den Kopf. »Das ist Selbstmord.«

»Du solltest niemals Menschen unterschätzen, die um ihr nacktes Leben kämpfen«, sagte Vlad.

Abu Dun nickte. »Das tue ich nicht«, sagte er. »Ich weiß, wozu sie fähig sind. Ich habe genug von ihnen getötet.«

Andrej war erleichtert, dass sie mittlerweile die wartenden Pferde erreicht hatten und aufstiegen.

Vlad hob die Hand zum Zeichen, dass sie aufbrechen sollten; eine Geste, die Andrej mehr über ihn sagte, als er vielleicht wusste. Sie kam zu selbstverständlich, zu schnell. Vlad war es gewohnt, zu befehlen. Und er war es gewohnt, dass seinen Befehlen Folge geleistet wurde.

Der kleine Trupp setzte sich in Bewegung. Sicher nicht durch Zufall hielten die Reiter zwar einen deutlichen Abstand zu ihnen, gruppierten sich aber zu einem lang gestreckten Oval, das sie von allen Seiten einschloss und so jeden Fluchtversuch unmöglich machte. Andrej hatte auch nicht vor, zu fliehen. Er brannte darauf, Burg Waichs – und damit Fürst Tepesch – zu sehen.

Allerdings schlugen sie nicht den direkten Weg zur Burg des Drachenritters ein, sondern bewegten sich nach Osten.

Sie ritten eine Weile in nordöstlicher Richtung, nicht allzu schnell, aber stetig, und kamen Burg Waichs in dieser Zeit nicht sichtbar näher, sondern bewegten sich fast parallel zu der düsteren Burg, die wie ein Bote aus einer fremden, unheimlichen Welt am Horizont aufragte. Andrej bedauerte es, Waichs nicht genauer erkennen zu können – ganz egal, wie lange es dauern würde, irgendwann würden sich Tepesch und er mit dem Schwert gegenüberstehen, und jedes Detail, das er über die Festung des Drachenritters in Erfahrung brachte, mochte über Leben oder Tod entscheiden – aber zugleich war er auch beinahe erleichtert. Von Waichs schien etwas ... Düsteres auszugehen. Er konnte es nicht wirklich erfassen, aber es war da.

Sie ritten einen sacht ansteigenden, aber langen Hang hinauf, und als sie seine Kuppe erreicht hatten und anhielten, lag Sultan Selics Heerlager direkt unter ihnen. Andrej stockte der Atem, als er die ungeheure Masse aus Zelten, Männern und Tieren – zum größten Teil waren es Pferde, aber Andrej erblickte zu seiner Überraschung auch etliche Kamele – unter sich sah. Sie waren noch Meilen entfernt, aber sicherlich mehr als dreitausend Mann. Er hatte noch nie so viele Menschen auf einmal gesehen. Hätte man ihm in diesem Moment erzählt, dass das Heer zehntausend Mann umfasste, er hätte es geglaubt.

Vlad ließ ihm Zeit, das osmanische Heer zu betrachten, dann berührte er seinen Arm und deutete in die entgegengesetzte Richtung. Andrejs Blick folgte der Geste. Tepeschs Heer lagerte auf der anderen Seite der flachen Hügelkette, kaum zwei Meilen von den Türken entfernt. Es mochten sechshundert Mann sein, aber gegen das türkische Heer wirkten sie hilflos.

»Soll ich die Türken allein angreifen oder reitest du mit mir?«, fragte Andrej spöttisch.

Vlad warf ihm einen warnenden Blick zu, sagte aber nichts. Abu Dun fügte hinzu: »Gib mir Zeit, um auf die andere Seite zu gelangen. Du treibst sie vor dir her, und ich mache sie alle nieder.«

»Ein interessanter Vorschlag, Heide«, sagte eine Stimme hinter ihnen. »Ich werde darüber nachdenken: falls mein eigener Plan fehlschlägt.«

Andrej drehte sich im Sattel herum – und fuhr so heftig zusammen, dass sein Pferd scheute und nervös mit den Vorderhufen zu scharren begann. Tepesch war nur wenige Schritte hinter ihnen aufgetaucht; Andrej hatte seine Stimme erkannt, noch bevor er sich herumgedreht hatte, und blickte nun auf den Drachenritter in seiner blutroten Rüstung. Auch sein Pferd war auf die bizarre Art gepanzert und sah aus wie ein Fabelwesen. Tepesch hatte zusätzlich eine kurze Lanze im Steigbügel stecken, an der eine schwarze Flagge mit einem blutroten Drachen befestigt war. Andrejs Erschrecken galt aber nicht Dracul.

Es galt den beiden Rittern, die etwa zwanzig Meter hinter ihm aufgetaucht waren. Sie waren ebenso außergewöhnlich gekleidet wie Tepesch, aber nicht in Rot, sondern in blitzendes Gold gerüstet. Biehler und Körber, die Handlanger von Vater Domenicus.

»Oh ja«, sagte Tepesch spöttisch, als er Andrejs Erschrecken bemerkte. »Fast hätte ich es vergessen. Ich habe lieben Besuch mitgebracht. Ich war sicher, du würdest sie gerne begrüßen und ein wenig mit ihnen über alte Zeiten plaudern, aber leider ist der Augenblick dazu nicht besonders günstig. Zunächst muss ich einen Krieg gewinnen.«

Andrej hörte kaum hin. Er starrte die beiden goldenen Ritter an. Sie hatten ihre Helme abgenommen und vor sich auf die Sättel gelegt. Andrej war es unmöglich, den Ausdruck auf ihren Gesichtern zu deuten. Er selbst empfand nichts als Hass, blindwütigen, roten Hass, der ihn dazu bringen wollte, sich unverzüglich auf die beiden Ritter – die beiden Vampyre! – zu stürzen und ihnen das Herz aus den Leibern zu reißen!

»Ich sehe, du freust dich mindestens so sehr wie sie über das Wiedersehen«, höhnte Tepesch.

Andrej reagierte noch immer nicht. Er begann am

ganzen Leib zu zittern. Die Heftigkeit seiner eigenen Reaktion überraschte ihn. Er hatte diesen beiden Männern den Tod geschworen, aber er hatte nicht gewusst, wie sehr er sie hasste. Sein Zorn grenzte an Raserei.

»Ihr wollt Selic angreifen?«, fragte Abu Dun.

»Das ist im Allgemeinen der Zweck einer Armee«, antwortete Dracul spöttisch, »eine andere Armee anzugreifen.«

»Bei einem so unterschiedlichen Größenverhältnis? Das ist Wahnsinn!«

»Die Größe einer Armee bestimmt nicht immer den Ausgang der Schlacht«, antwortete Tepesch. »Ich weiß zwar nicht, warum ich dir meine Schlachtpläne offenlegen soll, aber bitte: Selic rechnet nicht mit einem Angriff.«

»Du glaubst wirklich, er hätte deinen kleinen Aufmarsch nicht bemerkt?«

»Seine Späher waren so nahe, dass ich ihren Atem riechen konnte«, antwortete Tepesch. »Aber er denkt wie du, dass wir es nicht wagen werden, ihn anzugreifen. Graf Oldesky wartet mit tausend Husaren einen Tagesritt westlich von hier, um sich mit uns zu verbünden und die Osmanen zu zerschmettern, bevor sie in Ungarn einfallen können. Selic erwartet, dass wir dorthin reiten, um ihn mit vereinten Kräften schlagen. Außerdem sind die Muselmanen abergläubische Narren, die nicht bei Nacht kämpfen. Wir greifen bei Einbruch der Dunkelheit an, mit dem Vorteil der Überraschung auf unserer Seite.«

»Und viel weniger Kriegern.«

»Ich habe Verbündete, mit denen Selic nicht rechnet.« Tepesch drehte sich wieder zu Andrej um. »Die habe ich doch, oder?«

»Wenn ich dir sagen würde, dass du dich mit dem Teufel verbündet hast – würde dich das beeindrucken?« Es fiel Andrej schwer, überhaupt zu sprechen. Sein Blick hing wie gebannt auf den Gesichtern der beiden Ritter. Er konnte nicht sagen, ob sie zornig, triumphierend oder hasserfüllt aussahen, aber sie starrten ihn ebenso konzentriert an wie er sie.

»Die Wahl liegt bei dir«, sagte Tepesch. »Wir werden angreifen. Spätestens, wenn die Sonne untergeht. Es ist deine Entscheidung, ob *sie* an meiner Seite reiten oder ob du es tust.« Er griff neben sich und löste ein Schwert vom Sattel, das Andrej als sein eigenes erkannte, als er es ihm hinhielt. Er rührte keinen Finger, um danach zu greifen.

»Was hast du mit Domenicus gemacht?«, fragte er, »und ...«

»Und mit seiner entzückenden Begleitung?« Er senkte das Schwert, steckte es jedoch nicht ein, sondern legte es quer vor sich über den Sattel.

»Ihnen ist nichts geschehen, keine Sorge. Sie sind meine Gäste. Sie werden mit der gleichen Zuvorkommenheit behandelt wie dein junger Freund. Solange ich am Leben bin, heißt das. Sollte ich in der Schlacht fallen, sterben sie. Ebenso wie du und dein schwarzgesichtiger Freund.« Er hob abermals das Schwert. »Sollten wir aber siegen ... dann wäre es keine Frage, welcher Seite meine Sympathien gehören. Überdenke deine Entscheidung also gut.«

»Geh zum Teufel«, sagte Andrej.

»Wie du willst.« Tepesch befestigte Andrejs kostbares Sarazenenschwert wieder an seinem Sattel und wandte sich mit erhobener Stimme an die Krieger: »Ihr bleibt hier und gebt auf sie Acht. Sollte ich fallen, tötet ihr sie.«

Er riss sein Pferd herum und sprengte los. Neben Biehler und Körber angekommen, blieb er noch einmal stehen und wechselte ein paar Worte mit ihnen, dann setzten die zwei goldenen Reiter ihre Helme auf und sie galoppierten zu dritt weiter.

»War das klug?«, fragte Abu Dun. Er klang nicht ängstlich, aber deutlich besorgt.

»Nein«, gestand Andrej. »Aber mit ihm zu gehen, wäre ebenso dumm. Er reitet in den sicheren Tod.« Er drehte sich halb im Sattel herum, um sich an Vlad zu wenden. »Werden sie es tun?«

»Euch töten?« Vlad hob die Schultern. Er lenkte sein Pferd näher heran und senkte die Stimme, damit die anderen seine Worte nicht hörten. »Das kann ich nicht sagen. Dracul ist bei seinen Männern nicht beliebt, aber sie gehorchen seinen Befehlen.«

»Auch wenn er tot ist?«, fragte Abu Dun.

Vlad hob zur Antwort nur noch einmal die Schultern. Andrej hingegen war noch nicht endgültig davon überzeugt, dass Fürst Tepesch wirklich in den sicheren Tod ritt, wie Abu Dun anzunehmen schien. Dracul mochte sein, was er wollte: Er war kein Dummkopf, und er war kein Selbstmörder. Wenn er diesen Irrsinnsangriff tatsächlich ausführte, dann hatte er noch einen Trumpf im Ärmel.

»Wenn wir zu fliehen versuchen«, murmelte er, »wirst du uns helfen?«

Vlad sah ihn durchdringend an. Er antwortete nicht.

Sie waren aus den Sätteln gestiegen. Die Männer, die Dracul zu ihrer Bewachung dagelassen hatte, hatten ein Feuer entzündet, denn mit dem hereinbrechenden Abend wurde es rasch kühler. Andrej hatte zwei- oder dreimal versucht, ein Gespräch mit den Männern in Gang zu bringen, aber sie waren nicht nur einer Antwort, sondern selbst seinen Blicken ausgewichen. Sie gaben sehr gut auf Abu Dun und ihn Acht. Der Pirat und er konnten sich zwar scheinbar frei in dem kleinen Lager bewegen, aber doch keinen Schritt tun, ohne dass mindestens drei der Männer diskret in ihrer Nähe waren.

Am Anfang war Andrej ein wenig erstaunt über den vermeintlichen Leichtsinn, in Sichtweite des osmanischen Heeres nicht nur ein Lager aufzuschlagen, sondern auch ein so weithin sichtbares Feuer zu entzünden. Aber dann erinnerte er sich an Draculs Worte. Die Türken wussten längst, dass sie hier waren. Es schien sie nicht sonderlich zu stören – und warum auch? Sie fühlten sich vollkommen sicher.

Fürst Tepesch hielt Wort. Kurz bevor die Sonne unterging kam Bewegung in sein Heer: Die Männer stiegen auf ihre Pferde und gruppierten sich zu drei unregelmäßigen Trupps, die sich ohne weiteres Zögern in Gang setzten. Natürlich konnte das auch den Türken nicht verborgen bleiben, aber Andrej musste widerwillig zugeben, dass Dracul geschickt vorging: Das Heer näherte sich den Türken nicht direkt, sondern schlug einen Weg ein, der es – wenn auch gefährlich nahe – am Heerlager der Türken vorbeiführen würde. Selics Späher mussten annehmen, dass sie sich auf den Weg machten, um sich mit der wartenden Verstärkung im Westen zu vereinigen.

Natürlich würden sie das nicht zulassen. Es war leichter, zwei schwache als einen starken Gegner anzugreifen, und Selic reagierte so, wie es Andrej an seiner Stelle ebenfalls getan hätte – was genau in Tepeschs Plan zu passen schien: Er ließ einen Teil seiner Reiter aufsitzen und das Lager verlassen, um Tepeschs Tross zu umgehen und ihm in die Flanke zu fallen.

»Dumm ist er nicht«, sagte Abu Dun, der neben Andrej stand und wie er auf die Vorgänge im Tal hinabblickte. Es war ein fast unheimlicher Anblick. Sie sahen kaum mehr als ein großes, schwerfälliges Wogen und Gleiten, das sich in vollkommener Lautlosigkeit zu vollziehen schien. Andrej musste sich mit immer größerer Mühe in Erinnerung rufen, dass es nicht nur Schatten und zufällige Bewegungen waren, sondern Menschen. Menschen, die in wenigen Minuten aufeinander prallen und sich gegenseitig töten würden. Sein Blick suchte Dracul und seine beiden unheimlichen Begleiter. Sie ritten an der Spitze des mittleren Zuges. Zwei goldene Funken, die selbst im rasch verblassenden Licht des Abends deutlich zu erkennen waren.

Mühsam riss er sich von dem Anblick los. »Was?«

»Tepesch«, erklärte Abu Dun und machte eine entsprechende Geste. »Er ist nicht dumm. Er bringt Selic dazu, seine Kräfte aufzuspalten. Ich an seiner Stelle würde dasselbe tun. Ich verstehe nur nicht ganz, wieso Selic darauf hereinfällt.«

»Er ist dort unten und wir hier oben«, sagte Vlad. »Er sieht nicht, was wir sehen.«

Wieder vergingen etliche Minuten, in denen sie dem Aufmarsch unter sich in gebanntem Schweigen zusahen.

Andrej sah nicht, welches Zeichen Dracul seinen Männern gab, aber die drei langen Reihen bisher eher gemächlich dahintrabender Reiter schwenkten plötzlich herum und wurden gleichzeitig schneller. Es war nicht mehr still. Aus dem Tal drang das Dröhnen hunderter eisenbeschlagener Hufe herauf, und Andrej glaubte fast zu spüren, wie die Erde unter ihnen zu vibrieren begann. Das nur allmählich anschwellende, aber Furcht einflößende Kriegsgeschrei aus dutzenden von Kehlen drang an sein Ohr.

Obwohl die Türken den feindlichen Heereszug genau beobachtet hatten, schien die Überraschung komplett zu sein. Die drei Abteilungen strebten keilförmig auf einen Punkt dicht innerhalb des türkischen Heerlagers zu, an dem sie sich vereinigen würden. Sie hatten den größten Teil ihres Weges bereits zurückgelegt, bevor ihre Gegner auch nur auf den Gedanken kamen, eine Verteidigung zu organisieren. Einige wenige Pfeile zischten den Angreifern entgegen und ein paar trafen ihr Ziel, aber sie vermochten den Ansturm der Reiterarmee nicht zu verlangsamen, geschweige denn aufzuhalten. Tepeschs Heer krachte wie eine riesige stählerne Faust in das osmanische Lager und zerschmetterte die hastig aufgebaute Verteidigungslinie.

»Es ist trotzdem Wahnsinn«, murmelte Abu Dun. »Sie werden sie zwischen sich zermalmen.« Er deutete nach Westen. Die türkischen Reiter hatten Halt gemacht, als sie bemerkten, was geschah. Sie würden nur wenige Minuten brauchen, um zurückzukehren und in den Kampf einzugreifen.

Tepeschs Reiterei begann allmählich an Ausdauer zu verlieren. Die Spitze des wieder vereinten Heeres, angeführt von Dracul selbst und seinen beiden goldschimmernden Begleitern, hatte fast das Zentrum des türkischen Heerlagers erreicht, aber ihr Tempo sank mit jedem Schritt, den sie sich weiter auf das Herz des Lagers, und damit Sultan Selics Zelt, zu kämpften. Die stählerne Wand, die unaufhaltsam vorwärts stürmte und dabei alles niedermachte, was sich ihr in den Weg stellte, begann auseinander zu fallen. Statt eines einzigen gewaltigen Heranstürmens zerfiel die Schlacht in immer mehr einzelne kleine Kämpfe. Noch wichen die Verteidiger zurück, entsetzt von der Wucht des selbstmörderischen Angriffs, aber sie begannen ihre Fassung zurückzugewinnen. Irgendwann würde ihre schiere Übermacht die Entscheidung herbeiführen.

Auch Dracul selbst und seine beiden Begleiter wurden immer heftiger attackiert. Sie hatten Selics Zelt, das unschwer an seiner Größe und den zahlreichen bunten Wimpeln und Schilden zu erkennen war, fast erreicht. Andrej vermutete, dass Tepesch um jeden Preis den Sultan selbst in seine Gewalt zu bringen versuchte. Vielleicht hoffte er, die Schlacht auf diese Weise entscheiden zu können, bevor die türkische Verstärkung zu ihnen stoßen würde. Selics Krieger kämpften jedoch mit einer Entschlossenheit und einem Mut, die ihresgleichen suchten. Viele wurden von den schwer gepanzerten Pferden einfach niedergeritten und unter ihren Hufen zermalmt, aber die Überlebenden kämpften nur umso verbissener. Noch wichen sie zurück, aber langsam kam der Rückzug zum Erliegen.

Andrej sah von der Höhe ihres improvisierten Feldherrenhügels aus noch etwas, das Tepesch von seiner Position dort unten aus verborgen bleiben musste: Das türkische Heer hatte begriffen, welche Gefahr seinem Anführer drohte. Aus allen Richtungen strömten Krieger herbei, um ihren Herrn zu beschützen.

»Was hat er vor?«, murmelte Abu Dun. »Nicht mehr lange – und sie werden einfach überrannt!«

»Warte ab«, sagte Vlad. Andrej sah kurz und verwirrt in seine Richtung und er bemerkte dabei etwas, das ihn mit neuer Sorge erfüllte. Die meisten der Krieger in ihrer Nähe folgten der Schlacht ebenso gebannt wie Abu Dun und er, denn auch, wenn sie nicht unmittelbar daran beteiligt waren, so entschied sich mit ihrem Ausgang doch auch ihr Schicksal.

Etliche Krieger sahen immer wieder Abu Dun und ihn an und ihre Hände lagen auf den Schwertgriffen. Seine Frage an Vlad, ob die Männer Draculs Befehl auch ausführen würden, wenn ihr Herr vor ihren Augen fiel, schien damit beantwortet zu sein.

Doch Dracul fiel nicht.

Es waren die beiden goldenen Ritter, die die Entscheidung herbeiführten. Ihr Vormarsch war endgültig zum Stehen gekommen. Sie kämpften gegen eine mindestens zehnfache Übermacht muselmanischer Soldaten, die sie nun ihrerseits einzukreisen begann. Die Hälfte der Reiter in Tepeschs unmittelbarer Umgebung war bereits gefallen und die Überlebenden wurden einer nach dem anderen aus den Sätteln gerissen. Draculs Morgenstern und die Schwerter der beiden Goldenen wüteten fürchterlich unter den Angreifern, die gerade noch Verteidiger gewesen waren, aber ihre Zahl wuchs trotzdem unaufhaltsam. Auch die türkische Reiterei war mittlerweile zu ihnen gestoßen und fiel Tepeschs Soldaten in den Rücken. Die bisher immer noch geordnete Schlachtreihe des Drachenritters begann zusammenzubrechen. In wenigen Augenblicken würden Selics Krieger Dracul gefangen nehmen und damit den Kampf entscheiden.

Da taten Biehler und Körber etwas scheinbar vollkommen Wahnsinniges: Die beiden goldenen Ritter schleuderten ihre Schilde davon und sprangen aus den Sätteln. Ihre gewaltigen Breitschwerter mit beiden Händen schwingend, schlugen und hackten sie sich eine blutige Bahn durch die Reihen der osmanischen Krieger. Ihre Hiebe waren so gewaltig, dass Schilde zerbarsten und Helme gespalten wurden. Die schiere Wut ihres Angriffs trieb die Verteidiger noch einmal ein Stück zurück. Trotzdem konnten sie das Blatt selbst auf diese Weise nicht mehr wenden. Wären sie normale Menschen gewesen, wären sie innerhalb weniger Augenblicke überwältigt und getötet worden.

Aber sie waren Vampyre, so gut wie unverwundbar und fast unbesiegbar.

Sie wurden getroffen, einer von ihnen von einem Speer, der sich in seinen Rücken bohrte, der andere von gleich zwei Pfeilen, die aus unmittelbarer Nähe auf ihn abgefeuert worden waren und von denen einer seine Rüstung und einer seinen Hals durchbohrte.

Die beiden Vampyre wankten nicht einmal. Körber riss den Speer aus seinem Rücken und tötete wahllos den ihm am nächsten stehenden Krieger mit der Waffe, an deren Spitze noch sein eigenes Blut klebte, während Biehler die Pfeilspitze abbrach, die aus seinem Hals ragte, und dann das Geschoss auf der anderen Seite herausriss. Eine hellrote Blutfontäne sprudelte aus seinem Hals und versiegte fast augenblicklich. Noch bevor er den Pfeil aus seiner Brust herausriss, tötete der goldene Ritter zwei weitere Türken mit einem einzigen wütenden Schwerthieb, und auch die Klinge des anderen Vampyrs hielt blutige Ernte unter den Muselmanen. Erneut wurden sie getroffen und erneut waren sie nicht aufzuhalten, sondern töteten im Gegenteil die Krieger, die sie verletzt hatten.

Unter den osmanischen Soldaten brach Panik aus; spätestens in dem Moment, in dem auch Tepesch aus dem Sattel sprang und mit fürchterlichen Hieben seines Morgensterns in den Kampf eingriff. Für die Türken musste es aussehen, als kämpften sie gegen den Leibhaftigen selbst, der gemeinsam mit zwei unverwundbaren Dämonen aus der Hölle emporgestiegen war. Mehr und mehr Osmanen warfen ihre Waffen weg und wandten sich in kopfloser Panik zur Flucht, aber Dracul und seine beiden Höllenkrieger kannten kein Erbarmen. Unterstützt von den wenigen Reitern, die ihnen geblieben waren, setzten sie ihnen nach und fielen über Selic und seine Leibgarde her. Es dauerte nur noch Augenblicke, bis der Heerführer der Muselmanen in ihrer Hand war.

»Das ist Selic«, sagte Abu Dun. »Ich erkenne ihn an dem albernen Turban.«

»Ach?«, sagte Andrej. »Ich dachte, du hättest mit dem Krieg nichts zu schaffen.«

Abu Dun grinste nur, wandte sich aber ohne eine Antwort wieder dem Geschehen unter ihnen zu. Die panische Flucht hielt an. Von Westen her rückte der osmanische Ersatz heran, aber außer Tepeschs Reitern strömten ihnen nun immer mehr ihrer eigenen Landsleute entgegen. Die Nachricht, dass der Teufel selbst unter sie gefahren war, machte in Windeseile die Runde.

Das also war die tödliche Überraschung, die Tepesch für Selic bereitgehalten hatte, dachte Andrej. Biehler und Körber waren keineswegs zufällig verwundet worden. Sie hatten gewollt, dass das geschah, um Furcht und Entsetzen in die Herzen ihrer Feinde zu säen. Andrej war aber noch nicht ganz sicher, ob Tepeschs Rechnung aufging. Immer mehr Türken ergriffen die Flucht, aber die Verstärkung rückte fast mit der gleichen Schnelligkeit heran. Aus schmerzhafter Erfahrung wusste Andrej, dass Schlachten nur zu oft eine eigene Gesetzmäßigkeit entwickelten, die jeden noch so genialen Plan zunichte machen konnten.

Indessen kämpften sich immer mehr Reiter ihren

Weg zu Selics Zelt frei. Plötzlich waren es die Drachenritter, deren Hauptquartier sich im Herzen des türkischen Lagers befand und die von allen Seiten bedrängt wurden. Viele Osmanen befanden sich immer noch in panischer Flucht, aber der weitaus größere Teil drängte heraus und trieb Tepeschs Reiter dabei vor sich her.

»Was tut er da?«, murmelte Abu Dun stirnrunzelnd.

Andrej konnte nur mit den Schultern zucken. Dracul hatte den Mann mit dem auffällig bunten Turban niedergeschlagen, aber offensichtlich nicht getötet. Biehler und Körber hatten den Sultan an den Armen gepackt und hielten ihn nieder, während Dracul heftig mit beiden Armen gestikulierte und Befehle gab. Mit wenigen, schnellen Bewegungen rissen sie Selics Zelt nieder, bis nur noch der drei Meter hohe, mittlere Pfahl stand. Vielleicht hatte Tepesch vor, sein Drachenbanner daran zu hissen. Das Zelt war auf einem kleinen Hügel errichtet, sodass die Flagge auf dem ganzen Schlachtfeld zu sehen gewesen wäre. Vielleicht auch Selics Kopf, falls Tepesch ihn enthaupten und darauf aufspießen ließ.

Vielleicht aber auch …

»Nein«, flüsterte Abu Dun. »Das kann er nicht tun!«

Aber Tepesch tat es. Während er selbst und die beiden Vampyre Selic niederdrückten, rissen einige seiner Krieger den Pfahl aus dem Boden und schleppten ihn heran.

Andrej und die anderen sahen mit wachsendem Entsetzen zu, wie Tepesch selbst – wenn auch mit Hilfe einiger seiner Krieger – den Pfahl herumdrehte und sein blutiges Handwerk begann.

Er hatte sich gefragt, wie lange eine solch grässliche Tat dauern würde, und war überrascht, wie schnell es ging. Natürlich war es unmöglich, aber trotzdem bildete er sich ein, Selics grässliche Schreie selbst über den Schlachtenlärm hinweg zu hören. Binnen weniger Augenblicke wurde er gepfählt, dann trugen die Krieger den Pfahl an seinen Platz zurück und richteten ihn wieder auf.

Damit endete die Schlacht.

Hatte vorher schon die Nachricht die Runde gemacht, dass der Teufel selbst auf Tepeschs Seite kämpfte, so erschütterte der Anblick ihres gepfählten Anführers die Krieger endgültig. Wer es bisher noch nicht getan hatte, der ließ spätestens jetzt von seinem Gegner ab und wandte sich zur Flucht.

»Es scheint, als könnten wir euch noch eine Weile am Leben lassen«, sagte Vlad. »Das ist gut. Ich hätte Dracul ungern eine Lüge aufgetischt, wieso ihr uns entkommen seid.«

Andrej war nicht ganz sicher, was er von diesen Worten halten sollte. Ohne dass er einen Grund benennen konnte, hatte Vlad eine Menge seiner Sympathien eingebüßt, seit sie ihr Lager auf dem Hügel aufgeschlagen hatten.

In einem hatte er jedoch vollkommen Recht: Der Kampf war vorbei. Das Töten würde noch eine Weile andauern, denn Tepeschs Reiter verfolgten nun die flüchtenden Osmanen. Tepesch hatte gewonnen.

»Dieser Teufel«, murmelte Abu Dun. Seine Stimme

war flach, fast ohne Ausdruck, und Andrej konnte das Entsetzen in seinem Blick verstehen. Ihm selbst erging es kaum anders. Innerhalb kürzester Zeit waren hunderte von Männern gestorben, und trotzdem entsetzte ihn der Anblick des gepfählten Heerführers wie kaum etwas anderes. Vielleicht war es auch etwas anderes. Tepesch hatte einfach darauf gebaut, dass die unglaubliche Brutalität dieses barbarischen Akts die Männer unter der Halbmondfahne so entsetzen würde, dass er ihren Kampfwillen brach. Seine Rechnung war aufgegangen.

»Wir sollten von hier verschwinden«, schlug Vlad vor. Er machte eine Geste ins Tal hinab. »Die Heiden sind zwar auf der Flucht, aber ich möchte ungern einem Trupp von ihnen begegnen, den vielleicht nach Rache dürstet.«

»Dein Herr hat gesagt, wir sollen hier warten«, erinnerte Abu Dun.

»Falsch«, verbesserte ihn Vlad. »Er hat gesagt, *wir* sollen hier warten, bis klar ist, ob wir mit oder ohne euch weiter reiten.« Er hob die Stimme. »Auf die Pferde!« Und dann fügte er hinzu, schnell und so leise, dass nur Andrej ihn verstehen konnte: »Ihr müsst fliehen, aber wartet auf mein Zeichen. Wir treffen uns in der ausgebrannten Mühle am Fluss.«

Sie saßen auf. In der gleichen Formation, in der sie schon hierher gekommen waren, ritten sie weiter und näherten sich dem Ort an dem Sultan Selics Heerlager gewesen war. Obwohl die Nacht schon lange hereingebrochen war, war er jetzt heller erleuchtet als zuvor. Die Kämpfe hatten aufgehört, aber Tepeschs Soldaten waren dabei, das Lager zu plündern, und ganz offensichtlich hatten sie Befehl, alles zu zerstören, was sie nicht mitnehmen konnten.

Andrej sah sich immer unruhiger um, je mehr sie sich dem Heerlager näherten. Das Tal hallte noch immer von Schreien, dem dumpfen Trommeln von Hufen und Waffengeklirr wider; Draculs Reiter machten unbarmherzig weiter Jagd auf die fliehenden Türken. Hätten sich die Muselmanen gesammelt und ihre Kräfte zusammengetan, hätten sie Tepeschs Heer auch jetzt noch mit Leichtigkeit besiegen können. Aber die Männer waren verstört und bis ins Mark erschüttert; ein Zustand, in dem das Kräfteverhältnis kaum noch zählte.

Sie mussten einen schmalen Bachlauf überqueren, als das geschah, worauf Vlad offensichtlich gewartet hatte: Aus der Dunkelheit stürmten mehrere Gestalten mit Turbanen, spitzen Helmen und runden Schilden heran. Viele der Krieger waren verletzt und ganz eindeutig auf der Flucht. Trotzdem kam es augenblicklich zum Kampf. Die Männer, die Dracul zu ihrer Bewachung abgestellt hatte, schienen geradezu begierig auf ein Gemetzel. *Sie* waren es, die die Türken angriffen, nicht umgekehrt.

Vlad riss sein Pferd mit solchem Ungestüm herum, dass das Tier gegen das Andrejs prallte und sich mit einem erschrockenen Wiehern aufbäumte. Auch Andrejs Pferd scheute. Er hätte es ohne große Mühe wieder in seine Gewalt bringen können, aber er riss so hart an den Zügeln, dass sich das Tier nun ebenfalls aufbäumte und ihn abwarf. Noch während er stürzte, sah er, wie Abu Dun herumfuhr und den Krieger neben sich mit einem bloßen Fausthieb aus dem Sattel schleuderte, dann fiel er ins Wasser, drehte sich herum und schwamm mit kraftvollen Zügen so schnell und weit, bis er das Gefühl hatte, seine Lungen müssten platzen.

Er hatte sich nicht annähernd so weit entfernt, wie er gehofft hatte. Die Osmanen schienen unerwartet heftigen Widerstand zu leisten – möglicherweise hatten sie auch Verstärkung bekommen –, denn er sah ein einziges Durcheinander kämpfender und miteinander ringender Gestalten. Vlad hatte sein Pferd wieder unter Kontrolle bekommen, doch genau in diesem Moment stürzte sich Abu Dun auf ihn und schlug ihn mit zwei, drei harten Hieben aus dem Sattel.

Etwas schlug dicht neben ihm ins Wasser; vielleicht nur ein Stein oder von einem Pferdehuf aufgewirbelter Lehm, vielleicht aber auch eine Waffe, die auf ihn abgeschossen worden war. Er fuhr herum, hielt einen Moment vergeblich nach einem Angreifer Ausschau und schwamm dann abermals unter Wasser weiter.

Da er sich nun vollkommen auf das Schwimmen konzentrierte, legte er ein weitaus größeres Stück zurück, bevor ihn die Atemnot zwang, erneut aufzutauchen. An der Stelle, an der er ins Wasser gefallen war, war der Bach gut einen Meter tief, aber hier war er so seicht, dass seine Hände und Knie bereits den Boden berührten. Er stand auf, watete noch einige Schritte durch das schlammige Wasser und ließ sich dann am Ufer schwer atmend auf Hände und Knie fallen. Der Kampf tobte immer noch. Andrej war jetzt vielleicht vierzig Meter entfernt, aber wenn einer der Männer auch nur einen zufälligen Blick in seine Richtung werfen würde, wäre er zu sehen gewesen. Andrej kroch blindlings weiter, bis er einige Büsche erreichte, verbarg sich im Schutz des Unterholzes und ließ sich auf den Rücken rollen. Sein Atem ging pfeifend und die Luft brannte in seiner Kehle. Er war so erschöpft, als hätte er an der Schlacht teilgenommen und sie allein zu Ende geführt.

Es vergingen nur wenige Minuten, da knackte es im Geäst hinter ihm und eine wohl bekannte Stimme sagte: »Du hast wirklich Glück, Hexenmeister, dass ich auf deiner Seite stehe. Und dass ich weiß, dass es keinen Zweck hat, dir die Kehle durchzuschneiden.«

»Was wahrscheinlich der einzige Grund ist, aus dem du auf meiner Seite stehst«, knurrte Andrej. In Gedanken gab er Abu Dun allerdings Recht und erteilte sich selbst einen scharfen Verweis. Der Pirat hatte sich an ihn herangeschlichen, ohne dass er es gemerkt hatte.

»Möchtest du noch ein bisschen mit unseren neuen Freunden plaudern oder verschwinden wir, bevor sie merken, dass ihnen etwas abhanden gekommen ist?«, fragte Abu Dun.

»Und wohin? Ich habe ja keine Ahnung, wo diese verfluchte Mühle ist.«

»Aber ich.« Abu Dun lachte leise.

12

Etliche Zeit später erreichten sie die von Unkraut und Gebüsch überwucherte Ruine, in der Abu Dun den von Vlad vorgeschlagenen Treffpunkt vermutete. Andrej war nicht einmal sicher, dass es sich um den richtigen Ort handelte, als sie über die zusammengestürzten Mauerreste kletterten und nach einem Platz Ausschau hielten, von dem aus sie die Umgebung im Auge behalten konnten, ohne selbst gesehen zu werden. Die Mühle war nicht in diesem Krieg zerstört worden, sondern vor sichtbar langer Zeit. Gebüsch, wild wucherndes Unkraut und sogar einige kleinere Bäume hatten ihre Wurzeln in die Mauerritzen und den vermodernden Holzboden gekrallt.

»Das ist kein guter Treffpunkt.« Abu Dun fasste in Worte, was Andrej fühlte. »Wenn sie anfangen, die Gegend nach Selics Kriegern zu durchsuchen, werden sie garantiert hierher kommen.«

»Falls es überhaupt der richtige Ort ist.« Andrej sah sich voller Unbehagen um. »Warum hast du Vlad niedergeschlagen? Es wäre nicht nötig gewesen. Jedenfalls nicht so hart.«

»Er braucht ein Alibi, um seinem Herrn glaubhaft zu machen, dass wir ihm auch wirklich entkommen sind«, antwortete Abu Dun. »Und falls mein Misstrauen gerechtfertigt ist und er uns belügt, dann hat er es verdient.« Er blieb stehen und deutete nach links. »Da scheint es nach unten zu gehen.«

Nicht zum ersten Mal musste Andrej Abu Duns scharfe Augen bewundern. Er selbst erkannte dort, wohin die Hand des Piraten deutete, nur einen schwarzen Schlagschatten. Doch als sie sich näherten, wurde er tatsächlich der beiden oberen Stufen einer hölzernen Treppe gewahr, die in die Tiefe hinabführte. Als Abu Dun den Fuß darauf setzte, ächzten sie hörbar unter seinem Gewicht.

»Worauf wartest du, Hexenmeister?«, fragte Abu Dun. »Hast du Angst, dass uns dort unten ein Vampyr erwartet?«

Er lachte über seinen eigenen Scherz und verschwand dann mit schnellen Schritten in der Tiefe. Nach einem Augenblick ertönte ein Splittern, dann ein polterndes Krachen und im nächsten Moment hörte er Abu Dun in seiner Muttersprache fluchen.

»Bist du auf einen Vampyr getreten?«, rief Andrej belustigt. »Oder war es nur ein Werwolf, den du aus seinem Winterschlaf geweckt hast?«

»Komm herunter, Hexenmeister, und ich zeige es dir!«, schrie Abu Dun zurück. »Und ich werde dir nicht sagen, wo die zerbrochene Stufe ist!«

Andrej grinste und stieg – mit gesenktem Kopf und

sehr viel vorsichtiger als der Sklavenhändler vor ihm – die steile Treppe hinab. Die Stufen ächzten, aber sie hielten. Als er beinahe unten angekommen war, stieß sein tastender Fuß ins Leere, aber da er darauf vorbereitet gewesen war, verlor er nicht das Gleichgewicht, sondern fing sich wieder. Er erreichte das Ende der Treppe, blieb gebückt stehen und glaubte einen massigen Schatten links neben sich wahrzunehmen. Es war sehr dunkel. Durch die rechteckige Öffnung am oberen Ende der Treppe und die Ritzen der Fußbodenbretter, die nun die Decke über ihnen bildeten, sickerte graues Licht, aber es reichte kaum aus, um die Hand vor Augen zu erkennen.

Andrej richtete sich auf und fluchte, als er mit dem Kopf gegen die niedrige Decke stieß und Staub in dicken Schwaden auf ihn herabrieselte.

Abu Dun lachte schadenfroh. »Ach, was ich dir sagen wollte: Gib Acht, die Decke ist sehr niedrig.«

Nach einer Weile begann der Pirat lautstark in der Dunkelheit herumzustolpern und zu -hantieren.

»Decken«, sagte er plötzlich. »Hier sind Decken. Wasser. Und etwas zu essen ... dein Freund hat gut vorgesorgt.«

Andrej ging mit vorsichtigen kleinen Schritten in die Richtung, aus der Abu Duns Stimme kam. Trotzdem stolperte er unentwegt über Unrat und Trümmer, die den Boden bedeckten, und stieß sich noch zweimal den Kopf an den niedrigen Deckenbalken, bevor er Abu Dun erreichte.

Im hinteren Teil des Kellers war ein kleiner Bereich des Bodens von Unrat und Trümmern freigeräumt worden. Seine Augen hatten sich mittlerweile an das schwache Licht gewöhnt. Vlad hatte tatsächlich einen kleinen Stapel Decken sowie einen Beutel mit Lebensmitteln hier deponiert, und dazu noch einen gefüllten Wasserschlauch.

»Wenn du nach Waffen suchst, muss ich dich enttäuschen«, sagte Abu Dun. »So weit geht sein Vertrauen anscheinend nicht.«

Er setzte sich und nach einem kurzen Augenblick ließ sich auch Andrej mit angezogenen Knien gegen die Wand neben ihm sinken. Sie bestand aus Lehm und war feucht und von fingerdünnen Wurzelsträngen durchzogen, die ihren Weg bis hier hinunter gefunden hatten.

»Wunderbar«, höhnte Abu Dun. »Was für ein Rattenloch. Es geht abwärts mit uns beiden, Hexenmeister.«

»Worüber beschwerst du dich?«, fragte Andrej. »Vor nicht allzu langer Zeit wärst du fast auf dem Grunde der Donau gelandet. Hier ist es wenigstens trocken.«

»Und wir sind auf die Gnade eines Verräters angewiesen«, knurrte Abu Dun. »Wir sitzen in einem fauligen Loch unter der Erde, ein wahnsinniger Foltermeister und Tyrann setzt vermutlich in diesem Moment ein Vermögen als Preis für unsere Köpfe aus und ... oh ja, dort oben gibt es vermutlich im Umkreis von fünfzig Meilen niemanden, der nicht jedem arabischen Gesicht die Kehle aufschlitzen würde. Habe ich noch irgendetwas vergessen?«

»Du befindest dich in der Gesellschaft eines Vampyrs«, sagte Andrej böse. »Und ich hatte schon ziemlich lange kein frisches Blut mehr.«

»Fang dir eine Ratte«, riet ihm Abu Dun.

»Du meinst, weil ihr Blut ohnehin besser wäre als deines?«

Abu Dun lachte, aber es klang nicht echt und auch Andrej gemahnte sich zur Disziplin und zog es vor, das Gespräch nicht fortzusetzen. Sie waren beide unruhig und gereizt. Ein einziges falsches Wort mochte genügen, um die Situation außer Kontrolle geraten zu lassen.

»Und was tun wir jetzt?«, fragte Abu Dun nach einer Weile. »Ich meine: Warten wir hier auf deinen Freund, den Zigeuner?«

»Was sonst?«

»Die Nacht ist noch lang«, antwortete Abu Dun. »Bis es hell wird, könnten wir schon viele Meilen weit weg sein.«

»Unsinn«, sagte Andrej. »Wohin willst du gehen? Ich spreche gar nicht von mir, sondern von dir. Selbst wenn du Tepeschs Leuten entkommst ... und dann?«

»Ich bin hierher gekommen, ich komme auch zurück«, sagte Abu Dun. »Ich traue diesem Vlad nicht. Und das solltest du auch nicht.«

»Wer sagt, dass ich das tue?«

Darüber schien Abu Dun eine Weile nachdenken zu müssen, bevor er weitersprach. »Ich habe gesehen, wie diese beiden Krieger gekämpft haben. Sie waren schlimmer als die Teufel. Bist du auch in der Lage, so ... so zu kämpfen?«

Andrej hatte den Eindruck, dass er eigentlich etwas

anderes hatte fragen wollen. Er antwortete ganz offen: »Nein.«

Selbst er hatte bisher nicht einmal gewusst, dass es überhaupt *möglich* war. Auch er war schon oft verwundet worden und hatte sich wieder davon erholt, aber niemals so unglaublich *schnell*. Einer der beiden war von gleich zwei Pfeilen getroffen worden, und es hatte ihn nicht einmal behindert!

»Und trotzdem hast du einen der ihren getötet«, fuhr Abu Dun in nachdenklichem Ton fort. »Sag, Hexenmeister: War es ein fairer Kampf?«

»Das dachte ich bis jetzt«, sagte Andrej. Das Thema war ihm unangenehm. Nach dem, was er während der Schlacht gesehen hatte, war er nicht mehr sicher. »Mittlerweile denke ich fast, es war nur Glück.«

»Glück.« Abu Dun lachte hart. »So etwas wie Glück gibt es nicht, Hexenmeister.«

»Dann hatte er vielleicht einen schlechten Tag«, schnappte Andrej. »Ich will nicht darüber reden.«

»Aber das solltest du.« Abu Dun sah ihn durchdringend an. Es war zu dunkel, als dass Andrej sein Gesicht erkennen konnte, aber er spürte seinen Blick. »Irgendetwas stimmt hier nämlich nicht, weißt du?«

»Ja. Du redest zu viel.«

Abu Dun sagte nichts mehr. Aber es war auch nicht nötig.

Er hatte schon deutlich mehr gesagt, als Andrej hören wollte.

Sie waren übereingekommen, bis zur Dämmerung zu warten und sich dann auf eigene Faust auf den Weg zu machen, sollte Vlad bis dahin nicht aufgetaucht sein. Aber sie mussten nicht so lange warten.

Andrej schätzte, dass es auf Mitternacht zuging, als sie Schritte über sich hörten. Die altersschwachen Bodendielen knirschten. Staub rieselte zwischen ihnen hervor und markierte den Weg, den der Mann über ihnen nahm. Abu Dun spannte sich und wollte aufstehen, aber Andrej legte ihm rasch die Hand auf den Unterarm und drückte ihn zurück.

»Das ist Vlad.«

»Wieso bist du da so sicher?«

»Weil er allein kommt«, antwortete Andrej. »Außerdem spüre ich es.«

Die Schritte näherten sich der Treppe und wurden langsamer. Dann kam der Mann herunter. Er übersprang die untere, zerbrochene Stufe, was bedeutete, dass er nicht zum ersten Mal hier unten war, und kam geduckt und mit schnellen Schritten näher.

»Ihr seid da«, begann Vlad. »Gut. Ich war nicht sicher, dass ihr es schafft.« Er ließ sich zwischen Andrej und Abu Dun in die Hocke sinken und legte die Unterarme auf die Knie.

»Was ist mit deinem Gesicht passiert?«, fragte Abu Dun. »War ich das?«

Der Roma hob die linke Hand und tastete mit spitzen Fingern über seine linke Wange. Sie war unförmig angeschwollen, seine Lippen aufgeplatzt und blutig verschorft. Sein linkes Auge würde spätestens morgen früh komplett zugeschwollen sein.

Trotzdem lachte er. »So hart schlägst du nicht zu, Mohr«, sagte er. »Das ist die Belohnung meines Herrn, dass ihr mir entkommen seid.«

»Da fragt man sich doch, warum du noch lebst«, sagte Abu Dun langsam.

»Dracul war guter Dinge«, antwortete Vlad. »Er hat eine Schlacht gewonnen. Außerdem gibt es eine Menge Gefangener, um die er sich kümmern muss. Und ihr seid auch nicht mehr wichtig für ihn.«

»Was meinst du damit?«

»Er hätte euch so oder so töten lassen«, antwortete Vlad. »Er braucht dich nicht mehr, jetzt, wo er die beiden goldenen Ritter hat.« Er sah Andrej durchdringend an. »Die beiden sind Vampyre wie du, habe ich Recht? Aber sie sind trotzdem anders als du. Ich weiß nicht wie, aber sie sind anders. Böse.«

»Worauf willst du hinaus?«, fragte Andrej.

»Ihr seid hier nicht sicher«, sagte Vlad. »Ich kann euch in die Burg bringen. Ihre Keller sind tief – und sie sind der letzte Ort, an dem Dracul nach euch suchen würde.«

Andrej wollte antworten, aber Abu Dun kam ihm zuvor. »Warum tust du das für uns, Vlad? Warum sollten wir dir trauen?«

»Ich brauche eure Hilfe«, antwortete Vlad. »Ich verstecke euch. Ich sorge dafür, dass ihr lebt, und ich helfe euch, den Jungen zu befreien. Dafür müsst ihr Tepesch töten. Bevor er so wird wie du, Andrej.«

»So wie …?«

»Ein Vampyr«, sagte Vlad. »Unsterblich und unverwundbar. Er ist schon jetzt ein Ungeheuer, vor dem das Land zittert. Was glaubst du, würde geschehen, wenn er sich in ein Wesen verwandelt, das nicht zu verletzen ist und das den Tod nicht mehr zu fürchten braucht?«

Das war eine Vorstellung, die zu entsetzlich war, als dass Andrej dem Gedanken auch nur gestattet hätte, Gestalt anzunehmen. Trotzdem schüttelte er überzeugt den Kopf.

»Das ist vollkommen unmöglich, Vlad«, sagte er. »Wenn es das ist, was er will, dann lass ihn. Er würde nur den Tod dabei finden.«

»Die Alten sagen etwas anderes«, erwiderte Vlad. »Ich kenne die Legenden. Ich weiß, was man über euch sagt. Es heißt, dass ein Mensch zum Vampyr wird, wenn sich ihr Blut vermischt.«

»Ich sagte doch: Das ist vollkommen unmöglich«, beharrte Andrej.

Aber war es das wirklich?

Er musste daran denken, wie es gewesen war, als er Malthus getötet hatte.

Die *Transformation*.

Es war seine erste Transformation gewesen, ein Erlebnis, das so grauenhaft und erschreckend gewesen war, dass er sich geschworen hatte, es nicht wieder zu erleben, auch wenn sich seine Lebensspanne damit auf die eines normalen, sterblichen Menschen reduzierte. Er hatte Malthus' Blut getrunken, aber das war nur ein Symbol gewesen; Teil eines Rituals, das so alt war wie seine Rasse und dessen Ablauf er beherrschte, ohne es jemals zuvor kennen gelernt zu haben.

Aber für einen Moment war Malthus ... in ihm gewesen. Er hatte ihn gespürt, jenen körperlosen, brennenden Funken, den die Menschen Seele nannten, und für einen noch kürzeren Moment wäre es beinahe Malthus gewesen, der ihn übermannte. Er hatte die abgrundtiefe Bosheit seiner Seele gefühlt, die Kraft der zahllosen Leben, die er genommen hatte, und im allerletzten Moment etwas, dessen wahre Bedeutung er vielleicht erst jetzt wirklich begriff: Überraschung. Überraschung, Schrecken und einen Funken von Furcht, dem keine Zeit mehr blieb, zu einer Flamme zu werden.

Was, dachte er, wenn er diesen Kampf verloren hätte? Hätte Malthus dann Gewalt über seine Seele erlangt? Wäre er *zu Malthus geworden?*

Er wollte die Antwort auf diese Frage nicht wissen. Es spielte keine Rolle. Er würde nie wieder Blut trinken, weder das eines Menschen, noch das eines anderen Vampyrs. Sollte sein Leben nach fünfzig oder sechzig Jahren enden. Er hatte nicht um diese Art von Unsterblichkeit gebeten.

»Nun?«, fragte Vlad. Er hatte lange Zeit geschwiegen und Andrej nur angesehen, auch diesmal ganz so, als hätte er geahnt, was hinter Andrejs Stirn vorging, und als wollte er ihm ausreichend Zeit geben, eine Entscheidung zu treffen. Vermutlich war es im Moment nicht sonderlich schwer, in seinem Gesicht zu lesen.

»Du solltest dich mit Abu Dun zusammentun, Vlad«, sagte Andrej finster.

»Das heißt, du nimmst an«, sagte Vlad. Er stand auf. »Du tötest Tepesch. Was du mit den beiden Goldenen machst, ist mir gleich, aber du tötest Dracul. Dafür bringe ich dich und den Jungen hier weg.«

»Ja«, sagte Andrej. Ihm war nicht wohl dabei. Er konnte nicht sagen, warum, aber er hatte das Gefühl, einen wirklich schlechten Handel abgeschlossen zu haben. Trotzdem erhob er sich ebenfalls und streckte die Hand aus, um ihren Pakt zu besiegeln.

Abu Dun fuhr mit einer schnellen Bewegung dazwischen. »Nicht so rasch«, sagte er.

Vlad fuhr mit einem ärgerlichen Zischen herum. »Was mischst du dich ein, Heide?«

Abu Dun schluckte die Beleidigung ohne irgendein äußeres Zeichen von Ärger herunter. »Immerhin geht es auch um meinen Hals«, sagte er ruhig. »Woher sollen wir wissen, dass du Wort hältst?«

»Vielleicht allein deshalb, weil du diese Frage stellen kannst, Heide«, sagte Vlad verächtlich. »Ich habe mein Leben riskiert, um die euren zu retten! Wenn du wissen willst, was Tepesch mit Verrätern macht, dann frag deinen Freund.«

»Und wie willst du uns von hier fortbringen?« Abu Dun wirkte keineswegs überzeugt.

»Ich bin vielleicht der letzte meiner Sippe, aber nicht der letzte meines Volkes«, antwortete Vlad. »Es sind andere Roma in der Nähe. Jetzt, wo Selics Heer zerschlagen ist, werden sie nach Petershausen kommen. Ihr könnt euch ohne Probleme unter sie mischen und mit ihnen weiterziehen. Nicht einmal du würdest unter ihnen auffallen, Mohr.«

»Und sie würden uns aufnehmen?«

»Wenn ich sie darum bitte, ja«, antwortete Vlad. Er

drehte sich wieder zu Andrej um. »Dann sind wir uns einig?«

Diesmal hielt Abu Dun ihn nicht mehr zurück, als er Vlads ausgestreckte Hand ergriff.

13

Burg Waichs erhob sich wie ein Stück geronnener Schwärze gegen den Nachthimmel. Es war genau dieses Bild, das Andrej beim Anblick der Burg durch den Kopf schoss. Kein Vergleich wäre in diesem Moment treffender gewesen. Der massige Turm reckte sich scheinbar endlos hoch über ihnen in den Himmel, eingebettet in das kantige Muster der Nebengebäude und Mauern. Sie sahen nur Schwärze, flache Dunkelheit ohne Details und Tiefe, als hätte sich die Nacht vor ihnen zu substanzloser Materie zusammengeballt.

Andrej war nicht der Einzige, den der Anblick mit Unbehagen erfüllte. Auch Abu Dun war immer stiller geworden, je weiter sie sich Draculs Burg näherten. Selbst die Pferde waren unruhig. Ihre Ohren zuckten nervös, und manchmal tänzelten sie und versuchten auszubrechen, fast als spürten sie mit ihren feinen Instinkten eine Gefahr. »Ab hier gehen wir besser zu Fuß weiter.« Obwohl sie noch gute fünfhundert Meter von der Burg entfernt sein mussten, hatte Vlad die Stimme zu einem Flüstern gesenkt. Andrej versuchte, seine düsteren Gedanken zu verscheuchen. An der Burg war nichts Übernatürliches und die Schatten ringsum waren nicht mehr als Schatten. Das Einzige, wovor er sich in Acht nehmen musste, war seine eigene Fantasie, die ihn mit immer schlimmeren Trugbildern narrte. Sie hatten auf dem Weg hierher Dinge gesehen, die ihn noch immer verfolgten und es wahrscheinlich auch noch lange Zeit tun würden. Draculs Heer hatte das türkische Lager vollkommen zerstört, und er war auf der Jagd nach Überlebenden äußerst erbarmungslos gewesen. Nun beschäftigte sich das Heer auf seine ganz spezielle Art mit den Gefangenen … Trotz Vlads Ankündigung ritten sie noch ein gutes Stück weiter, ehe der Roma ihnen endgültig das Zeichen zum Absitzen gab und sich als Erster aus dem Sattel schwang. Sie befanden sich auf der Rückseite der Burg. Der Wald, der ansonsten sorgsam gerodet worden war, um einem anrückenden Feind keine Deckung zu bieten, reichte an dieser Stelle bis auf knapp fünfzig Meter an die Festungsmauern heran, was einem potentiellen Angreifer aber keinen Vorteil brachte. Vor ihnen lagen nur die gewaltigen Mauern des Donjons, die massiv genug aussahen, um selbst einem Beschuss aus Kanonen Stand halten zu können. Das Gelände war hier jedoch so unwegsam, dass Pferde kaum von der Stelle gekommen wären. Schweres Kriegsgerät auf diesem Weg herbeizuschaffen war vollkommen unmöglich. Tepeschs Vorfahren, die diese Burg erbaut hatten, waren kluge Strategen gewesen. Waichs war nicht groß, aber ein Angreifer, der die Festung zu stürmen versuchte, würde auf zahlreiche Hindernisse stoßen.

»Wie kommen wir rein?«, fragte Abu Dun. Nachdem sie die Burg umgangen hatten, lag das Tor auf der anderen Seite, und Abu Dun konnte sich wohl ebenso wenig wie Andrej vorstellen, dass es irgendwo einen zweiten, weniger gut bewachten Eingang gab.

»Es gibt einen Geheimgang.« Vlad zögerte fast unmerklich, bevor er diese Information preisgab. »Einer von Tepeschs Ahnen hat ihn anlegen lassen, um die Burg im Falle einer Belagerung unbemerkt verlassen zu können. Er wurde nie benutzt, aber er existiert noch.«

»Und du weißt davon?« In Abu Duns Stimme war wieder eine hörbare Spur von Misstrauen.

»Ich bin Zigeuner«, antwortete Vlad verächtlich. »Verborgene Wege und Geheimgänge sind unsere Welt. Wie könnten wir sonst so gut vom Stehlen leben?«

Andrej brachte ihn mit einem mahnenden Blick zum Verstummen.

Vlad warf dem Piraten noch einen ärgerlichen Blick zu, drehte sich dann aber ohne ein weiteres Wort weg und begann sich suchend umzublicken. Nach nur wenigen Augenblicken ließ er sich vor einem Busch auf die Knie sinken und bog mit spitzen Fingern die mit langen Dornen besetzten Zweige zur Seite.

»Hier ist der Einstieg. Der Gang ist nicht sehr hoch. Ihr werdet kriechen müssen. Aber er führt direkt in den Keller der Burg.«

»Ihr?«, fragte Abu Dun mit hochgezogenen Augenbrauen.

»Ich kann nicht mit euch kommen«, sagte Vlad

kopfschüttelnd. »Tepesch hat mir befohlen, in der Burg auf ihn zu warten. Ich muss vorsichtig sein. Er ist sowieso schon misstrauisch.«

»Wohin genau führt dieser Gang?«, erkundigte sich Andrej. Auch ihm war nicht wohl bei dem Gedanken, nicht zu wissen, was auf sie wartete.

»In einen kleinen Raum, der schon seit vielen Jahren nicht mehr benutzt wird«, antwortete Vlad. »Wartet dort auf mich. Ich werde zu euch kommen, sobald es mir möglich ist.«

»In einer Woche oder zwei, vermute ich«, sagte Abu Dun.

Vlad ignorierte ihn. »Tepesch wird müde sein, wenn er zurückkommt. Menschen zu Tode zu quälen ist ein sehr anstrengendes Geschäft. Ich komme zu euch, sobald er eingeschlafen ist. Zu dem Geheimgang gehört eine verborgene Treppe, die direkt in sein Schlafgemach hinaufführt. Ich zeige sie euch. Und jetzt geht. Es wird bald hell.«

Für Andrej und Abu Dun wurde es zuerst einmal dunkel. Und zwar vollkommen. Sie kletterten ein gutes Stück über uralte eiserne Griffstücke, die in den Fels getrieben worden waren, in eine absolute Finsternis hinab. Dann erreichten sie den Gang, von dem Vlad gesprochen hatte.

Andrej kam schon bald zu dem Schluss, dass Vlad zwar von diesem Gang gewusst, ihn aber wahrscheinlich niemals benutzt hatte. Er war so niedrig, dass sie den größten Teil der Strecke kriechend zurücklegen mussten. Zweimal senkte sich die raue Decke so weit herab, dass Andrej ernsthaft befürchtete, sie würden einfach stecken bleiben; eine grässliche Vorstellung, bei der sein Herz heftig zu schlagen begann. Abu Dun, der vorauskroch, fluchte fast ununterbrochen, sodass Andrej sich sorgte, die Wache oben auf den Mauern könne ihn hören.

Als die drückende Enge endlich wich und der nasse, raue Fels in behauenen Stein überging, wurde es kein bisschen heller; trotzdem hatte Andrej das Gefühl, endlich wieder frei atmen zu können. Die Luft war hier beinahe noch schlechter als in dem niedrigen Gang und sie stank zusätzlich nach Fäulnis und Moder, als wäre etwas – oder *jemand* – hier drinnen gestorben.

Abu Dun stolperte eine Weile lautstark durch die Dunkelheit, wobei er ununterbrochen irgendetwas umzustoßen und zu zerbrechen schien. Dann knurrte er: »Die Tür ist verschlossen. Von außen.«

»Was hast du erwartet?« Andrej ließ sich mit untergeschlagenen Beinen nieder und lehnte Rücken und Hinterkopf gegen den kalten Stein. Etwas Kleines mit vielen Beinen huschte über sein Gesicht und er wischte es angeekelt fort.

»Nichts«, murrte Abu Dun. Andrej konnte hören, dass er sich ebenfalls setzte. »Wahrscheinlich sollte ich froh sein, dass es überhaupt eine Tür gibt.«

»Du traust Vlad immer noch nicht.«

»Warum sollte ich?«

»Bisher hat er stets Wort gehalten«, erinnerte Andrej ihn. »Ohne ihn wären wir wahrscheinlich gar nicht mehr am Leben. Zumindest nicht in Freiheit.«

»Das ist es ja gerade«, antwortete Abu Dun. »Ich misstraue Leuten, die mir etwas schenken.«

Es erschien Andrej viel zu mühsam, diesem Gedanken zu folgen. Er war müde. Wie lange war es her, dass er das letzte Mal geschlafen hatte? Er schlief ein. Als er wieder erwachte – mit leichten Kopfschmerzen, einem schlechten Geschmack im Mund und einem Gefühl wie Blei in den Gliedern –, spürte er, dass lange Zeit vergangen war. Er war nicht von selbst erwacht, sondern vom Poltern eines schweren Riegels hochgeschreckt worden. Noch bevor die Tür geöffnet wurde und flackerndes Licht hereinfiel, glitt seine Hand dorthin, wo er normalerweise das Schwert getragen hätte.

Das rote Licht einer Fackel ließ ihn blinzeln. Vlad trat durch die Tür. Er kam nicht ganz herein, sondern ließ das rechte Bein und den Arm, der die Fackel hielt, draußen auf dem Gang. Mit der anderen Hand gestikulierte er unwirsch in ihre Richtung.

»Kommt«, sagte er. »Schnell. Wir müssen uns beeilen.«

Andrej und Abu Dun standen gehorsam auf, aber Andrej musste einen hastigen Schritt zur Seite machen, um seine Balance zu halten. Er war so benommen, als hätte er Ewigkeiten geschlafen. »Warum so eilig?«, fragte Abu Dun. »Bis jetzt hattest du doch auch Zeit.«

»Vor allem nicht so laut«, sagte Vlad. »Man könnte uns hören.«

Abu Dun zog eine Grimasse. »Wer? Ich denke, es kommt nie jemand hier herunter?«

»Tepesch ist zurück«, antwortete Vlad. »Es sind eine Menge Gäste auf der Burg. Nicht alle sind freiwillig hier. Die Kerker quellen über. Es könnte sein, dass dieser Raum gebraucht wird. Folgt mir. Und keinen Laut!«

Er gab ihnen auch gar keine Gelegenheit, noch eine weitere Frage zu stellen, sondern trat rasch wieder auf den Gang hinaus und entfernte sich. Andrej und Abu Dun mussten ihm folgen, wollten sie nicht in der Dunkelheit zurückbleiben. So weit es die tanzenden Schatten und das flackernde, rote Licht zuließen, sahen sie sich neugierig um. Sehr viel gab es allerdings nicht zu entdecken. Der Gang war schmal und aus Felssteinen zusammengefügt. Die gewölbte Decke war so niedrig, dass Vlads Fackel schwarze Rußspuren darauf hinterließ. Zwei weitere Türen zweigten davon ab, beide äußerst massiv, aber geschlossen, sodass sie nicht sehen konnten, was dahinter lag.

Vlad blieb stehen, als sie die Treppe erreichten, und winkte mit seiner Fackel. »Dort oben liegen die Kerker«, sagte er. »Als ich gekommen bin, war keine Wache da, aber man kann nie wissen. Seid vorsichtig.«

Sie gingen die Treppe hinauf, eine eng gewendelte, steinerne Schnecke, die sicher sechs oder sieben Meter weit nach oben führte, ehe sie in einen weiteren, aber ungleich größeren Kellerraum mündete. Der Keller ähnelte dem Sklavenquartier auf Abu Duns Schiff: Es war ein einziger, großer Raum, der von deckenhohen Gitterstäben in zahlreiche, kleine Käfige unterteilt wurde, zwischen denen nur ein schmaler Gang hindurchführte. In jedem dieser Käfige befanden sich mindestens zwei Gefangene, ausnahmslos türkische Krieger. Viele waren verletzt, ohne dass sich jemand die Mühe gemacht hätte, ihre Wunden zu verbinden. Ein furchtbarer Gestank hing in der Luft, Stöhnen, Murmeln, auch etwas wie ein leises Schluchzen. Einige der Gefangenen schienen zu beten und nicht wenige sahen hoch und blickten in ihre Richtung, aber niemand sprach sie an.

Vlad griff plötzlich nach Abu Duns Arm und stieß ihn so grob vor sich her, dass er um ein Haar gestürzt wäre. Der Pirat spannte sich und Andrej hielt erschrocken die Luft an, als er sah, wie sich sein Gesicht vor Hass verzerrte, aber dann entdeckten sie den Posten, der auf einen Speer gestützt vor der Tür am anderen Ende des Ganges stand und neugierig in ihre Richtung sah.

»Beweg' dich, Heide!«, herrschte Vlad ihn an. »Und hab keine Angst. Diese Verliese sind nicht für dich. Mit dir habe ich etwas ganz Besonderes vor.«

Abu Dun machte eine Bewegung, wie um sich zu widersetzen, und Andrej trat rasch an Vlads Seite und nahm eine drohende Haltung an. Der Posten am Ende des Ganges blickte jetzt sehr aufmerksam in ihre Richtung.

»Gib auf ihn Acht«, sagte Vlad, in seine Richtung gewandt. »Er darf nicht verletzt werden. Wir wollen uns doch den besten Spaß nicht verderben.«

Er machte eine drohende Bewegung mit der Fackel in Abu Duns Richtung. Hätte der Pirat nicht rasch den Kopf zur Seite gedreht, hätten die Flammen zweifellos sein Gesicht versengt. Abu Dun starrte Vlad noch einen Herzschlag lang wütend an, dann fuhr er herum und setzte sich in Bewegung. Andrej atmete auf, aber ihm war auch klar, dass die Gefahr noch nicht vorüber war. Der Wächter hatte Vlad eindeutig erkannt und sah ihm respektvoll entgegen. Andrej hoffte, dass er sich nicht fragte, warum sein Begleiter eigentlich keine Waffe trug und ihr riesenhaft gebauter Gefangener nicht einmal gefesselt war.

Sie kamen an einem Gitterkäfig vorbei, der weitaus größer als die anderen Verschläge war. Es befanden sich keine Gefangenen darin, aber er enthielt eine Streckbank, Becken mit erkalteten Kohlen und noch zahlreiche andere Folterwerkzeuge. Es war nicht die erste Folterkammer, die Andrej sah, wohl aber das erste Mal, dass er einen solchen Raum inmitten der Gefangenenquartiere erblickte.

Tepesch wollte, dass die Gefangenen sahen, was hier getan wurde, um sich noch zusätzlich an ihrer Angst weiden zu können.

Seine Sorge, was den Wächter anging, erwies sich als unbegründet. Der Mann sah sie zwar sehr aufmerksam und aus wachen Augen an, trat aber gehorsam zur Seite, als Vlad eine befehlende Geste machte.

Sie traten aus dem Verlies in einen weiteren Gang, der nach zwanzig Schritten vor einer steilen Treppe endete. An ihrem oberen Ende schimmerte blasses Licht. Andrej erwartete, dass Vlad unverzüglich die Treppe ansteuern würde oder vielleicht auch die Türen, die rechts und links abzweigten, doch stattdessen blieb er stehen und sagte laut: »Wache!«

Der Mann, an dem sie gerade vorbeigegangen waren, folgte ihnen. Er wollte eine Frage stellen, aber Vlad kam ihm zuvor.

»Halt das«, sagte er und hielt ihm die Fackel hin. Der Mann griff gehorsam zu und Vlad zog mit einer fast gemächlichen Bewegung einen Dolch aus dem Gürtel und schnitt ihm die Kehle durch.

»Allah!«, entfuhr es Abu Dun. »Warum hast du das getan?«

Die Wache sank röchelnd gegen die Wand, ließ die Fackel fallen und schlug beide Hände gegen den Hals. Vlad fing die Fackel auf, sah aber zu, wie der sterbende Mann in die Knie brach und dann zur Seite kippte.

»Aber ... warum?«, fragte nun auch Andrej.

Statt zu antworten, drehte sich Vlad zu Abu Dun herum und hielt ihm die Fackel hin. »Halt das.«

Abu Dun riss die Augen auf. Er rührte keinen Finger, um nach der Fackel zu greifen, und nach einem Moment drehte sich Vlad herum und hielt Andrej die Fackel entgegen. Andrej nahm sie entgegen und Vlad bückte sich, griff unter die Arme des Toten und schleifte ihn in den Keller zurück. Er legte ihn so neben der Tür ab, dass er nicht sofort zu sehen war, wenn jemand hereinkam, und nahm ihm das Schwert ab. Als er zurückkam, tauschte er die Waffe gegen die Fackel, die Andrej in der Hand hielt.

»Ich habe dich gefragt, warum du das getan hast!«, herrschte Andrej ihn an. Er hielt das Schwert noch in der Hand. »Das war unnötig.«

»Nein, das war es nicht«, antwortete Vlad. »Helft mir!« Er trat an die Wand heran, tastete einen Moment mit spitzen Fingern darüber und winkte dann auffordernd. Sie stemmten sich zu dritt gegen die Wand. Andrej spürte ein Zittern, dann hörten sie das Scharren von Stein auf Stein und ein schmaler Teil der Wand drehte sich um seine Mittelachse und gab einen Spalt frei, durch den sich ein breit gebauter Mann wie Abu Dun nur mit Mühe hindurchzwängen konnte. Vlad leuchtete mit der Fackel hinein und sie erkannten eine schmale Wendeltreppe, die steil nach oben führte. Der geheime Weg in Tepeschs Schlafgemach.

»Er hätte uns aufgehalten«, sagte Vlad, obwohl eine Erklärung mittlerweile fast überflüssig war.

Andrej steckte das Schwert ein und trat als Erster durch den Spalt. Die Luft dort war so trocken, dass sie zum Husten reizte. Sie roch *alt* und auf den steinernen Stufen lag eine mindestens fünf Zentimeter dicke Staubschicht. Hier war seit einem Menschenalter niemand mehr gewesen.

Vlad und Abu Dun folgten Andrej und schlossen die Tür. Die Fackel begann zu flackern. Trotz der schlechten Luft wirkte der Treppenschacht wie ein Kamin. Es war kalt.

»Draculs Schlafgemach liegt oben«, sagte Vlad. »Die Treppe führt direkt dorthin. Wenn wir angekommen sind, muss alles sehr schnell gehen. Wenn er auch nur einen Schrei ausstoßen kann, ist es vorbei.«

»Wachen?«, fragte Abu Dun.

Vlad schüttelte den Kopf. »Dracul traut niemandem. Er würde keinen Mann mit einer Waffe in seiner Nähe dulden, solange er schläft. Mit Ausnahme deiner Brüder. Die beiden Vampyre.«

»Sie sind nicht meine Brüder«, sagte Andrej scharf.

»Nenn sie, wie du willst«, sagte Vlad gleichmütig. »Ihr Zimmer liegt jedenfalls auf dem gleichen Flur. Wenn Tepesch um Hilfe schreit ...« Er hob die Schultern. »Du hast selbst gesagt, dass du ihnen an Stärke nicht ebenbürtig bist.«

»Nicht beiden zugleich«, berichtigte Andrej.

»Ein Grund mehr, schnell zu sein. Wir gehen hinein, du tötest ihn und wir gehen wieder hinaus.«

»Wenn es so einfach ist«, fragte Abu Dun, »warum hast du es dann nicht schon längst selbst getan?«

»Wir fliehen auf demselben Weg«, fuhr Vlad mit einem Blick in Abu Duns Richtung, aber ohne ihm zu antworten, fort.

»Falls sie den toten Wachmann bis dahin nicht gefunden haben.«

»Kaum«, antwortete Vlad. »Die Wachablösung ist gerade erst vorbei. Niemand kommt freiwillig dort hinunter.« Er machte eine ungeduldige Bewegung mit der Fackel. »Kommt jetzt!«

»Nicht so schnell«, sagte Abu Dun.

»Die Gefangenen.«

»Unmöglich!«, sagte Vlad erschrocken. »Es sind mehr als zweihundert! Du bräuchtest einen Tag, um sie durch den Geheimgang nach draußen zu schaffen. Und durch das Tor geht es nicht. Im Hof der Burg lagern über hundert bewaffnete Krieger.« Er zögerte einen Moment und fügte dann in schärferem Ton hinzu: »Wir sind nicht hierher gekommen, um deine Landsleute zu befreien, Muselman! Sie sind immer noch unsere Feinde.«

»Du ...«

»Er hat Recht, Abu Dun«, sagte Andrej rasch. »Aber ihnen wird nichts geschehen. Wenn Tepesch tot ist, werden sie als Kriegsgefangene behandelt ... das ist doch so, Vlad? Oder?«

Vlad nickte ein wenig zu schnell. Sie gingen weiter. Die Treppe endete vor einer schmalen, hölzernen Tür. Vlad bedeutete ihnen, still zu sein. Er wies auf ein schmales Guckloch, das in der Tür darin angebracht war. Andrej ließ sich auf die Knie sinken und spähte hindurch. Dahinter lag ein unerwartet geräumiges, nur von einigen Kerzen erhelltes Zimmer.

»Sein Bett liegt auf der rechten Seite, gleich neben der Tür«, flüsterte Vlad. »Wenn du schnell genug bist, wird er nicht einmal spüren, was geschieht.«

Andrej zog sein Schwert aus dem Gürtel. »Frederic?«, flüsterte er.

»Er schläft im Nebenzimmer.« Vlad klang ungeduldig. »Sobald alles vorüber ist, können wir ihn holen.«

»Ich werde Tepesch nicht im Schlaf erschlagen, Vlad«, sagte Andrej. »Ich töte ihn, aber auf meine Weise. Ich bin kein Mörder.«

»Du Narr!«, zischte Vlad. »Willst du uns alle ...«

Andrej hörte nicht mehr zu. Er machte sich nicht die Mühe, nach dem Griff oder irgendeinem verborgenen Öffnungsmechanismus zu suchen, sondern sprengte die Tür mit der Schulter auf und stürmte in den Raum. Nur ein Stück neben der Tür, die von dieser Seite aus nicht zu sehen, sondern Teil einer hölzernen Wandtäfelung war, stand ein übergroßes Bett mit einem gewaltigen, reich verzierten Baldachin und geschnitzten Säulen. Tepesch lag darin, aber er schlief keineswegs, wie Vlad behauptet hatte, sondern saß gemütlich an zwei große seidene Kissen gelehnt und hielt einen goldenen Trinkbecher in der Hand. Er wirkte kein bisschen überrascht.

»Das hat aber gedauert«, sagte er stirnrunzelnd. »Ich fing schon an zu befürchten, du hättest es dir anders überlegt.«

Andrej war verwirrt. Tepesch hatte ihn erwartet. Er hatte seinen bizarren Helm abgesetzt und neben sich aufs Bett gelegt, trug aber ansonsten noch immer seine Rüstung, bis hin zu den dornenbesetzten Handschuhen.

»Was hat das zu bedeuten?«, fragte Andrej.

»Zuerst einmal, dass ich mich freue zu sehen, dass du meine Gastfreundschaft offensichtlich hoch zu schätzen weißt, Andrej Delāny«, antwortete Tepesch. »Sonst wärst du ja wohl kaum freiwillig zurückgekommen, oder?«

Er stand auf. Es klirrte, als er die Beine aus dem Bett schwang und sich aufrichtete.

Andrej drehte sich ganz langsam herum. Vlad und Abu Dun hatten hinter ihm den Raum betreten. Abu Dun wirkte alarmiert, während auf Vlads Gesicht nicht die mindeste Regung zu erkennen war.

»Warum?«, fragte Andrej leise.

Bevor Vlad antworten konnte, tat Tepesch es. »Du tust ihm Unrecht, Delāny. Er hat dich nicht verraten.«

Andrej sah ihn zweifelnd an, aber Tepesch wiederholte sein Kopfschütteln und wandte sich direkt an Vlad. »Wie lange bist du jetzt bei mir, mein Freund? Drei Jahre? Fünf? Wie auch immer, glaubst du wirklich, ich hätte nicht gewusst, dass in dieser Zeit nicht ein Tag vergangen ist, an dem du mir nicht den Tod gewünscht hast? Ich wusste, dass du der Versuchung nicht würdest widerstehen können.«

»Und du hast trotzdem in Ruhe abgewartet, dass er mich hierher bringt?« Andrej hob sein Schwert. »Das war sehr dumm, Tepesch. Ich werde dich töten.«

Er begann um das Bett herumzugehen, und Tepesch stellte endlich den Trinkbecher aus der Hand und zog stattdessen sein Schwert, wich aber gleichzeitig um einige schnelle Schritte vor ihm zurück.

»Hast du Angst, Dracul?« Andrej lachte böse. »Der Herr der Schmerzen, der Drache, hat Angst?«

»Nein«, antwortete Tepesch. »Nur scheint mir der Kampf ein wenig unfair. Ich kann dich nicht besiegen. Ich habe nichts gegen einen Kampf – aber dann sollte er auch wirklich *fair* sein!«

Andrej sah eine Bewegung aus den Augenwinkeln, wirbelte herum – und erstarrte für eine Sekunde vor Schrecken. Wie aus dem Nichts war eine riesige Gestalt in einem golden schimmernden Brustharnisch hinter ihm erschienen. Körber.

»Ihr hattet Recht, Fürst«, sagte der Vampyr, an Tepesch gewandt, aber ohne Andrej auch nur einen Sekundenbruchteil aus den Augen zu lassen. »Er war tatsächlich dumm genug, hierher zu kommen.«

Andrej bewegte sich vorsichtig ein paar Schritte rückwärts und versuchte, Tepesch und Körber dabei gleichzeitig im Auge zu behalten. Tepesch folgte ihm, wenn auch langsam und in respektvoller Distanz, aber Körber rührte sich nicht von der Stelle.

»Ich pflege meine Versprechen normalerweise zu halten«, sagte Dracul. »So oder so.«

Er griff so schnell an, dass es ihm um ein Haar gelungen wäre, Andrej zu überrumpeln. Erst im letzten Moment brachte er sein Schwert hoch, parierte den Angriff des Drachenritters und schlug blitzschnell zurück. Er traf sogar, aber seine Waffe prallte Funken sprühend von der Rüstung des Ritters ab. Die pure Wucht des Schlages ließ Dracul zurücktaumeln, aber er war nicht verletzt.

Andrej wirbelte herum. Sein Schwert vollzog die Bewegung am Ende eines glitzernden tödlichen Dreiviertelkreises nach und kam nur eine Handbreit vor Körbers Gesicht zum Stillstand. Der Vampyr hatte den Moment der Unaufmerksamkeit genutzt und stürmte heran. Kein anderer Gegner hätte schnell genug reagiert, um sich nicht selbst an Andrejs Klinge aufzuspießen, aber Körber schaffte es, sich mitten in der Bewegung zu stoppen. Er hätte fast das Gleichgewicht verloren, prallte gegen die Wand und rollte sich blitzschnell zur Seite. Andrejs Schwert schlug Funken in die Wand neben seinem Gesicht. Körber warf sich mit einem Keuchen noch einmal herum und verlor endgültig die Balance. Er fiel nicht, sank aber auf die Knie und war für einen Moment hilflos. Andrej setzte ihm nach, rammte ihm das Knie ins Gesicht und registrierte voll grimmiger Befriedigung das spritzende Blut, als Körbers Nase brach. Der Vampyr mochte nahezu unsterblich sein, aber er war weder immun gegen Schmerz noch gegen die Gesetze der Physik. Er schrie auf, sein Hinterkopf prallte mit einem trockenen Laut gegen die Wand, und für eine kurze Zeit war er so benommen, dass er das Schwert sinken ließ.

Andrej sprang rasch einen halben Schritt zurück und hob sein Schwert, um den Vampyr zu enthaupten, aber ein dünner, blendend greller Schmerz bohrte sich zwischen seine Schulterblätter in seinen Rücken und ließ ihn vor Qual aufschreien. Haltlos taumelte er gegen die Wand, glitt daran herab und drehte sich halb herum. Er ahnte die Bewegung mehr, als er sie sah, warf instinktiv den Kopf zur Seite und die tödlichen Dornen auf Tepeschs Handschuhen, die diesmal nach seinen Augen zielten, rissen nur seine Schläfe auf. Andrej griff instinktiv zu, verdrehte Draculs Arm und stieß ihn von sich. Einer der schrecklichen Dornen durchstieß seine Hand und peinigte ihn mit einem weiteren, lodernden Schmerz, aber er ignorierte ihn und stieß Tepesch mit so großer Wucht von sich, dass er noch zwei Schritte haltlos rückwärts taumelte und dann mit einem gewaltigen Scheppern zu Boden fiel. Noch bevor er sich wieder hochstemmen konnte, waren Abu Dun und Vlad über ihm.

Andrej blieb keine Zeit, den Kampf zu verfolgen. Körber hatte die winzige Atempause genutzt, um wieder auf die Beine zu kommen und seine Waffe aufzunehmen. Andrej hatte in den nächsten Sekunden genug damit zu tun, dem Hagel von Hieben und Stichen auszuweichen, den der Vampyr auf ihn niederprasseln ließ. Mit zwei fast ungezielten, aber wuchtigen Schlägen verschaffte er sich Luft, sprang ein paar Schritte zurück und suchte mit gespreizten Beinen nach festem Stand. Körber verzichtete jedoch darauf, ihm sofort nachzusetzen, sondern blieb stehen und schien sich zu sammeln. Bei jedem anderen Gegner wäre Andrej jetzt sicher gewesen, dass dieser einen unverzeihlichen Fehler begangen hatte.

Nicht so bei Körber.

Andrejs Arme und Schultermuskeln schmerzten noch immer. Körbers Schläge waren unglaublich hart gewesen. Der Vampyr war viel stärker als er, und er erholte sich auch deutlich schneller. Die Wunde in Andrejs Gesicht hatte sich schon wieder geschlossen, aber seine Hand blutete noch immer. Körbers zertrümmerte Nase war bereits wieder unversehrt. Der Vampyr schien über ungleich größere Kraftreserven zu verfügen.

Spätestens in diesem Moment begriff Andrej, dass er den Kampf verlieren würde.

Er konnte es in Körbers Augen lesen. Der Vampyr war stärker als er, schneller, er war der bessere Schwertkämpfer und er war ungleich erfahrener. Und das Entsetzlichste von allem war vielleicht diese Erkenntnis: Er würde den Kampf selbst dann verlieren, wenn er ihn gewann.

Er sah eine Bewegung aus den Augenwinkeln und hörte einen Schrei und das helle Klirren von aufeinander prallendem Metall; Vlad oder Abu Dun, vielleicht auch beide, die mit Tepesch kämpften. Andrej widerstand dem Impuls, auch nur einen Blick in ihre Richtung zu werfen, aber schon die winzige Ablenkung, die dieser bloße *Gedanke* bedeutete, schien Körber zu genügen, um sich einen Vorteil auszurechnen.

Möglicherweise zu Recht.

Andrej sah den Angriff kommen, reagierte auf die Art, die ihm bei einem so starken und erfahrenen Gegner wie Körber angemessen schien: Er versuchte nicht, seinen Hieb aufzufangen oder auch nur zu parieren, sondern tänzelte leichtfüßig zur Seite und hob sein Schwert gerade weit genug, um Körbers Klinge an seiner eigenen entlanggleiten zu lassen, sodass die immense Kraft seines Hiebes einfach verpuffte. Im letzten Moment machte er eine kreiselnde Bewegung mit dem Schwert, die Körber eigentlich die Gewalt über seine Waffe verlieren lassen und ihm das Schwert aus der Hand prellen sollte. Körber schien jedoch auch dies vorausgesehen zu haben, denn er konterte mit einer ähnlichen, aber viel komplizierteren und schnelleren Bewegung, und plötzlich war es Andrej, der darum kämpfen musste, nicht entwaffnet zu werden. Mit einem fast schon verzweifelten Satz brachte er sich in Sicherheit, konnte aber nicht verhindern, dass Körber ihm eine lange, heftig blutende Schnittwunde am Unterarm beibrachte. Mit einem zweiten Schritt bewegte er sich vollends außer Reichweite des Vampyrs und wechselte das Schwert für einen Moment von der rechten in die linke Hand. Er kämpfte mit links beinahe ebenso gut wie mit rechts. Die Wunde in seinem Arm verheilte bereits.

Trotzdem war es ein weiterer, wenn auch vielleicht nur winziger Vorteil für Körber. Aber der Unsterbliche verzichtete darauf, ihn auszunutzen. Er trat ganz im Gegenteil zurück, senkte seine Waffe und wartete, bis sich der tiefe Schnitt in Andrejs Arm geschlossen hatte. Dann nickte er und machte eine auffordernde Geste.

Es dauerte einen Moment, bis Andrej ihre Bedeutung begriff. Körber wollte, dass er das Schwert wieder in die Rechte wechselte. Der Vampyr hatte seine Fähigkeiten bisher nur getestet und war sich nun seiner Überlegenheit sicher. Er *spielte* mit ihm.

Der Gedanke versetzte Andrej in schiere Raserei. Er musste er sich mit aller Gewalt beherrschen, um sich nicht einfach auf Körber zu werfen, was seinen sicheren Tod bedeutet hätte. Wenn er überhaupt eine Chance hatte, diesen uralten, so unendlich viel erfahreneren Krieger zu besiegen, dann nur, wenn er die Nerven behielt und auf eine Schwäche in seiner Verteidigung oder eine Unaufmerksamkeit hoffte.

Körber offerierte ihm weder das eine noch das andere. Er griff wieder an, beschränkte sich aber diesmal auf wenige, blitzartige Attacken, die Andrej zu einem weiteren, hektischen Rückzug zwangen, ihn aber nicht ernsthaft in Gefahr brachten. Andrej wich weiter vor ihm zurück, brachte mit Glück selbst einen Treffer an und sah voller kalten Entsetzens, dass sich die Wunde wieder schloss, noch bevor Körber ganz zurückgesprungen war. Körber konterte mit einer doppelten, blitzartig geführten Schlagkombination gegen seinen Kopf und seine Schultern, die Andrej zwar abfangen konnte, ohne verletzt zu werden, die aber neue Wellen von dumpf pulsierendem Schmerz durch seinen Arm und die Schultermuskeln sandte.

Es fiel ihm immer schwerer, das Schwert zu heben. Seine Kräfte erlahmten jetzt rasch, während Körber auf unheimliche Weise beinahe Kraft aus jedem wuchtigen Hieb zu gewinnen schien, den er nach ihm führte. Der Vampyr zermürbte ihn, langsam und gnadenlos, aber unaufhaltsam. Der Moment war abzusehen, in dem einer seiner mörderischen Schläge sein Ziel treffen würde.

Er kam schneller, als er gefürchtet hatte.

Körber täuschte einen weiteren Angriff vor und Andrej wich zurück, um ihn in eine Falle stolpern zu lassen. Statt seinen Angriff im allerletzten Moment abzubrechen, um Andrejs Parade ins Leere gehen zu lassen und ihn somit zum Opfer seiner eigenen Bewegung zu machen – womit Andrej gerechnet hatte –, verdoppelte Körber seine Wucht noch. Andrej, der bereits in einer fließenden Rückzugsbewegung begriffen war, hatte keine Chance. Er wurde gegen die Wand geworfen. Körbers Schwertknauf traf seine Waffenhand und brach sie, sodass er das Schwert fallen ließ. Die gepanzerte linke Hand des Ritters kam hoch, krachte unter sein Kinn und schmetterte seinen Hinterkopf mit solcher Wucht gegen die Wand, dass ihm übel wurde.

Das war das Ende. Seine Beine gaben nach. Hilflos sank er in die Knie. Körber ließ los, stieß Andrejs Schwert mit einem Fußtritt beiseite und versetzte ihm aus der gleichen Bewegung heraus einen fürchterlichen Tritt in die Rippen, der ihm endgültig den Atem nahm. Dann warf er sich auf ihn. Körbers Knie krachten in Andrejs ohnehin gebrochene Rippen und verstärkten den Schmerz. Seine Zähne gruben sich in Andrejs Kehle, rissen sein Fleisch auf und suchten nach seiner Halsschlagader. Andrej bäumte sich auf und versuchte mit verzweifelter Anstrengung, den Vampyr von sich herunterzustoßen, aber seine Kraft reichte nicht aus. Körbers Zähne zerfetzten seinen Hals und Andrej spürte, wie sein Blut und noch etwas anderes, Unsichtbares, Verborgenes aus ihm herausgerissen wurde. Für einen zeitlosen, durch und durch grauenhaften Moment hatte er das Gefühl, nicht mehr in seinem eigenen Körper zu sein, sondern durch eine schwarze Unendlichkeit geschleudert zu werden, die von den Schreien tausend gepeinigter Seelen erfüllt war, dann griff eine unsichtbare, grausam starke Hand nach ihm und zerrte ihn zurück, aber nicht in seinen eigenen Körper, sondern …

Körber bäumte sich auf. Seine Lippen waren plötzlich nicht mehr an Andrejs Kehle. Er wankte, kippte zur Seite und stieß einen sonderbaren, gurgelnden Schrei aus, während er seine Hände gegen den Hals schlug. Zwischen seinen Fingern ragte die blutige Spitze eines Dolches hervor, den ihm Vlad in den Nacken gestoßen hatte.

Andrej wollte sich aufrichten. Er musste es. Vlads Eingreifen hatte ihm eine winzige Gnadenfrist verschafft, aber mehr nicht. Nicht einmal diese furchtbare Verletzung würde Körber töten. Er hatte gesehen, wie unvorstellbar schnell sich der Vampyr von Verletzungen erholte. Aber auch er war verwundet und Körber hatte ihm mehr gestohlen als ein wenig Blut. Er war schwach, unglaublich schwach.

Körber versuchte, mit den Händen in seinen Nacken zu greifen, um den Dolch herauszuziehen, aber

Vlad nahm ihm die Arbeit ab: Er riss den Dolch heraus, stieß Körber die Waffe zwischen die Schulterblätter und warf den Vampyr zu Boden. Dann war er mit einem Sprung über Andrej und zerrte ihn hoch.

Andrej wusste nicht, was er vorhatte. Er versuchte ganz instinktiv, sich zu wehren, aber seine Kraft reichte nicht einmal aus, um diesen normalen Sterblichen davonzustoßen. Vlad zerrte ihn herum, warf ihn über Körber und presste sein Gesicht auf Körbers Hals.

»Trink!«, befahl er. »Trink oder du stirbst! Willst du das?!«

Andrej versuchte mit aller Gewalt, sich zu wehren; nicht nur gegen Vlads Griff, sondern viel mehr gegen die dunkle Gier, die in ihm erwachte, kaum dass der erste Blutstropfen seine Lippen benetzt hatte.

Es gelang ihm nicht.

Vlads Griff war erbarmungslos und die Gier explodierte zu einem lodernden Höllenfeuer, das seinen Willen einfach beiseite fegte. Warmes, nach bitterem Kupfer schmeckendes Blut füllte seinen Mund, und dann war da noch etwas anderes.

Es war nicht wie damals bei Malthus. Es war nicht wie gerade bei ihm. Körber war da, aber er musste ihn nicht aus seinem Leib herausreißen, das Wesen des Vampyrs *stürmte heran*, seine Erinnerungen, seine Gedanken, seine Seele und all seine dunklen Gelüste und Wünsche, jede Sekunde seines schon Jahrhunderte währenden Lebens, eine schwarze Flamme, die sich in seine Seele brannte und alles, was Andrej einmal gewesen war, auszulöschen drohte. Er hatte geglaubt,

Malthus zu überwinden wäre schwer gewesen, aber Körber war unendlich viel älter und tausendmal stärker. Der Geist des Vampyrs bedrängte ihn ebenso unerbittlich, wie es sein Körper gerade getan hatte. Der Kampf war nicht minder hart und er dauerte *länger*.

Andrej verlor sein Zeitgefühl. Irgendwann spürte er, wie Körbers Leib unter ihm erschlaffte und das körperliche Leben aus ihm wich. Sein Körper war tot, aber der Geist des Vampyrs existierte weiter und nun begann das Ringen um den Besitz des einzigen Leibes, den sie noch hatten. Andrej schrie. Er krümmte sich am Boden, schlug mit Armen und Beinen um sich. Die *Transformation* fand statt, aber für lange, lange Zeit war nicht abzusehen, wer wen in sich aufsog.

Und schließlich war es vorbei.

Körbers Geist bäumte sich noch einmal auf – und verging. Die schwarze Flamme erlosch und zurück blieb nur eine gewaltige saugende Leere, in die Andrej hineinzustürzen drohte. Aber zugleich fühlte er sich auch von einer neuen, nie gekannten Kraft durchströmt. Körber war vergangen, aber trotzdem noch da, tief in ihm, zu einem Teil von ihm selbst geworden.

Langsam richtete Andrej sich auf und hob die Hände vors Gesicht, um sie zu betrachten. Er wäre nicht erstaunt gewesen, statt seiner eigenen schlanken Finger nun die viel kräftigeren, plumpen Hände Körbers zu sehen. Aber sie hatten sich nicht verändert.

Neben ihm erscholl ein ungläubiger Laut. Andrej wandte den Kopf, sah in Vlads Gesicht und begriff, dass der Ausdruck puren Entsetzens in den Augen des Roma nicht ihm galt. Er sah in dieselbe Richtung.

Körber ...

... verfiel.

Die Wunde in seinem Hals hatte sich wieder geschlossen, als erinnere sich sein Körper selbst nach seinem Tod noch an die unheimlichen Fähigkeiten, die er einst besessen hatte, aber seine Haut begann zu vergilben. Sie wurde trocken, bekam Risse und sank ein, als sich auch das darunter liegende Fleisch aufzulösen begann.

Andrej war entsetzt, aber auch verwirrt. Als Malthus gestorben war, war das nicht geschehen.

»Großer Gott!«, flüsterte Vlad erschüttert. »Er muss Jahrhunderte alt gewesen sein.«

Vlad sah Andrej durchdringend an – und dann bückte er sich blitzschnell nach dem Schwert, das Körber fallen gelassen hatte. Noch bevor Andrej wirklich begriff, was er tat, hatte er die Waffe aufgehoben und setzte ihre Spitze auf Andrejs Herz.

»Was ... tust du?«, fragte Andrej verwirrt.

»Ich schneide dir das Herz aus dem Leib, wenn du auch nur mit der Wimper zuckst«, antwortete Vlad drohend. »Vergangene Nacht. Wo seid ihr gewesen? Wo habt ihr euch versteckt?«

»In einer Ruine«, antwortete Andrej verständnislos. »Das weißt du doch!«

»Wo genau?« Der Druck der Schwertspitze auf sein Herz verstärkte sich. »Schnell!«

Andrej warf einen Blick in Abu Duns Richtung. Der Pirat stand breitbeinig über Tepesch, der reglos und mit ausgebreiteten Armen auf dem Boden lag. Abu Dun hatte ihn mit seinem eigenen Morgenstern niedergeschlagen. Er hielt die Waffe in der linken Hand und sah Andrej aus misstrauisch zusammengekniffenen Augen an. Nicht sehr freundlich.

»Also gut«, sagte Andrej. »In einer alten Mühle. Im Keller. Abu Dun ist die Treppe hinuntergefallen. Was zum Teufel *soll das?*

Die beiden letzten Worte hatte er fast geschrien. Weder Vlad noch Abu Dun zeigten sich davon sonderlich beeindruckt. Das Schwert blieb auf seinem Herzen.

»Auf meinem Schiff«, sagte Abu Dun. »Ich habe dich kampfunfähig gemacht. Wie?«

»Mein Rücken«, antwortete Andrej. »Du hast mir das Kreuz gebrochen.«

Abu Dun nickte fast unmerklich in Vlads Richtung. Der Roma trat zurück, senkte das Schwert und atmete hörbar erleichtert auf.

»Darf ich jetzt aufstehen, oder werde ich geköpft?«, fragte Andrej böse.

»Verzeih«, sagte Vlad. »Aber wir mussten sicher gehen, dass du auch wirklich *du* bist.« Er lächelte nervös. »Ich glaube, du bist es.«

»Ich hoffe es wenigstens.« Andrej stand auf. »Eine Weile war ich nicht sicher, ob ich ihn überwinden kann. Er war furchtbar stark.« Schaudernd sah er noch einmal auf Körbers Leiche hinab – oder auf das, was davon noch übrig war; wenig mehr als ein Skelett, an dem noch einige pergamenttrockene Hautfetzen hingen.

»Wie hast du das gemeint: Er muss Jahrhunderte alt gewesen sein?«, fragte er.

»Die Natur hat sich zurückgeholt, was schwarze Magie ihr Jahrhunderte lang vorenthalten hat«, antwortete Vlad.

Andrej spürte, dass das die Wahrheit war. Körber war einfach gealtert; in wenigen Sekunden um die ungezählten Jahre, die er der Natur zuvor abgetrotzt hatte. Malthus musste wesentlich jünger gewesen sein, ein Vampyr zwar, der aber trotzdem erst eine normale menschliche Lebensspanne hinter sich hatte.

Er hob sein Schwert auf und schob es in den Gürtel, bevor er sich zu Vlad herumdrehte. »Du weißt eine Menge über ...« Vampyre? Dämonen? »... mich.«

Vlad lächelte auf eine sonderbar wissende Art. »Ich sagte dir: Ich kenne all die alten Legenden. Aber ich habe etwas Derartiges noch nie mit eigenen Augen gesehen.«

»Und?«, fragte Andrej. »Habe ich den Test bestanden?«

»Die Legenden erzählen auch von Unsterblichen, die nicht böse sind«, fuhr Vlad unbeeindruckt fort. »Woher sollte ich wissen, zu welcher Art du gehörst?«

Andrej hätte viel dazu sagen können, aber er tat es nicht. Er ging zu Tepesch, drehte ihn auf den Rücken und schlug ihm zwei-, dreimal mit der flachen Hand ins Gesicht, bis der Drachenritter stöhnend die Augen öffnete.

Abu Dun ließ den Morgenstern fallen, zerrte Tepesch hoch und drehte ihm den Arm auf den Rücken; aber nicht, ohne ihn vorher der schrecklichen Dornenhandschuhe beraubt zu haben.

Tepesch keuchte vor Schmerz, aber der einzige

Ausdruck, den Andrej in seinen Augen las, war purer Hass.

»Ihr kommt nicht davon«, sagte er gepresst. »Ihr werdet alle sterben. Ich werde mir für euch eine ganz besondere ...« Er brach mit einem Schrei ab, als Abu Dun seinen Arm noch weiter verdrehte.

»Frederic!«, herrschte Andrej ihn an. »Wo ist er?«

»Von mir erfahrt ihr nichts!«, antwortete Tepesch.

»Das ist nicht notwendig«, sagte Vlad. »Ich kann euch hinführen.«

»Hast du Mitleid mit ihm?«, fragte Abu Dun.

»Nein. Aber wir haben keine Zeit. Töte ihn meinetwegen, aber tu es schnell.« Er machte eine entsprechende Kopfbewegung. »Der Junge muss in einem der benachbarten Zimmer sein. Alle seine Gäste sind hier oben untergebracht.«

»Fessele ihn.« Andrej gab Abu Dun einen Wink. Der Pirat hielt Tepesch ohne Mühe mit nur einer Hand fest und riss mit der anderen einen Stoffstreifen aus Draculs Bettwäsche, mit dem er seine Handgelenke auf dem Rücken zusammenband. Tepeschs Gesicht war grau vor Schmerz, aber er verbiss sich jeden Laut. Mit einem zweiten, etwas kürzeren Streifen knebelte Abu Dun ihn, dann versetzte er ihm einen Stoß, der ihn nach vorne stolpern und auf die Knie fallen ließ.

»Warum tötest du ihn nicht?«, fragte Vlad. »Sind wir nicht deshalb hergekommen?«

»Später«, antwortete Andrej. »Erst holen wir Frederic.«

Vlad sah nicht überzeugt aus, aber er beließ es bei einem ärgerlichen Blick, packte Dracul bei den gefesselten Händen und stieß ihn grob vor sich her zur Tür. Abu Dun blieb, wo er war.

Vlad und sein Gefangener hatten die Tür erreicht. Während er Tepesch grob gegen die Wand presste, zog er mit der linken Hand den Riegel zurück und öffnete die Tür. Draußen lag ein schmaler, nur von einer einzelnen Fackel erhellter Gang. Er war menschenleer.

Andrej war erstaunt, aber auch alarmiert. Der Kampf zwischen Körber und ihm war alles andere als leise gewesen. Die Wände waren zwar sehr dick, aber die Schreie und das Klirren des aufeinander prallenden Stahls mussten selbst unten auf dem Burghof noch deutlich zu hören gewesen sein.

»Die zweite Tür«, flüsterte Vlad. Andrej nickte nur, sah sich noch einmal um, machte einen weiteren Schritt und blieb abermals stehen, um sich diesmal ganz herumzudrehen.

»Was ist los?«, fragte Vlad beunruhigt.

Statt zu antworten, machte Andrej nur eine Kopfbewegung in das Zimmer hinter sich. Es war leer. Abu Dun war verschwunden.

»Dieser Narr!«, zischte Vlad. »Er wird sich und alle, die er befreien will, umbringen! Draußen wimmelt es von Soldaten!«

Andrej befürchtete, dass er Recht hatte. Nach dem, was er unten im Kerker gesehen hatte, konnte er Abu Dun durchaus verstehen. Aber es blieb Wahnsinn. Selbst wenn es ihm gelang, gute zweihundert Mann – von denen noch dazu etliche schwer verwundet waren – durch den Geheimgang aus der Burg zu schaffen ... wohin sollte er sie bringen? Tepeschs Soldaten machten gnadenlos Jagd auf jedes dunkle Gesicht, das sie sahen, und das nächste osmanische Heer war weit weg.

»Er wird es schon schaffen«, sagte er. Es war vollkommen sinnlos, Abu Dun zu folgen. Selbst wenn er ihn eingeholt hätte, wäre es vermutlich unmöglich, ihn von seinem Vorhaben abzubringen. Andrej war mittlerweile sicher, dass der Pirat den Plan im gleichen Moment gefasst hatte, in dem er Draculs Folterkeller das erste Mal betreten hatte.

»Zuversicht.« Vlad schürzte die Lippen. »Davon könnten wir auch ein wenig gebrauchen, scheint mir.«

Vlad schob Tepesch wie ein lebendes Schutzschild vor sich her, wobei er ihn mit einem Dolch antrieb, dessen Spitze er durch einen schmalen Spalt in seiner Panzerung geschoben hatte. Andrej hoffte, dass Vlad nicht ein wenig zu fest zustieß. Er war immer noch nicht bereit, einen Menschen kaltblütig zu ermorden – nicht einmal ein solches Monster wie Dracul. Es mochte durchaus sein, dass sie ihn noch brauchten, wollten sie lebend hier herauskommen.

Sie erreichten die Tür, die Vlad bezeichnet hatte. Andrej drehte sich noch einmal um und lauschte. Er hörte nichts und er sah nichts. Sie waren allein. Aber es roch geradezu nach einer Falle.

Andrej schob seine Bedenken beiseite, öffnete die Tür und erkannte, dass er Recht gehabt hatte.

Frederic saß auf einem niedrigen Stuhl unter dem Fenster und sah ihn aus starren Augen an. Seine Arme und Beine waren an die Lehnen gefesselt und er trug einen Knebel im Mund, der ihn wahrscheinlich nur daran hindern sollte, Andrej eine Warnung zuzurufen. Biehler, der letzte der drei Unsterblichen, die in Vater Domenicus' Dienst gestanden hatten, stand hoch aufgerichtet hinter ihm, und Vater Domenicus selbst saß in einem hochlehnigen Sessel und funkelte Andrej zornig an. Auch er war gefesselt: Ein grober Strick um seine Taille verhinderte, dass er aus dem Stuhl fiel. Die Verletzung, die Frederic ihm in Constănță zugefügt hatte, hatte ihn gezeichnet. Es erschien Andrej wie ein Wunder, dass er überhaupt noch lebte. Im Raum waren außer ihnen acht Armbrustschützen, die mit ihren Waffen auf Andrej zielten.

Vielleicht hätte er es trotzdem riskiert, sich zurückzuwerfen und eine Flucht zu versuchen, selbst auf die Gefahr hin, von einigen der Geschosse getroffen zu werden. Doch in diesem Moment traten Vlad und Tepesch hinter ihm ein. Andrej stolperte einen weiteren Schritt in den Raum hinein. Einer der Armbrustschützen verlor die Nerven und feuerte seine Waffe ab, ohne jedoch zu treffen. Der Bolzen fuhr mit einem dumpfen Laut unmittelbar neben Andrejs Schulter in den Türrahmen, doch Vater Domenicus riss die Hand in die Höhe und dröhnte scharf: »*Nein!*«

Die übrigen Männer schossen nicht, aber ihre Finger blieben auf den Abzügen, während ihr Kamerad hastig seine Waffe nachlud. Andrej erstarrte. Domenicus beugte sich in seinem Stuhl vor, so weit es der Strick um seine Taille zuließ.

»Das ist sehr klug von dir«, sagte er. »Ich weiß, wie schnell du bist. Aber wie du siehst, beschützt mich nicht nur Gott der Herr, sondern auch eine Anzahl tapferer Männer. Sei versichert, dass sie wissen, was sie zu tun haben.

Er starrte Andrej an und wartete ganz offensichtlich auf eine Antwort. Andrej tat ihm den Gefallen nicht, aber er erwiderte Domenicus' Blick so fest, wie er konnte. Domenicus' Augen flammten vor Hass, aber das war längst nicht alles, was Andrej darin las.

Viel stärker war die Verbitterung und ein Zorn, der mindestens so groß war wie sein Hass. Domenicus' Gesicht war von tiefen Linien zerfurcht, die Schmerz und Krankheit darin hinterlassen hatten. Seine Haut hatte einen ungesunden, talgigen Glanz. Der Mann litt schlimmer, als Andrej sich vielleicht vorstellen konnte.

»Du schweigst«, fuhr Domenicus fort. Es klang ein bisschen enttäuscht. Schließlich stemmte der Kirchenfürst sich in die Höhe, wobei er nur die Arme zu Hilfe nahm.

»Ihr hattet Recht, Fürst«, fuhr er in verändertem Ton, und nicht mehr an Andrej gewandt, fort. »Ich muss wohl Abbitte leisten, dass ich an Eurer Einschätzung gezweifelt habe. Ich hätte nicht gedacht, dass er imstande wäre, Körber zu besiegen.«

»Ich erkenne einen Krieger, wenn ich ihn sehe.« Vlad trat einen Schritt zur Seite, durchtrennte Tepeschs Handfesseln mit einem schnellen Schnitt und bewegte sich hastig weiter, als ihm klar wurde, dass er in direkter Schusslinie eines der Armbrustschützen stand.

»Vlad?«, murmelte Andrej. »Du bist …«

»Fürst Vladimir Tepesch der Dritte Draculea«, sagte Vlad mit einer spöttischen Verbeugung.

Tepesch – der falsche – riss mit einer zornigen Bewegung den Knebel herunter, holte aus und schlug Andrej den Handrücken ins Gesicht.

»Vlad!«, sagte Vlad Dracul scharf. »Nicht jetzt. Du wirst Zeit und Gelegenheit genug bekommen, dir Genugtuung zu verschaffen, aber nicht jetzt.« Er machte eine befehlende Geste. »Jetzt geh und suche nach diesem Sklavenjäger, bevor er am Ende noch wirklichen Schaden anrichtet.«

Der falsche Drachenritter fuhr herum und verschwand. Tepesch sah ihm kopfschüttelnd nach, dann streckte er den Arm aus und nahm Andrej das Schwert aus den Händen. »Du gestattest? Ich habe schließlich gesehen, was du damit anzurichten vermagst.«

Andrej ließ es widerstandslos geschehen. Er hätte Tepesch selbst jetzt noch töten können, aber das hätte sein sofortiges Ende bedeutet wie auch das von Frederic.

»Es ist schade um Körber«, fuhr Vater Domenicus fort. »Er hat mir lange und treu gedient. Gott der Herr wird sich seiner Seele annehmen. Er wird seinen gerechten Lohn bekommen.«

»Da bin ich sicher«, sagte Andrej. »Falls es so etwas wie einen Gott gibt, werdet ihr beide bekommen, was euch zusteht.«

Domenicus sah ihn aus glitzernden Augen an, aber die erwartete Reaktion blieb aus. Andrej sah, wie sich Biehler spannte, die Hände aber wieder sinken ließ.

»Du kannst den Namen des Herrn nicht beschmutzen«, sagte Domenicus. »Eine Kreatur des Teufels wie du.«

»Hör mit dem Gerede auf, Domenicus«, sagte Andrej kalt. »Was willst du? Mich töten? Dann tu es, aber erspare mir die Qual, mir vorher dein Geschwätz anhören zu müssen.«

»Töten?« Domenicus machte ein Gesicht, als käme ihm dieser Gedanke jetzt zum ersten Mal. »Ja, das werde ich. Und sei versichert, dass ich mich dieses Mal mit eigenen Augen davon überzeugen werde, dass du tot bist. Du wirst brennen, Hexer.«

Er deutete auf Frederic. »Zusammen mit diesem vom Teufel besessenen Kind.«

»Nicht so schnell, Vater«, mischte sich Tepesch ein. »Wir haben eine Vereinbarung.«

In Domenicus' Augen blitzte es auf. »Eine Vereinbarung? Er hat einen meiner besten Männer getötet!«

»Zwei, um genau zu sein«, verbesserte ihn Tepesch. »Und sie haben es verdient. Ein Krieger, der sich töten lässt, ist nichts wert. Ich habe Euch gewarnt.« Er schüttelte den Kopf. »Delāny gehört mir!«

Der Ausdruck in Domenicus' Augen war blanker Hass. »Ihr wisst nicht, mit wem Ihr sprecht!«

»Mit einem Vertreter der Heiligen Römischen Inquisition«, antwortete Tepesch mit einem spöttischen Kopfnicken. »Aber Rom ist weit und die Kirche hat hier nur so viel Macht, wie ich es ihr zugestehe. Was würden Eure Brüder in Rom wohl sagen, wenn sie erführen, wen Ihr in Euren Diensten habt, Vater?«

»Überspannt den Bogen nicht, Tepesch«, sagte Domenicus. »Ich bin Euch zu Dank verpflichtet, aber jede Verpflichtung hat ihre Grenzen.«

»Ich habe nicht vor, Euch zu bedrohen«, antwortete Tepesch lächelnd. »Ich erinnere nur an das Abkommen, das wir getroffen haben.« Er deutete auf Frederic, dann auf Andrej. »Ihr bekommt den Jungen, ich ihn.«

»Lasst Frederic da raus«, sagte Andrej rasch. »Das ist eine Sache zwischen dir und mir, Domenicus.«

»Keineswegs«, antwortete der Inquisitor. »Das war es vielleicht – bevor mir dieses *unschuldige Kind* das Rückgrat zerstört hat.«

»Du willst also Rache«, sagte Andrej.

»Nein«, antwortete Domenicus. »Der Junge ist vom Teufel besessen, genau wie du und eure ganze verruchte Sippe. Aber er ist noch ein Knabe. Das Böse hat seine Seele berührt, aber noch ist sie nicht vollends verloren. Ich werde ihn mit mir nehmen und mit dem Teufel um sein Seelenheil ringen.«

»*Du* sprichst vom Teufel?« Andrej hätte fast gelacht. »Wie viele Menschen hasst du umbringen lassen – im Namen Gottes?«

»Das Böse ist stark geworden und Satan ist listig. Man muss ihn mit Stumpf und Stiel ausrotten.« Domenicus wedelte unwirsch mit der Hand. »Schafft mir diesen Teufel aus den Augen. Und bringt mir meine Medizin, ich habe Schmerzen.«

14

Der Raum war klein und hatte nur ein einzelnes, schmales Fenster, das nicht einmal ausreichte, um eine geballte Faust hindurchzuschieben. Die Tür war massiv genug, um einen Kanonenschuss auszuhalten, und verfügte über eine knapp handgroße Luke in Augenhöhe. Es gab einen Stuhl, ein Bett und einen halb mit Wasser gefüllten Eimer, der als Abort diente. Ein eiserner Ring in der Wand ließ über den Zweck dieses Raumes keinen Zweifel mehr aufkommen.

Andrej wurde jedoch nicht angekettet. Tepesch selbst und ein halbes Dutzend schwer bewaffneter Soldaten hatten ihn hierher gebracht. Er wurde nur grob durch die Tür gestoßen und dann allein gelassen. Nach einer Weile wurde die Klappe in der Tür geöffnet und ein misstrauisch zusammengepresstes Augenpaar sah zu ihm herein. Zwei Männer betraten seine Zelle und hielten ihn mit den Spitzen ihrer langen Speere in Schach, während ein anderer eine reichhaltige Mahlzeit und einen halben Krug Wein brachte.

Andrej hatte das Gefühl, dass es sich nicht um eine

Großzügigkeit Tepeschs handelte, sondern um eine Henkersmahlzeit.

Seine Aussichten, diese Burg lebend zu verlassen, waren nicht gut. Es war nicht das erste Mal, dass er sich in einer scheinbar ausweglosen Situation befand, aber bisher hatte er sich stets befreien können.

Diesmal war es anders. Seine Gegner wussten, wer er war. Vor allem aber wussten sie, *was* er war und was zu leisten er imstande war. Tepesch würde ihn nicht entkommen lassen. Er wunderte sich, dass er überhaupt noch lebte. Körber hatte ihn besiegt. Er war *besser* als er gewesen – und er hätte ihn zweifellos getötet, hätte Vlad – Tepesch! – nicht im letzten Moment in den Kampf eingegriffen.

Als er schwere Schritte draußen auf dem Gang hörte, stand er auf und wich auf die andere Seite seiner Zelle zurück, um den Soldaten die Mühe zu ersparen, ihn mit ihren Speeren vor sich her zu treiben. Doch es waren nicht seine Kerkermeister.

Stattdessen betrat Maria die Zelle.

Andrej konnte nichts anderes tun als einfach dazustehen und sie anzustarren. Er konnte keinen *klaren* Gedanken fassen. Es war ihm bisher trotz allem gelungen, das Wissen um ihre Nähe zu verdrängen, weil dieser Gedanke zu schmerzhaft gewesen wäre.

Nun aber war sie da.

Sie stand vor ihm, nur noch zwei oder drei Schritte entfernt, so wunderschön, wie er sie in Erinnerung hatte, aber viel zerbrechlicher. Etwas wie eine stille Trauer schien von ihr auszugehen. Nachdem er sie einige Zeit betrachtet hatte, wurde ihm klar, dass sie sich auch körperlich verändert hatte. Ihr Gesicht war schmaler geworden. Er sah eine Andeutung derselben dunklen Linien darin, die er auch in dem ihres Bruders Domenicus entdeckt hatte. Sie hatten körperliche Strapazen hinter sich. Der Weg hierher war nicht leicht gewesen. Und wahrscheinlich war sie ihn nicht freiwillig gegangen.

»Maria ...«, begann er.

»Nein!« Ihre Stimme war leise, brüchig, aber sie klang gleichzeitig so scharf, dass er verstummte. »Sag nichts. Domenicus weiß nicht, dass ich hier bin, und er darf es auch nicht erfahren. Ich habe nicht viel Zeit.«

Da war etwas in ihrer Stimme, das ihn erschreckte. Und etwas in ihrem Blick. Er blieb stehen, aber es fiel ihm schwer, sie nicht in die Arme zu schließen, ihre süßen Lippen zu schmecken. Alles, was zwischen Constānṭā und jetzt geschehen war, schien nicht mehr da zu sein, als hätte jemand die Zeit dazwischen einfach ausgelöscht.

»Ist es wahr?«, fragte Maria. Vielleicht waren es Tränen, die er in ihren Augen schimmern sah. Vielleicht auch nicht.

»Was?«

»Was Domenicus mir erzählt hat«, antwortete sie mühsam. »Dass du ... ein Hexer bist?«

»Das hat er gesagt?«

»Nicht dieses Wort«, antwortete Maria. »Aber er hat mir gesagt, dass du mit dem Teufel im Bunde bist. Dass du schwarze Magie praktizierst und ... und dass man dich nicht töten kann.«

»Das glaubst du?« Andrejs Gedanken drehten sich wild im Kreis. Er weigerte sich zu glauben, was er hörte, und er weigerte sich noch viel mehr zu glauben, was er in Marias Augen las. Es war unmöglich. Es *durfte* nicht sein! Nicht das.

»Ich weiß nicht mehr, was ich noch glauben soll«, antwortete Maria. »Ich weiß, was ich gesehen habe.«

»Und was ... hast du gesehen?«, fragte Andrej stockend. Er machte einen halben Schritt auf sie zu und blieb sofort wieder stehen, als er sah, dass sie instinktiv vor ihm zurückwich. Wenn es etwas gab, das noch schlimmer war als der Ausdruck in ihrem Blick, dann die Vorstellung, dass sie Angst vor ihm haben könnte.

»Der Junge. Frederic. Biehler hat ihn mit einem Messer geschnitten. Die Wunde hat sich wieder geschlossen. Vor meinen Augen. Es war Zauberei. Hexenwerk.«

»Das hat nichts mit Zauberei zu tun«, sagte Andrej, aber Maria hörte ihn gar nicht.

»Du bist genauso wie er, nicht wahr?« Marias Augen färbten sich noch dunkler. Etwas in Andrej schien zu zerbrechen, als er begriff, dass sie tatsächlich Angst vor ihm hatte. Das war das Schlimmste. Er hätte mit dem Gedanken leben können, sie niemals wieder zu sehen. Er hätte vielleicht sogar noch damit leben können, zu wissen, dass sie seine Liebe nicht erwiderte. Aber die Vorstellung, dass sie ihn fürchten könnte, war unerträglich.

»Ja«, sagte er. »Aber ich bin nicht ...«

»Also ist es wahr. Ihr seid mit dem Teufel im Bunde.«

»Ich weiß nicht, ob es einen Teufel gibt«, antwortete Andrej. »Aber selbst wenn, haben Frederic und ich nichts mit ihm zu schaffen. Ich könnte dir erklären, was wir sind. Ich hätte es längst tun sollen, aber ich ... ich hatte Angst.«

»Angst?«

»Dass genau das passiert, was jetzt passiert ist«, sagte Andrej. »Dass du es nicht verstehen würdest.« Er hob hilflos die Hände. »Was wir sind, ist so schwer zu erklären. Ich verstehe es ja selbst nicht genau und ...« Er brach ab. Er fühlte sich nicht nur hilflos, er klang auch so.

»Maria, bitte«, sagte er verzweifelt. »Wir haben so wenig Zeit, und ich muss dir so viel sagen.«

»Nein«, antwortete Maria. Das Wort traf ihn wie ein Fausthieb und schlimmer noch war vielleicht das, was sie *nicht* sagte. »Ich will nichts mehr hören. Ich habe es gesehen, und Domenicus ...«

»Dein Bruder«, unterbrach sie Andrej, »ist hundertmal schlimmer als Frederic und ich es jemals sein könnten.« Etwas warnte ihn, weiterzureden. Er spürte ganz deutlich, dass es ein Fehler war, aber zugleich war es ihm vollkommen unmöglich, nicht fortzufahren. Es war, als hätten sich die Worte, einmal aus ihrem Gefängnis befreit, nun vollkommen selbstständig gemacht.

»Er hat Frederics ganze Familie ausgelöscht. Meine gesamte Familie. Das ganze Dorf. Alle. Frederic und ich sind die Einzigen, die übrig sind.«

»Das ist nicht wahr«, sagte Maria. Sie klang eher traurig als erschrocken; als hätte sie etwas gehört, womit sie zwar gerechnet, aber fast flehentlich darauf gehofft hatte, es nicht zu hören. »Diese Menschen wurden fortgebracht, das ist wahr. Aber nur, um über sie zu richten. Um ihren Seelen die Gelegenheit zu geben, sich wieder Gott zuzuwenden.«

»Sie sind tot«, sagte Andrej, so ruhig er konnte. »Sie sind auf Abu Duns Schiff verbrannt, als dein Bruder es anzünden ließ.«

Maria schwieg. Sie starrte ihn an, aber es war Andrej nicht möglich, in ihren Augen zu lesen. Endlich schüttelte sie den Kopf. »Das ist nicht wahr«, sagte sie. »Vielleicht hat es dir der Mohr so erzählt, aber so war es nicht. Mein Bruder ließ das Schiff angreifen, weil er ein Mörder und Dieb ist, der den Tod verdient hat.«

»Tepesch hat sein Schiff verbrannt«, beharrte Andrej. »Auf Befehl deines Bruders, Maria. Verbrennt die Hexen! Das war es, was er gerufen hat!«

»Ein Schiff voller Piraten!«

»Dessen Bauch voller Sklaven war«, fügte Andrej hinzu. »Alle, die aus Constāntā weggebracht wurden. Ich weiß es, Maria. Ich war dabei. Frederic und ich haben es überlebt.«

Marias Blick flackerte. Andrej konnte sehen, dass ein anderer Ausdruck in ihren Augen lag.

»Nein«, sagte sie. »Ich glaube dir nicht. Du lügst. Bruder Biehler hat mich gewarnt. Er hat mir gesagt, dass du versuchen würdest, Zweifel in mein Herz zu säen.«

»Bruder Biehler«, wiederholte Andrej – in einem Ton, für den er sich selbst hasste. »Du weißt, wer er ist?«

»Ein tapferer Mann«, antwortete Maria. »So tapfer wie Körber und Malthus, die du erschlagen hast.«

»In Constāntā hast du noch ein wenig anders über sie gesprochen«, erinnerte Andrej.

»Da wusste ich noch nicht, wer du bist«, antwortete Maria.

»Ich bin ...«

»Hör auf!« Maria schlug beide Hände vor die Ohren. »Ich will nichts mehr hören! Schweig!«

»Weil dir nicht gefällt, was du hörst«, sagte Andrej sanft. Er war nicht zornig. Er konnte nicht von Maria erwarten, dass sie ihm glaubte. Nicht jetzt und nicht in dieser Umgebung.

»Weil du lügst!« Maria schrie fast. »Domenicus hat Recht! Du bist ein Hexer. Du hast mich verzaubert, schon in Constāntā!«

»Du weißt genau, dass das nicht stimmt«, sagte Andrej leise. Plötzlich musste auch er gegen die Tränen ankämpfen. »Sprich mit Frederic, wenn du mir nicht glaubst.«

»Oder du fragst mich, schönes Kind.«

Maria fuhr erschrocken herum und starrte Vlad an. Er war hereingekommen, ohne dass sie oder Andrej es gemerkt hatten, und Andrej nahm an, dass er auch schon eine Weile draußen auf dem Flur gestanden und ihnen zugehört hatte. Vielleicht von Anfang an.

»Was ...?«, begann Maria.

Tepesch unterbrach sie, indem er mit der Hand auf Andrej wies. »Er sagt die Wahrheit. Euer Bruder wusste, dass sich all diese Menschen auf Abu Duns Schiff befanden. Er wollte ihren Tod.«

»Und du hast seinem Wunsch Folge geleistet?«, fragte Andrej.

Tepesch hob die Schultern. »Warum nicht? Ein Schiff voller Hexen und schwarzer Magier? Wer würde am Wort eines Kirchenmannes zweifeln? Noch dazu eines Inquisitors?«

»Das ... das ist nicht wahr«, flüsterte Maria. Dann schrie sie: »Du lügst! Das ist nicht wahr!«

Tepeschs Augen verdunkelten sich vor Zorn. Für einen Moment war Andrej fast sicher, dass er sie schlagen würde. Aber er kam nicht dazu, denn Maria fuhr herum und rannte aus dem Raum.

Dracul sah ihr kopfschüttelnd nach. Als er sich wieder zu Andrej herumdrehte, lächelte er.

»Mach dir nichts daraus, Delãny«, sagte er. »Sie wird sich beruhigen. Sie ist nur ein Weib ... und ein verdammt hübsches dazu. Du hast einen guten Geschmack.«

»Nicht, was die Auswahl meiner Freunde angeht«, sagte Andrej.

Tepesch lachte. Er schüttelte den Kopf, drehte sich herum und schloss die Tür. Er wollte nicht, dass jemand sie belauschte.

»Habt Ihr keine Angst, dass ich Euch das Herz herausreißen und vor Euren Augen verspeisen könnte, Fürst?«, fragte Andrej.

»Ehrlich gesagt: nein«, antwortete Dracul. »Ich weiß noch immer nicht genau, was du bist, Andrej, aber eines bist du mit Sicherheit: ein Mann von Ehre.«

»Sei dir da nicht zu sicher«, grollte Andrej.

»Außerdem schuldest du mir ein Leben«, erinnerte Vlad. »Aber ich glaube, daran muss ich dich nicht erinnern.«

Andrej schwieg. Vlad wartete nun bestimmt darauf, dass er ihn fragte, warum er ihm im Kampf gegen den Vampyr beigestanden hatte, aber er sah ihn nur einige Augenblicke lang durchdringend an, dann fragte er: »Was willst du?«

»Warum fragst du nicht zuerst, was ich zu bieten habe?«, gab Vlad zurück.

»Und was sollte das sein?«

»Alles«, antwortete Tepesch. Er machte eine Kopfbewegung zu der Tür hinter sich. »Das Mädchen.« Er hob rasch die Hand, als Andrej etwas erwidern wollte. »Du willst sie. Sie ist ein verdammt hübsches Ding – ein wenig jung für meinen Geschmack, aber verdammt hübsch – und du wärst kein Mann, wenn du sie nicht begehren würdest.«

»Sprich nicht so über sie!«, sagte Andrej zornig.

Tepesch lächelte. »Du willst sie haben. Ich kann sie dir geben.«

»Spar dir deinen Atem, Tepesch«, sagte Andrej wütend. Er musste sich beherrschen, um sich nicht auf diesen gottverdammten Fürsten zu stürzen und ihn totzuprügeln.

»Der Junge«, fuhr Tepesch ungerührt fort. »Biehler. Oder wie wäre es mit Vater Domenicus' Kopf, auf einem Silbertablett?«

Andrej wusste nicht, was ihn mehr erschütterte: Der amüsierte Klang von Tepeschs Stimme oder die Gewissheit, dass Dracul ihm diesen Wunsch erfüllen würde, ohne auch nur eine Sekunde zu zögern, sollte er ihn wirklich äußern. Er schwieg.

Tepesch seufzte. »Du bist ein anspruchsvoller Gast, Andrej Delãny«, sagte er. »Es ist wirklich nicht leicht, dich zufrieden zu stellen. Aber vielleicht hätte ich doch noch etwas, das ich bieten könnte. Dein Freund, dieser Mohr ...« Er tat so, als hätte er Mühe, sich des Namens zu erinnern. »Abu Dun?«

»Was ist mit ihm?«, entfuhr es Andrej.

Tepesch lächelte flüchtig. Er schien zu spüren, dass Andrej diese Frage fast gegen seinen Willen entschlüpft war. »Ich fürchte, er ist uns entkommen«, sagte er. »Zusammen mit einigen anderen Gefangenen. Nicht vielen. Vielleicht zwanzig oder dreißig. Wir werden sie wieder einfangen, das steht außer Zweifel. Ich kann die Jagd auf ihn natürlich auch einstellen lassen. Das liegt ganz bei dir.«

»Was stört mich dieser Heide?«, fragte Andrej. Tepeschs Blick nach zu urteilen log er nicht überzeugend. »Was verdammt noch mal *willst du* von mir?«

»Dich«, antwortete Dracul. »Dein Geheimnis, Vampyr. Ich will so werden wie du.«

»Das ist unmöglich«, antwortete Andrej. Er war nicht wirklich überrascht. Jeder, der sein Geheimnis erfuhr, stellte früher oder später diese Forderung. »Und selbst wenn es nicht so wäre ...«

»... würdest du lieber sterben, ehe du mich ebenfalls zu einem Unsterblichen machen würdest, ja, ja, ich weiß.« Tepesch klang gelangweilt. »Wir haben dieses Gespräch schon einmal geführt ... oder sagen wir: *Du* hast es geführt, mit Vlad.«

»Vlad?«

»Mein treuer Diener, der dann und wann in meine Rolle schlüpft. Er heißt tatsächlich so. Das ist einer der Gründe, aus denen ich ihn ausgewählt habe. Menschen hängen an ihren Namen. Manchmal kann ein Zögern von der Dauer eines Lidzuckens über die Glaubhaftigkeit einer Lüge entscheiden.«

»Du bist ein Lügner«, beharrte Andrej. »Warum sollte ich dir trauen?«

»Weil du gar keine andere Wahl hast«, antwortete Tepesch. »Und weil ich dir das Leben gerettet habe.«

Wieder wartete er einen Moment vergeblich auf eine Antwort. Er ging zur Tür, sah durch die vergitterte Klappe hinaus und bewegte sich schließlich zum Fenster, alles auf eine Art, die Andrej klarmachte, wie sehr er darauf wartete, dass Andrej von sich aus eine Frage stellte.

Andrej dachte nicht daran. Er bedauerte es bereits, überhaupt mit ihm gesprochen zu haben. Was für Draculs Doppelgänger galt, das galt für den wirklichen Vlad Tepesch umso mehr: Er war ein Mann, dessen Redegewandtheit seiner Grausamkeit kaum nachstand. Es war gefährlich, sich mit diesem Mann auf eine Diskussion einzulassen. Dracul hatte die unheimliche Fähigkeit, einen vergessen zu lassen, was für ein Ungeheuer er war.

Nach einer Ewigkeit fuhr Tepesch in vollkommen verändertem Ton, leise, fast wie an sich selbst gewandt, fort: »Wie lange kennen wir uns, Andrej Delãny? Du glaubst, wenige Tage, habe ich Recht? Aber das stimmt nicht.«

Er drehte sich um, schüttelte den Kopf und lehnte sich neben dem Fenster gegen die Wand.

»Ich kenne dich erst seit wenigen Tagen, aber ich weiß seit langer Zeit, dass es Menschen wie dich gibt.« War es Zufall, dachte Andrej verwirrt, dass er den Begriff *Menschen* benutzte – oder auch jetzt wieder nur Berechnung? »Und seit ich von euch weiß, bin ich auf der Suche nach euch. Du hast mich als Vlad, den Zigeuner, kennen gelernt, und es ist mehr von ihm in mir, als du vielleicht ahnst. Ich bin ein Herrscher. Ein Krieger wie du, Andrej. Ich beherrsche dieses Land und ich bin der Herr über Leben und Tod all seiner Bewohner. Aber eigentlich gehöre ich nicht hierher. Mein Leben lang war ich auf der Suche, Delãny. Auf der Suche nach meiner wahren Bestimmung und nach meinem Volk. Jetzt habe ich es gefunden.«

»Bist du deshalb zu einem solchen Ungeheuer geworden?«, fragte Andrej.

»Du hältst mich für ein Ungeheuer?« Tepesch wirkte nachdenklich. »Ja, ich glaube, viele halten mich dafür. Vlad, den Pfähler – so nennen sie mich, glaube ich.«

»Das habe ich auch gehört«, sagte Andrej spöttisch. »Obwohl ich mir gar nicht vorstellen kann, wieso.«

»Hast du dich nie gefragt, warum ich das tue?«, fragte Tepesch.

»Weil du krank bist?«, schlug Andrej vor.

»Weil Schmerz der Schlüssel ist«, antwortete Tepesch. »Vlad, der Zigeuner, hat die Wahrheit gesagt, als er behauptet hat, alles über dein Volk zu wissen, was es zu wissen gibt, Delãny. Es ist der Tod, der einen Menschen zu dem macht, was ihr seid. Tod und Schmerz. Nur, wer die vollkommene Qual kennen gelernt und den Tod berührt hat, kann die Unsterblichkeit erringen.«

Andrej starrte sein Gegenüber vollkommen fassungslos an. »Das ist ...«

»... die Wahrheit!«, unterbrach ihn Tepesch. »Und du weißt es! So wurdest du zu dem, was du bist, und der Junge auch. Du wurdest krank und bist gestorben, und Frederic wurde schwer verbrannt, bevor er starb. Ihr beide wart dem Tode so nahe, wie es nur möglich ist. Das ist das Geheimnis! Deshalb erforsche ich den Schmerz! Wann ist ein Mensch dem Tode näher als im Augenblick der höchsten Qual, wenn er sich wünscht, zu sterben, um endlich erlöst zu werden – und sich zugleich noch immer an das Leben klammert, trotz aller Qual, trotz aller Furcht und Verzweiflung? Wann sind Leben und Tod enger beisammen als in diesem Moment?«

Andrej war erschüttert. Aus Tepeschs Worten sprach nichts anderes als der blanke Wahnsinn, aber zugleich auch eine grässliche Wahrheit.

»Wie viele Menschen hast du deshalb zu Tode gequält, du Wahnsinniger?«, fragte er.

»Welche Rolle spielt das?«, fragte Tepesch. »Wie viele Männer hast du getötet, Delāny?«

»Das ist etwas anderes«, sagte Andrej, aber Tepesch lachte nur. Wann hatte es je Sinn gehabt, mit einem Wahnsinnigen zu diskutieren?

»Ach?«, fragte Tepesch. »War es das? Natürlich, es ist etwas anderes, es selbst zu tun, und Ausreden und

Gründe sind schnell zu finden. Du bist nicht besser als ich, Delãny. Wir beide haben Menschen getötet und es spielt keine Rolle, warum wir es getan haben. Sie sind tot, das allein zählt.«

»Dann habe ich einen Vorschlag für dich«, sagte Andrej böse. »Lass uns zusammen in deinen Folterkeller gehen, und wir finden heraus, ob du Recht hast.«

»Du glaubst, ich würde den Schmerz fürchten?« Tepesch lachte. »Du Dummkopf! Wie könnte ich zu einem Meister der Pein werden, ohne sie zu kennen und zu lieben?« Er zog einen schmalen, doppelseitig geschliffenen Dolch aus dem Gürtel, schlug den linken Ärmel seines weißen Hemdes hoch und begann, einen doppelt fingerbreiten Streifen Haut von seiner Schulter bis zum Ellbogengelenk abzuschälen. Seine Mundwinkel zuckten vor Qual, aber über seine Lippen kam nicht der mindeste Schmerzenslaut.

»Du bist ja wahnsinnig«, flüsterte Andrej.

»Vielleicht«, sagte Tepesch. Hellrotes Blut lief an seinem Arm hinab und tropfte am Handgelenk hinunter zu Boden. Er lachte. Langsam steckte er das Messer ein und kam näher.

»Aber was ist schon Wahnsinn? Was ist ein Menschenleben wert, Delãny? Ist dein Leben mehr wert als meines, oder meines weniger als das deines Freundes?« Er schüttelte heftig den Kopf. »Hattest du ein größeres Recht zu leben als der Mann, vor dem ich dich gerettet habe?«

Andrejs Hände begannen zu zittern. Er konnte sich kaum mehr zurückhalten, sich auf Tepesch zu stürzen, die Hände um seinen Hals zu legen und zuzudrücken. Nein. Mehr. Plötzlich erwachte eine düstere, furchtbare Gier ihn ihm. Er wollte ...

... ihn packen. Ihn an sich reißen und die Zähne in seinen Hals schlagen. Seine Haut und sein Fleisch zerreißen und sein süßes Blut trinken, das verruchte Leben aus seinem Leib saugen, um ...

Es kostete ihn unvorstellbare Mühe, einfach stehen zu bleiben. Dracul stand jetzt fast unmittelbar vor ihm. Der Geruch seines Blutes, süß, klebrig, düster und zugleich unvorstellbar verlockend, schien überall zu sein, trieb ihn fast in den Wahnsinn. Er hob die Hände, unfähig, die Bewegung zu unterdrücken. Tepeschs Gesicht verschwamm vor seinen Augen. Speichel sammelte sich unter seiner Zunge und lief in dünnen, klebrigen Fäden aus seinen Mundwinkeln und an seinem Kinn hinab. Er vernahm einen tiefen, dumpfen Laut, ein Geräusch wie das drohende Knurren eines Wolfes, und er begriff mit ungläubigem Entsetzen, dass dieser Laut aus seiner eigenen Kehle kam. Tepeschs Augen leuchteten auf und Andrej packte ihn, riss ihn mit brutaler Kraft an sich, seine Zähne näherten sich seiner Kehle –

Und dann stieß er Tepesch mit solcher Gewalt von sich, dass er quer durch den Raum geschleudert wurde und so wuchtig gegen die Wand neben der Tür prallte, dass er mit einem Schmerzensschrei zu Boden ging.

Auch Andrej taumelte rücklings gegen die Wand und sank zitternd in die Knie. In ihm tobte ein Kampf. Die Gier war noch immer da, schlimmer als je zuvor, ein tobendes Ungeheuer, das seinen Willen zu einem wimmernden Nichts degradierte und für nichts anderes Platz ließ als den Wunsch – *den Befehl!* – sich auf Tepesch zu stürzen und ihn zu zerreißen. Eine Gier, die ihn entsetzte und erschreckte und ihn vor Ekel aufschreien ließ. Er nahm seine Umgebung wie durch einen blutigen Nebel wahr. Von weit her sah er, wie die Tür aufgestoßen wurde und Männer hereingestürmt kamen, angelockt durch seinen eigenen und Tepeschs Schrei. Dracul rief etwas, was er nicht verstand, und die Männer blieben stehen, dann senkte sich der rote Nebel auch über diese Bilder und er trieb durch eine brodelnde Unendlichkeit, die aus nichts anderem als schierer Qual und unbefriedigter Gier zu bestehen schien.

Schließlich obsiegten Erschöpfung und Schwäche. Er sank zurück und das brodelnde Feuer in seinem Inneren erlosch, weil es sich selbst verzehrt hatte. Die Anstrengung, den Kopf zu drehen und die Lider zu heben, überstieg den winzigen Rest von Kraft, der noch in ihm war.

Tepesch lag neben ihm auf den Knien. Die große Wunde auf seinem Arm blutete noch immer; es konnte nicht viel Zeit vergangen sein. Sie waren wieder allein. Andrej sah aus den Augenwinkeln, dass die Tür offen stand, aber die Wachen waren fort.

»Warum wehrst du dich?«, fragte Tepesch. »Warum weigerst du dich, anzunehmen, was du bist?«

»Du ... Narr«, murmelte Andrej. »Willst du ... sterben? Geh ... solange du es ... noch kannst.«

»Du brauchst keine Furcht zu haben«, sagte Tepesch. »Dem Jungen wird nichts geschehen, und dir auch nicht. Ich habe meinen Männern befohlen, euch gehen zu lassen, sollte ich sterben.«

Andrej antwortete nicht. Er konnte es nicht. Schwäche hüllte ihn ein wie etwas Schweres, Greifbares, etwas, das ihn in einen Abgrund reißen und verzehren wollte. Und in ihm, tief, unendlich tief in ihm, war noch immer diese fürchterliche Gier, etwas, vor dem er entsetzliche Angst und noch größeren Abscheu empfand und das doch zu ihm gehörte.

Tepesch stand auf und entfernte sich ein paar Schritte. Andrej hörte ein Scharren, dann das Reißen von Stoff.

Es verging eine geraume Weile, bis er sich aufsetzen und Tepesch ansehen konnte, ohne Gefahr zu laufen, sich sofort auf den Fürsten zu stürzen und ihm den Kehlkopf durchzureißen.

Tepesch hatte sich auf einen Stuhl sinken lassen und ein paar Streifen aus seinem Hemd gerissen, um sich selbst einen notdürftigen Verband anzulegen. Obwohl die Wunde nicht sehr tief war, war sie doch großflächig und blutete stark, denn auch der Verband hatte sich bereits wieder dunkelrot gefärbt. Als er Andrejs Blick auf sich ruhen spürte, drehte er sich zu ihm herum und lächelte dünn.

»Verzeiht meine Schwäche, Delāny«, sagte er spöttisch. »Aber meine Wunden heilen nicht ganz so schnell wie Eure.«

Andrej richtete sich mühsam auf, musste sich aber sofort wieder gegen die Wand in seinem Rücken sinken lassen. Er fühlte sich matt und ausgelaugt, als hätte er den schwersten Kampf seines Lebens hinter sich. Vielleicht traf das ja auch zu.

»Warum?«, murmelte er schwach.

»Weil ich dich brauche, du Narr!«, antwortete Tepesch heftig. »Und du mich!«

»Ich brauche dich nicht«, murmelte Andrej. »Ich brauche nicht einmal dein Blut!«

Tepesch lachte. »Ich habe alles, was du willst«, sagte er. »Den Jungen. Domenicus. Seine Schwester! Willst du Biehlers Kopf? Du kannst ihn haben.«

»So weit waren wir schon«, sagte Andrej müde.

»Und wir werden noch oft so weit sein, bis du begreifst, dass wir einander brauchen!«, antwortete Tepesch. »Ich habe alles, was du willst! Ich könnte dir drohen, aber das will ich nicht. Ich will, dass du freiwillig zu mir kommst.«

»Warum? Um dich unsterblich zu machen? Damit du weitere hundert Jahre lang Menschen schinden kannst?«

»Das bräuchte ich nicht mehr, würde ich dein Geheimnis kennen«, antwortete Tepesch. »Ist das alles, was du willst? Dass der Pfähler aufhört zu pfählen? Du hast mein Wort. Reite an meiner Seite, Delāny, und es wird keine Pfähle mehr geben! Wozu brauche ich den Schmerz, wenn ich dich habe?«

»Und wozu?«

»Du hast es gesehen«, antwortete Tepesch. »Du und ich, wir können dieses Land von der Geißel der türkischen Invasion befreien. Wir können die christlichen Heere gemeinsam anführen. Du hast mit eigenen Augen gesehen, wie wir die Heiden in die Fluch geschlagen haben.«

»Du kämpfst für das Christentum? Wer soll dir das glauben?«

»Es spielt keine Rolle, warum ich es tue«, sagte Tepesch zynisch. »Und wenn ich weitere Menschen töte – was stört es dich? Wie viele kann ich töten, selbst in hundert Jahren? Fünftausend? Das ist nichts gegen die Opfer, die auch nur eine einzige Schlacht kostet.«

»Dann nimm die Verbündeten, die du schon hast«, sagte Andrej.

»Ich will sie nicht!«, sagte Tepesch mit unerwartetem Nachdruck. »Du hältst mich für böse? Du kennst Domenicus nicht und dieses ... Ungeheuer, das an seiner Seite reitet. Selbst ich habe Angst vor ihnen.«

»Wie furchtbar«, sagte Andrej.

»Sie glauben mich zu brauchen«, fuhr Tepesch unbeeindruckt fort. »Wenn das nicht mehr so ist, werden sie mich töten. Oder ich sie.«

»Und was wäre anders, wenn ich an deiner Seite reiten würde?«

Tepesch starrte ihn eine Weile wortlos an, dann stand er mit einem so plötzlichen Ruck auf, dass Andrej zusammenschrak.

»Du willst einen Vertrauensbeweis?«, fragte er. »Also gut. Du wirst ihn bekommen. Morgen früh, bei Sonnenaufgang.«

15

Gegen jede Erwartung fand er in dieser Nacht nicht nur Schlaf, sondern erwachte auch mit einem Gefühl von Stärke und ohne die mindeste Erinnerung an einen Alptraum. Der Kampf, den er ausgefochten hatte, hatte ihn offenbar so erschöpft, dass er dafür keine Kraft mehr übrig gehabt hatte.

Ihm wurde ein Mahl gebracht, dass eines Fürsten würdig gewesen wäre. Er verzehrte es bis auf den letzten Rest und wunderte sich dabei ein wenig über sich selbst; nicht nur über seinen Appetit, sondern auch über die fast unnatürliche Ruhe, die ihn erfüllte. Er sollte entsetzt sein; zumindest empört, aber er fühlte im Grunde gar nichts; allenfalls eine vage Trauer, wenn er an Maria dachte.

Als die Sonne aufging, hörte er Schritte draußen auf dem Flur. Die Tür wurde aufgerissen und zwei Bewaffnete traten herein. Sie sagten nichts, aber Andrej wusste, dass sie gekommen waren, um ihn abzuholen; er hatte Tepeschs Worte vom vergangenen Tag nicht vergessen. Einen Vertrauensbeweis …

Noch etwas hatte sich geändert. Während Andrej aufstand und den Soldaten auf den Flur folgte, beobachtete er sich selbst dabei, die beiden Männer kühl nach ihrer Gefährlichkeit einzuschätzen. Ein Teil von ihm schätzte ihre Bewaffnung, ihre Aufmerksamkeit und die Art ihrer Bewegungen ein und überlegte im nächsten Schritt, wie er sie am schnellsten und mit dem geringsten Risiko ausschalten konnte.

Er erschrak vor sich selbst, aber der Gedanke blieb. Als die Männer hereingekommen waren, hatte er eine deutliche Anspannung verspürt, die nun verflogen war – weil er begriffen hatte, dass sie für ihn keine Gefahr darstellten. Etwas war mit ihm geschehen. Er wusste nicht, was, aber es machte ihm Angst.

Draußen auf dem Gang warteten vier weitere Männer auf ihn, die sich zu einer schweigenden, aber sehr nervösen Eskorte formierten. Andrej drehte sich nicht einmal zu ihnen herum, aber er spürte die Armbrustbolzen, die auf seinen Rücken gerichtet waren.

Anders als gestern schien Burg Waichs nun voller Leben zu sein. Aus der kalten, dunklen Gruft, in der jeder Schritt unheimlich widerhallte, war ein lauter, lärmender Ort geworden, der von Menschen nur so wimmelte und schon fast beengt schien. Zahlreiche Männer – größtenteils, aber nicht ausschließlich Soldaten – kamen ihnen entgegen.

Auch der Hof war voller Menschen. In der Nähe des Tors war ein mehr als mannshoher Stapel mit Kriegsgerät und Beutegut aufgebaut, und auf den Zinnen flatterten neben Tepeschs schwarz-roter Drachenfahne die erbeuteten Wimpel von Selics zerschlagenem Heer im Wind.

Seine Begleiter stießen ihn grob auf den Hof hinaus und signalisierten ihm, stehen zu bleiben und sich nicht von der Stelle zu rühren. Niemand sprach ihn an; die Männer wichen sogar seinem Blick aus. Wahrscheinlich dachten sie, dass er über den Bösen Blick verfüge, überlegte Andrej. Niemand hier hielt ihn für einen normalen Kriegsgefangenen. Offensichtlich hatte sich herumgesprochen, dass Burg Waichs im Moment ganz besondere Gäste beherbergte.

Während er wartete, sah sich Andrej aufmerksam um. Er entdeckte weder einen Scheiterhaufen noch einen der gefürchteten Pfähle, nur in einiger Entfernung stand ein einsamer Käfig, der offenbar zur Aufnahme eines Gefangenen bestimmt, im Augenblick aber leer war: Ein Würfel von einem guten Meter Kantenlänge, der mit spitzen, nach innen gerichteten Dornen gespickt war. Daneben standen vier Pferde mit einer sonderbaren und Andrej vollkommen unbekannten Art von Geschirr. Eine große Anzahl Bewaffneter bevölkerte den Hof, hielt aber respektvollen Abstand zu Andrej und seinen Begleitern. Während der Zeit, die Andrej tatenlos warten musste, verließen mehrere Abteilungen Reiter die Burg oder kehrten zurück. Einmal trieben sie eine Gruppe zerlumpter und vollkommen entkräfteter Gefangener – die meisten verletzt – vor sich her. Tepesch hatte die Jagd auf Überlebende des muselmanischen Heers noch nicht einstellen lassen. Während die Männer die Gefangenen mit Stockschlägen und Fußtritten auf eine niedrige Tür zutrieben, die vermutlich zu den Verliesen hinabführte, versuchte Andrej möglichst unauffällig, ihre Gesichter zu erkennen.

»Mach dir keine Sorgen, Delãny«, sagte Tepesch hinter ihm. »Dein muselmanischer Freund ist nicht dabei.«

Andrej ließ ganz bewusst einige Zeit verstreichen, ehe er sich zu ihm umdrehte. Tepesch hatte sich ihm wieder einmal genähert, ohne dass er seine Schritte gehört hatte; etwas, das er offensichtlich gut beherrschte. Er fuhr fort: »Ich habe meinen Männern befohlen, den Mohr und seine Begleiter unbehelligt zu lassen. Nimm es als Zeichen meines guten Willens – und als Anzahlung auf unseren Handel.«

»Ich wüsste nicht, dass wir einen hätten«, sagte Andrej.

Tepesch lächelte flüchtig. Er hatte sich verändert, war nun ganz in Schwarz gekleidet und trug einen einfachen Waffengurt mit einem schlichten, fast zierlichen Schwert um die Hüften. Seltsamerweise sah er dadurch fast gefährlicher aus, als hätte er sich in eine barbarische Rüstung gehüllt.

»Wir werden sehen«, sagte er. Mehr nicht, aber die Worte erfüllten Andrej mit einer ungeboten Vorahnung. Tepesch drehte sich halb herum, hob die Hand – und nur einen Augenblick später wurde das zweiflügelige Tor des Hauptgebäudes geöffnet und eine sonderbare Prozession verließ den Ort: Es waren vier von Tepeschs Männern, die eine Art lieblos zusammengezimmerter Sänfte zwischen sich trugen, auf der Vater Domenicus saß. Wie zuvor war er auch jetzt auf seinen Stuhl gebunden, allerdings auf eine Art, die Andrej zweifeln ließ, ob die stabilen Stricke tatsächlich nur seiner Sicherheit dienten oder doch Fesseln darstellten. Biehler, der letzte und wohl auch stärkste seiner drei Vampyrkrieger, folgte ihm. Er trug nicht mehr seine goldfarbene Rüstung, hatte aber ein gewaltiges Schwert im Gürtel, auf dessen Griff seine rechte Hand ruhte. Sein Gesicht war unbewegt, aber es gelang ihm trotzdem nicht ganz, seine Unruhe zu verbergen. Maria und als Letzter Frederic folgten ihm. Es gab keine bewaffnete Eskorte, wie bei Andrej, aber der Hof wimmelte von Soldaten.

»Vater Domenicus!« Tepesch ging dem Inquisitor ein paar Schritte entgegen und bedeutete den Trägern zugleich, die Sänfte abzustellen. »Ich hoffe, Ihr hattet eine angenehme Nacht? Vermutlich wird meine bescheidene Burg Euren Ansprüchen nicht gerecht, worum ich um Vergebung bitte, aber meine Diener haben getan, was in ihrer Macht steht.«

Domenicus spießte ihn mit Blicken regelrecht auf. Ohne auf seine Worte einzugehen, hob er die Hand und deutete anklagend auf Andrej. »Was macht dieser Hexer hier? Wieso liegt er nicht in Ketten?«

»Ich bitte Euch, Vater«, antwortete Tepesch lächelnd. »Habt Ihr so wenig Zutrauen zu den Mauern meiner Burg und den Fähigkeiten meiner Krieger?«

Domenicus antwortete irgendetwas, aber Andrej hörte nicht mehr hin. Er versuchte, Marias Blick festzuhalten, aber sie wich ihm aus und blickte zu Boden. Frederic, der direkt neben ihr stand, war nicht mehr gefesselt. Er sah ihn an, aber sein Blick wirkte eher trotzig, fast schon herausfordernd, auch wenn Andrej sich beim besten Willen keinen Grund dafür denken konnte. Aus Biehlers Augen sprühte die blanke Mordlust. Andrej wollte zu Frederic gehen, aber Tepesch hielt ihn mit einer Handbewegung zurück und schnitt Domenicus mit der gleichen Bewegung das Wort ab.

»Genug, Vater«, sagte er. »Ich weiß, wie ich mit meinen Gefangenen zu verfahren habe.«

»Das will ich hoffen«, antwortete Domenicus. »Wenn Ihr jetzt vielleicht die Güte hättet, mir zu sagen, warum Ihr mich gerufen habt. Ich hoffe, es ist wichtig. Meine Wunde ist noch immer nicht ganz verheilt. Jede Bewegung bereitet mir große Schmerzen.«

»Ich wollte Euch nur eine Frage stellen«, antwortete Tepesch. »Eine ganz einfache Frage, von deren Beantwortung jedoch viel abhängt.«

»Und wie lautet sie?«

»Seht Ihr, Vater …«, Tepesch deutete auf Andrej, »ich hatte gestern Abend ein interessantes Gespräch mit dem Mann, den Ihr so gerne als Hexenmeister bezeichnet.«

Domenicus starrte erst ihn, dann Andrej finster an, und Andrej bemerkte aus den Augenwinkeln, wie sich Biehler spannte und unauffällig einen Schritt näher trat. Als Domenicus nicht antwortete, fuhr Tepesch in einem schärferen Ton fort: »Natürlich gilt mir sein Wort bei weitem nicht so viel wie das eines heiligen Mannes und Kirchenvertreters wie Euch, Vater. Aber ich frage mich doch, ob er vielleicht die Wahrheit sagt.«

»Die Wahrheit worüber?«, fragte Domenicus.

»Dass Ihr mich belogen habt«, antwortete Tepesch hart. »Dass Ihr ein Lügner und Mörder seid, der mich als nützliches Werkzeug für seine verruchten Pläne eingesetzt hat.«

In Domenicus' Augen blitzte es auf. »Was erdreistet Ihr Euch, Fürst?«

»Verbrennt die Hexen!«, antwortete Tepesch. »Das waren doch Eure Worte, nicht wahr? Ich habe sie in dem Moment, als Ihr sie aussprachet, nicht ganz verstanden – ging es doch nur um das Schiff eines berüchtigten Piraten, der die Donau hinauffuhr, um dort Beute zu machen.«

Domenicus starrte ihn finster an und schwieg.

»Von den paar Dutzend Männern und Frauen, die unter Deck angekettet waren, habt Ihr sicherlich nur vergessen, mir zu erzählen.«

»Hexen«, antwortete Domenicus hasserfüllt. »Sie waren alle Hexen, mit dem Teufel im Bunde!«

»Dann ... dann ist es wahr?« Maria starrte ihren Bruder aus aufgerissenen Augen an. »Du hast davon gewusst?«

»Sie hatten den Tod verdient«, antwortete Domenicus.

»Sie sind lebendig verbrannt«, fuhr Tepesch fort. »Männer, Frauen und Kinder – mehr als fünfzig Menschen. Ich habe sie verbrannt, Vater Domenicus. Aber ich wusste nicht, dass sie da sind. *Ihr* wusstet es.«

»Sag, dass das nicht wahr ist!«, keuchte Maria. »Sag es!«

Ihr Bruder schwieg, und Tepesch fuhr mit kalter,

schrecklich ausdrucksloser Stimme fort: »Ihr seid ein Mörder, Domenicus. Ein gewissenloser Mörder und Lügner. Ich werde Euch zeigen, was ich mit Männern mache, die mich belügen. *Packt ihn!*«

Die beiden letzten Worte hatte er geschrien. Andrej sah, dass Biehler genauso schnell reagierte, wie er es erwartet hatte. Er warf sich mit einer blitzartigen Bewegung nach vorne und zog gleichzeitig sein Schwert aus dem Gürtel.

Doch seine Schnelligkeit nutzte ihm nichts. Mehr als ein halbes Dutzend Armbrustbolzen zischte mit einem Geräusch wie ein zorniger Hornissenschwarm heran. Die meisten Geschosse verfehlten ihr Ziel, weil sich Biehler mit fast übermenschlicher Schnelligkeit bewegte, aber einer der Bolzen traf seine rechte Schulter und riss ihn herum, der zweite bohrte sich in sein Knie und ließ ihn stürzen. Der Vampyr brauchte nur Augenblicke, um die Geschosse herauszureißen und sich von seinen Verletzungen zu erholen, aber dann waren bereits Tepeschs Männer über ihm. Biehler wehrte sich mit verzweifelter Kraft, gegen die vielfache Übermacht kam er nicht an. Das Schwert wurde ihm aus den Händen gerissen, dann wurde er zu Tepesch geschleift und vor ihm in die Knie gezwungen.

»Was soll das?«, schrillte Domenicus. »Was fällt Euch ein?«

Tepesch schwieg. Er machte nur eine herrische Kopfbewegung. Seine Männer rissen Biehler wieder in die Höhe und zerrten ihn quer über den Hof in Richtung des Eisenkäfigs und der Pferde hin. Biehler schien zu ahnen, was ihm bevorstand, denn er bäumte sich auf und wehrte sich mit solch verzweifelter Kraft, dass weitere von Tepeschs Männern hinzueilen mussten, um ihn zu bändigen. Trotz aller Gegenwehr wurden seine Hand- und Fußgelenke mit groben Stricken gefesselt, deren Enden an den Geschirren der Pferde befestigt waren.

»Nein!«, keuchte Domenicus. »Das könnt Ihr nicht tun!«

Tepesch hob die Hand und die vier Pferde trabten in verschiedene Richtungen an.

Biehler wurde in Stücke gerissen. Maria schrie gellend auf, schlug die Hand vor den Mund und wandte sich würgend ab. Domenicus schloss mit einem unterdrückten Stöhnen die Augen. Einzig Frederic sah dem grausigen Geschehen interessiert zu.

»Erstaunlich«, sagte Tepesch. »Man kann euch also doch töten.« Er wandte sich mit erhobener Stimme an die Männer, die Biehler festgehalten hatten. »Verbrennt ihn. Und bleibt dabei, bis auch wirklich nichts mehr von ihm übrig ist.«

»Du Ungetüm!«, sagte Domenicus hasserfüllt. »Du gewissenloser Mörder! Dafür wirst du büßen!«

»Das glaube ich nicht«, antwortete Tepesch gelassen. »Verbrennt die Hexen – das waren doch Eure Worte oder? Nun, ich tue nichts anderes. Ich lasse einen Vampyr verbrennen. Wollt Ihr mich dafür zur Rechenschaft ziehen?« Er beugte sich so weit vor, dass sein Gesicht beinahe das des Inquisitors berührte. »Dankt Eurem Gott, dass ich nicht dasselbe mit Euch machen lasse, Pfaffe! Ich lasse Euch leben. Seht Ihr diesen Käfig dort?« Er lachte. »Sehen wir doch einfach, wie wichtig Ihr Eurem Herrn im Himmel seid. Wenn Ihr bis Sonnenuntergang noch lebt, seid Ihr frei und könnt gehen, wohin es Euch beliebt.«

»Nein«, murmelte Maria. Sie hatte sich wieder gefangen. Zwar war sie noch immer sehr blass, musste aber nicht mehr mit aller Macht gegen ihre Übelkeit ankämpfen. »Bitte, Fürst! Tut es nicht! Ihr würdet ihn umbringen!«

»Aber mein Kind«, sagte Tepesch kopfschüttelnd. »Sein Schicksal liegt jetzt allein in Gottes Hand!«

»Aber …«

»Hör auf, Maria«, sagte Andrej. »Verstehst du denn nicht? Je verzweifelter du ihn bittest, desto mehr Freude bereitet es ihm, dich zu quälen.« Er drehte sich zu Dracul um. »Bin ich jetzt an der Reihe?«

Tepesch zog in gespielter Überraschung die Augenbrauen zusammen. »Ihr? Aber mein Freund, ich bitte dich! Das alles habe ich doch schließlich nur getan, um dich von meiner Aufrichtigkeit zu überzeugen!«

»Aufrichtigkeit?«

Tepesch nickte heftig. »Du hattest doch Angst, dass ich mir einen anderen Verbündeten suchen könnte. Nun, jetzt gibt es keinen anderen Verbündeten mehr, nicht wahr?« Er lachte. »Es ist schon seltsam, wie? Da suche ich mein ganzes Leben lang nach jemandem wie dir und mit einem Male sind beinahe mehr von deiner Art da, als ich verkraften kann.«

»Vielleicht hast du den Falschen hinrichten lassen«, sagte Andrej. »*Ich* werde dir ganz bestimmt nicht helfen.«

»Wir werden sehen.« Tepesch deutete auf Domenicus. »Steckt ihn in den Käfig«, befahl er. »Und hängt ihn in die Sonne. Wir wollen doch nicht, dass er friert.«

»Du Ungeheuer«, murmelte Maria. »Wenn du ihn tötest, dann ...«

»Dann?«, fragte Tepesch, als sie den Satz unbeendet ließ. Er wartete vergeblich auf eine Antwort, zuckte schließlich mit den Schultern und machte eine weitere, befehlende Geste. »Bringt sie in ihr Zimmer. Aber seid vorsichtig. Sie ist eine Wildkatze.«

Maria funkelte ihn hasserfüllt an, aber sie gönnte ihm nicht den Triumph, sich gewaltsam von seinen Männern in die Burg schleifen zu lassen, sondern drehte sich herum und verschwand schnell und mit stolz erhobenem Haupt. Auf einen entsprechenden Wink ihres Herrn folgten ihr zwei Soldaten, während sich Tepesch endgültig zu Andrej umdrehte.

»Du siehst, ich stehe zu meinem Wort, Delãny«, sagte er. »Hast du dir mein Angebot also überlegt?«

»Du kennst meine Antwort.« Er deutete auf Domenicus, den Tepeschs Schergen in diesem Moment grob in den Gitterkäfig stießen. »Wenn du ihn wirklich töten lässt, könntest du dir große Schwierigkeiten einhandeln. Die Inquisition ist vielleicht nicht mehr so mächtig, wie sie einmal war, aber Rom wird es trotzdem nicht zu schätzen wissen, wenn seine Abgesandten umgebracht werden.«

»Rom«, antwortete Tepesch betont ruhig, »ist wahrscheinlich froh, einen lästigen und unberechenbaren Patron wie Domenicus auf diese bequeme Weise loszuwerden. Außerdem ist es ziemlich weit weg. Und wer weiß: Vielleicht weht ja in wenigen Jahren schon die Halbmondfahne über Rom?«

»Meine Antwort bleibt nein«, sagte Andrej.

Tepesch seufzte. »Schade. Trotzdem ... keine andere Antwort hätte ich dir geglaubt, Delāny. Gottlob bin ich nicht auf dich angewiesen. Mit dir lässt sich nicht gut verhandeln. Du bist zu ehrlich.« Er drehte sich zu Frederic um, sah ihn durchdringend an und fragte: »Sind wir uns einig?«

Einig?!

Frederic schwieg endlose Sekunden. Sein Blick irrte unstet zwischen Tepesch und Andrej hin und her. *Einig?!*

Schließlich nickte er. »Ja.«

»Frederic?«, murmelte Andrej. »Was ... bedeutet das?«

Tepesch drehte sich mit zufriedenem Gesichtsausdruck wieder zu ihm um. »Du kannst gehen, Delāny.«

»Wie?«, fragte Andrej verständnislos.

»Du bist frei«, wiederholte Tepesch. »Nimm dir ein Pferd und reite los. Du wirst mir nachsehen, dass ich dir keine Waffe gebe, aber darüber hinaus kannst du dir nehmen, was immer du benötigst.«

»Um wohin zu gehen?«

»Wohin immer du willst«, antwortete Dracul. »Du bist ein freier Mann. Ich liege nicht im Zwist mit dir. Trotzdem bitte ich dich, meine Ländereien zu verlassen.«

Andrej schwieg. Er sah Frederic an, aber der Junge machte noch immer ein verstocktes Gesicht, hielt seinem Blick aber nicht mehr stand, sondern starrte zu Boden und begann nervös mit den Füßen zu scharren.

»Und Maria?«

»Wie ich dir schon sagte: Sie ist mir zu jung. Sie wird eine Weile hier bleiben, bis sie sich beruhigt hat, und danach lasse ich sie an einen Ort ihrer Wahl bringen. Ihr wird nichts geschehen. Du hast mein Wort.«

Andrejs Gedanken rasten. Tepeschs Wort war vermutlich nicht mehr wert als der Schmutz unter seinen Schuhsohlen, aber welche Wahl hatte er als die, sein Angebot anzunehmen? Biehlers Schreie gellten noch immer in seinen Ohren. Der Krieger war nicht zu retten gewesen. Und er war viel *besser* als er gewesen.

»Ich möchte mit Frederic reden«, sagte er. »Allein.«

»Ganz wie du willst.« Tepesch schien einen Moment lang darauf zu warten, dass Frederic und er sich entfernten. Als klar wurde, dass dies nicht geschah, zuckte er mit den Schultern und ging davon.

»Was hat er dir versprochen?«, fragte Andrej.

»Nichts«, antwortete Frederic. Er scharrte noch immer mit den Füßen.

»Frederic!«

Der Junge sah nun doch hoch. Er war blass und sein Mund war zu einem trotzigen, schmalen Strich zusammengepresst.

»Lass mich raten«, sagte Andrej. »Er hat dir angeboten, mich ungeschoren davonkommen zu lassen, wenn du dafür bei ihm bleibst, habe ich Recht?«

»Dich und Maria«, sagte Frederic. »Ja.«

»Und du glaubst ihm?«

»Du kannst gehen, oder?«, fragte Frederic patzig.

»Das ist keine Antwort auf meine Frage«, sagte Andrej. »Glaubst du ihm?«

»Wo ist der Unterschied zu dem, was du getan hast?«, fragte Frederic. »Du warst bereit, dich an Abu Dun zu verkaufen, um mein Leben zu retten. Jetzt tue ich dasselbe für dich.«

»Das *ist* ein Unterschied«, sagte Andrej betont. »Abu Dun war ein Pirat. Ein Mörder und Dieb. Aber Dracul ist ... *böse*. Er ist kein Mensch, Frederic.«

»Du meinst, so wie wir?«, fragte Frederic.

»Du glaubst, du wärst ihm gewachsen«, fuhr Andrej fort. Tief in sich spürte er, wie sinnlos es war. Frederic verstand ihn nicht, weil er ihn nicht verstehen *wollte*. Trotzdem fuhr er fort: »Du bist es nicht. Auch ich wäre es nicht, Frederic. Wenn du bei ihm bleibst, dann wird er dich verderben. Es wird nicht lange dauern, und dann wirst du sein wie er.«

Und wenn er es schon war? Andrej versuchte mit aller Kraft, sich dagegen zu wehren, aber plötzlich glaubte er Abu DunsStimme zu hören, so deutlich, dass er sich um ein Haar herumgedreht hätte, um nachzusehen, ob der Pirat nicht wirklich hinter ihm stand: *Hast du schon einmal daran gedacht, dass es vielleicht Menschen gibt, die schon böse geboren werden?*

»Das werde ich nicht«, widersprach Frederic. »Ich habe keine Angst vor diesem ... *alten Mann*. Wenn er mir lästig wird, dann töte ich ihn.« In seinen Augen erschien ein verschlagener Ausdruck. »Wir könnten es gemeinsam tun. Versteck dich ein paar Tage. Sobald ich Tepeschs Vertrauen errungen habe, lasse ich dir ein

Zeichen zukommen. Ich lasse dich bei Dunkelheit in die Burg. Wir töten Tepesch und befreien alle Gefangenen.«

Andrej sah ihn lange und voller Trauer an. Dann drehte er sich wortlos um, stieg auf das erstbeste Pferd, das er erreichen konnte, und ritt davon.

16

Er ritt direkt nach Osten. Auf dem ersten Stück bewegte er sich sehr rasch, denn er zweifelte nicht daran, dass Tepesch nicht sonderlich viel Zeit verstreichen lassen würde, bevor er zur Jagd auf ihn blies. Das war auch der Grund, aus dem er sich in östliche Richtung wandte. Hier war das Gelände offen und es gab kaum Möglichkeiten für einen Hinterhalt oder eine Falle. Allerdings näherte er sich auf diese Weise in direkter Linie dem Schlachtfeld. Obwohl seit dem Kampf Zeit verstrichen war, bestand durchaus noch die Gefahr, auf Männer des Drachenritters zu stoßen.

Erst, als er sich dem Schlachtfeld weit genug genähert hatte und der Wind den ersten Hauch von süßlichem Leichengestank zu ihm tragen konnte, wurde ihm klar, dass er diese Richtung keineswegs zufällig eingeschlagen hatte. Sein Tempo war gesunken. Andrej war nicht gut beraten gewesen, seinem Zorn nachzugeben und sich auf das erstbeste Pferd zu schwingen, das sich ihm dargeboten hatte. Das Tier war in keinem guten Zustand. Seine Kräfte erlahmten rasch.

Einen langen Ritt oder gar eine Verfolgungsjagd würde es niemals aushalten. Er würde kämpfen müssen, wahrscheinlich früher, als er erwartete, und so hart wie noch niemals zuvor in seinem Leben. Biehlers Schicksal hatte ihm deutlich vor Augen geführt, dass Tepesch nicht den Fehler beging, seine Art zu unterschätzen. Die Männer, die er hinter ihm herschicken würde, würden wissen, wie gefährlich er war. Und wie sie ihn töten konnten.

Andrej hatte keine Angst. Er hatte in seinem Leben schon so viele Kämpfe ausgefochten, dass er längst aufgehört hatte, sie zu zählen. So mancher davon war scheinbar aussichtslos gewesen. Und seit gestern Nacht war etwas ... mit ihm geschehen. Andrej konnte selbst nicht sagen, was es war, aber es war eine sehr große, tief greifende Veränderung, und sie schien noch lange nicht abgeschlossen zu sein. Als er Körbers Blut getrunken hatte, da war noch etwas in ihn eingedrungen; ein Teil der unmenschlichen Kraft und Schnelligkeit des Vampyrs, und vielleicht etwas von seiner Erfahrung. Körber war tot, unwiderruflich, aber etwas von ihm lebte in Andrej weiter. Er hatte einen weiteren Teil des Geheimnisses gelüftet, das seine Existenz umgab.

Als er Malthus getötet hatte, seinen ersten Unsterblichen, war es nicht so gewesen. Aber Malthus, das hatte er längst begriffen, war noch sehr jung gewesen, alt für menschliche Begriffe, aber jung und möglicherweise unerfahren für einen Vampyr. Andrej erinnerte sich gut an das Gefühl flüchtiger Überraschung, kurz bevor sich sein Geist endgültig aufgelöst hatte – aber da war nichts von der abgrundtiefen Bosheit und Stärke Körbers gewesen. Der zweite Vampyr hätte ihn überwältigt, nicht nur körperlich, sondern auch und vor allem und mit noch viel größerer Leichtigkeit geistig, hätte Tepesch nicht im letzten Moment eingegriffen. Nun aber hatte sich Körbers Kraft zu seiner eigenen gesellt. Die Krieger, die Tepesch hinter ihm hergeschickt hatte, würden möglicherweise eine tödliche Überraschung erleben.

Aber zuerst brauchte er eine Waffe.

Sein Pferd trabte über einen letzten, flachen Hügel, dann lag das Schlachtfeld unter ihm. Der Gestank war grässlich, aber der Anblick war nicht einmal so schlimm, wie er erwartet hatte. Überall lagen Leichen, Menschen und Pferde, in einem wirren Durcheinander, Tausende, wie es schien. Doch nirgends bemerkte er eine Bewegung, abgesehen von einigen Krähen, die sich an dem Fleisch gütlich taten. Es gab keine Soldaten, die auf ihn warteten, und auch keine Plünderer.

Er ritt noch ein kurzes Stück weiter, dann stieg er ab und begann die Toten zu durchsuchen. Während er es tat, kam ihm zu Bewusstsein, dass er sich nicht anders benahm als die Plünderer, für die er nur Verachtung übrig hatte. Aber er hatte keine andere Wahl.

Obwohl Tepeschs Soldaten reichlich Zeit gehabt hatten, alles Brauchbare an sich zu nehmen, fand er eine reiche Auswahl an Waffen. Er wählte ein Schwert, das perfekt in der Hand lag und sich fast wie eine natürliche Verlängerung seines Armes anfühlte, dazu einen runden, sehr leichten Schild und, nach kurzem Zögern, auch Helm und Harnisch eines Toten, der ungefähr seine Größe gehabt hatte. Normalerweise bevorzugte es Andrej, ohne Rüstung zu kämpfen. Durch ihr Gewicht behinderte sie mehr, als sie schützte, und nahm ihm viel von seiner Schnelligkeit, die vielleicht seine größte Waffe war. Aber dieser Kampf würde nicht nur mit Schwert und Schild ausgefochten werden. Zuvor bedeutete selbst ein Pfeil oder ein Armbrustbolzen für ihn keine ernsthafte Gefahr, aber Körbers Schicksal hatte auf dramatische Weise bewiesen, dass selbst für ihn Angriffe tödlich sein konnten.

Nachdem Andrej seine Ausrüstung noch mit zwei Dolchen vervollständigt hatte, von denen er einen in seinen Gürtel und den anderen in den rechten Stiefel schob, wandte er sich der Mitte des Heerlagers zu. Bisher hatte er es vermieden, in diese Richtung zu sehen, aber nun musste er es.

Obwohl er gewusst hatte, was ihn erwartete, war er vor Grauen wie gelähmt. Wo Selics Zelt gestanden hatte, erhob sich nun ein wahrer Wald von Pfählen. Dreißig, fünfzig, vielleicht hundert oder mehr. Tepesch hatte den Schmerz bis in nie gekannte Tiefen erforscht, nachdem die Schlacht vorüber gewesen war.

Es kostete Andrej unendliche Überwindung, weiterzugehen. Aber er musste es. Es gab noch etwas, was getan werden musste.

Andrej schritt methodisch Pfahl für Pfahl ab. Die meisten Opfer waren längst tot, während der grausamen Prozedur oder gleich danach gestorben, aber einige wenige Unglückliche lebten tatsächlich noch. Andrej erlöste sie mit einem raschen Stich ins Herz von ihren Qualen, und bei jedem Einzelnen hasste er sich mehr dafür, Tepesch nicht getötet zu haben, als er die Gelegenheit dazu hatte, ganz gleich, was danach mit ihm geschehen wäre.

Er war vollkommen erschöpft, als er seine Aufgabe beendet hatte. Er war Krieger. Sein Handwerk war der Tod und er hatte geglaubt, dass es nichts mehr geben würde, was ihn noch entsetzen konnte, aber das stimmte nicht. Es gab immer eine Steigerung.

Unweit der Stelle, an der Selics Zelt gestanden hatte, ließ er sich zu Boden sinken und lehnte Rücken und Kopf an einen der schrecklichen Pfähle. Er schloss die Augen. Das Schwert in seiner Hand schien von unglaublichem Gewicht zu sein. Wären seine Verfolger in diesem Moment aufgetaucht, er hätte sich wahrscheinlich nicht einmal gewehrt.

Stattdessen hörte er Schritte, und noch bevor er die Stimme hörte, wusste er, dass es Abu Dun war, der auf leisen Sohlen hinter ihm erschien.

»Ich wusste, dass du hierher kommen würdest, Hexenmeister.«

Ohne die Augen zu öffnen, antwortete Andrej: »Nenn mich nicht so, Pirat.«

Abu Dun lachte leise, kam näher und ließ sich mit untergeschlagenen Beinen neben ihn sinken. Erst dann öffnete Andrej die Augen und drehte den Kopf, um den Sklavenhändler anzusehen. Abu Dun wirkte erschöpft, aber er sah überraschend sauber aus, bedachte man, was er hinter sich hatte. Erst danach fiel Andrej auf, dass er auch andere Kleider trug: Einen schwarzen Kaftan unter einem gleichfarbenen Mantel und einem ebensolchen Turban. Das Einzige, was nicht schwarz an ihm war, waren seine Zähne und das Weiß seiner Augen.

Andrej drehte den Kopf ein kleines Stück weiter und sah, dass Abu Dun nicht allein gekommen war. In vielleicht zwanzig Schritten Entfernung war eine Anzahl Krieger erschienen. Männer mit dunklen Gesichtern und schmalen Bärten, die fremdländische Kleidung, Krummsäbel und schimmernde runde Schilde trugen. Er war offenbar nicht der Einzige gewesen, der das Schlachtfeld genutzt hatte, um sich neue Waffen zu besorgen.

»Was tust du noch hier, Pirat?«, fragte er müde. »Du hattest wirklich Zeit genug. Du könntest bereits eine Tagesreise weit weg sein.«

»Das war ich, Hexenmeister«, antwortete Abu Dun. »Ich bin zurückgekommen.«

»Dann bist du dumm.«

»Deinetwegen.«

»Dann bist du doppelt dumm«, sagte Andrej. »Verschwinde, solange du es noch kannst. Es wird nicht mehr lange dauern, bis Tepeschs Häscher hier sind.«

»Das waren sie bereits«, antwortete Abu Dun. »Acht Mann, mit Büchsen und Armbrüsten bewaffnet. Sie haben auf dich gewartet.« Er fuhr sich mit der flachen Hand über die Kehle. »Sie sind tot.«

»Anscheinend habe ich ihn schon wieder unterschätzt«, sagte Andrej. »Aber bevor du mich für einen kompletten Narren hältst – ich habe keinen Moment lang geglaubt, dass er mich wirklich gehen lässt.«

»Was mich zu einer Frage bringt, die nicht nur ich mir stelle.«

»Warum ich noch lebe und hier bin, statt auf Tepeschs Folterbank?«

Abu Dun nickte und Andrej erzählte ihm, was geschehen war. Abu Dun hörte schweigend zu, aber sein Gesicht verdüsterte sich mit jedem Wort, das er hörte.

»Dieses dumme Kind«, sagte er schließlich. »Dracul wird ihn umbringen, sobald er hat, was er von ihm will.«

»Oder begreift, dass er es nicht bekommen kann«, bestätigte Andrej. »Ich muss zurück, Abu Dun. Ich muss Frederic retten.«

»Das wäre nicht besonders klug«, sagte Abu Dun. Er machte eine Kopfbewegung zu den Männern, die mit ihm gekommen waren. »Sultan Mehmed hat mir diese Krieger mitgegeben, damit wir die Lage erkunden. Aber sie sind nur die Vorhut. Sein gesamtes Heer ist auf dem Weg hierher. Mehr als dreitausend Mann. Petershausen wird brennen. Und danach Burg Waichs.«

»Mehmed?« Andrej dachte einen Moment nach, aber er hatte diesen Namen noch nie gehört.

»Sein Heer war auf dem Weg nach Westen, doch als er hörte, was hier geschehen ist, hat er kehrtgemacht. Diese Gräueltat wird nicht ungesühnt bleiben.«

»Die Menschen in Petershausen können nichts dafür«, sagte Andrej. »Sie hassen Tepesch genauso wie du. Oder ich.«

»Ich weiß«, antwortete Abu Dun. »Aber der Angriffsbefehl ist bereits gegeben. Jeder einzelne Mann in Mehmeds Heer hat Vlad Dracul den Tod geschworen. Und wer es noch nicht getan hat, der wird es tun, wenn er das hier sieht.«

Andrej ahnte, wie sinnlos jedes weitere Wort war. Aber er musste es wenigstens versuchen. »Noch mehr Tote«, murmelte er. »Es werden wieder Menschen sterben. Hunderte auf beiden Seiten.«

»So ist nun einmal der Krieg«, sagte Abu Dun.

»Das hier ist kein Krieg!«, widersprach Andrej. »Es geht nur um einen einzelnen Mann!«

»Und um ein Mädchen und einen Knaben?«, fragte Abu Dun.

»Wie meinst du das?«

Abu Dun schwieg einen kurzen Moment. »Wenn Mehmeds Krieger Waichs stürmen, dann werden auch sie sterben«, sagte er. »Du weißt, wie es in solchen Momenten ist. Niemand wird überleben. Ich kann nichts tun, um Mehmed davon abzubringen. Er hat einen heiligen Eid geschworen, nicht eher zu ruhen, bis Tepeschs Kopf auf einem Speer vor seinem Zelt steckt.«

»Du kennst diesen Mehmed?«

»Ich habe mit ihm gesprochen«, bestätigte Abu Dun. »Mehr nicht. Er ist ein aufrechter Mann, aber auch sehr hart. Tepesch wird sterben. Sein Heer wird noch heute hier eintreffen.«

Andrej überlegte. Es gab keine andere Möglichkeit.

»Und wenn Tepesch bis dahin tot wäre?«

»Ich habe befürchtet, dass du das fragst«, seufzte Abu Dun. Aber Andrej wusste, dass das nicht ganz die Wahrheit war. Er hatte es nicht befürchtet. Er hatte es gehofft.

»Das ist keine Antwort.«

»Ich kann sie dir auch nicht geben«, sagte Abu Dun.

»Ich kann nicht für Mehmed sprechen. Ich lebe nur noch, weil er mich braucht.«

»Du?«

Abu Dun lachte auf. »Meinst du, wir wären ganz selbstverständlich Brüder, nur weil mein Gesicht schwarz ist und ich einen Turban trage? Bist du hier willkommen, weil dein Gesicht weiß ist?«

»Nein, aber ...«

»Mehmed ist Soldat«, fuhr Abu Dun fort. »Er ist hierher gekommen, um dieses Land zu erobern. Aber ich glaube nicht, dass er Krieg gegen Frauen und Kinder führt.« Er bewegte nachdenklich den Kopf. »Weißt du, warum du noch lebst?«

»Weil nicht einmal der Teufel meine Seele will?«, vermutete Andrej.

»Die Männer wollten dich töten«, sagte Abu Dun ernst. »Sie haben dich am Leben gelassen, als sie sahen, was du getan hast.« Er blickte auf das blutige Schwert hinab, das Andrej noch immer in der Hand hielt und lachte erneut auf diese fast Angst machende Art. »Es ist schon erstaunlich, dass ein Mann, den alle für einen Abgesandten des Teufels halten, barmherziger ist als einer, der von sich behauptet, in Gottes Auftrag zu handeln.« Er seufzte tief. »Hast du den Mut, in Mehmeds Lager zu reiten und ihm gegenüberzutreten? Überlege dir deine Antwort gut. Es könnte dich das Leben kosten.«

Andrej lachte. »Das ist etwas, woran ich mich allmählich schon fast gewöhnt habe«, sagte er. Er stand auf. »Habt ihr ein überzähliges Pferd für mich? Als Dieb bin ich anscheinend nicht sehr talentiert. Ich habe das schlechteste Tier erwischt, das es auf Tepeschs Burg gab.«

Mehmed war ein sehr großer, schlanker Mann mit heller Haut und beinah abendländischen Gesichtszügen. Seine Augen waren schwärzer als eine mondlose Nacht. Er sprach nicht viel, aber wenn, dann tat er es in knappen Sätzen und fast ohne Akzent.

Sie hatten fast den halben Tag gebraucht, um sein Heer zu erreichen, das aus einer gewaltigen Anzahl ausnahmslos berittener Krieger und einer beinahe noch größeren Zahl von Packpferden und Wagen bestand. Wie sich zeigte, war Abu Duns Warnung nicht übertrieben gewesen. Andrej wurde zwar nicht angegriffen, aber die Blicke, die die Männer ihm zuwarfen, waren nicht freundlich. Es war blanker Hass, der ihm entgegenschlug. Tepeschs Gräueltat hatte sich offenbar in Windeseile unter den Kriegern herumgesprochen, und Andrej fragte sich, was geschehen würde, wenn sich die aufgestaute Wut dieser Männer entlud. Es würde ein zweites, noch viel schrecklicheres Gemetzel geben, und diesmal würde es deutlich mehr abendländisches Blut sein, das floss, als muslimisches. Er hatte sowohl die Verteidigungsanlagen Petershausens als auch die von Burg Waichs gesehen. Beide würden dem Ansturm dieses Heeres nicht standhalten.

Durch Abu Duns Vermittlung wurde er zwar zu Mehmed vorgelassen, musste jedoch seine gerade erst gewonnenen Waffen und Rüstungsteile abgeben. Inmitten Tausender von Kriegern brauchte der Sultan ihn nicht zu fürchten. Was er wirklich war, wusste Mehmed nicht.

Mehmed ritt auf einem gewaltigen weißen Araberhengst im vorderen Drittel seines Heeres, umgeben von einem halben Dutzend schwer bewaffneter Krieger, die offensichtlich seine Leibwache darstellten. Die Männer waren deutlich prachtvoller und auch Ehrfurcht gebietender gekleidet als er. Mehmed selbst trug nur ein einfaches weißes Gewand und einen schlichten Turban. Er war nicht einmal bewaffnet.

Sie hielten nicht an. Andrej lenkte sein Pferd neben das des Sultans, nachdem er seine Waffen abgegeben hatte. Abu Dun und Mehmed führten den ersten Teil des Gespräches auf Arabisch und obwohl Andrej kein Wort verstand, entging ihm doch nicht, dass in zum Teil sehr heftigem Tonfall gesprochen wurde. Mindestens einmal deutete Mehmed mit zornigen Gesten auf ihn, und schließlich brachte er Abu Dun mit einer herrischen Handbewegung zum Schweigen und wandte sich direkt an Andrej.

»Du willst also, dass ich den Angriff abbreche«, sagte er. »Warum?«

Andrej überlegte sich seine Antwort sehr genau. »Weil es ein unnötiges Blutvergießen wäre«, sagte er. »Viele Menschen würden sterben. Nicht nur meine Leute. Auch deine.«

»So ist nun einmal der Krieg.«

»Das hier hat nichts mit dem Krieg zu tun«, antwortete Andrej. »Es geht nur um einen einzelnen Mann.«

»Den Drachenritter.« Mehmed nickte. »Was bedeutet er dir?«

»Tepesch? Er ist ein Teufel. Ich habe ihm den Tod geschworen.«

»Und trotzdem willst du, dass ich seine Burg nicht angreife? Warum?«

Andrej entschied, Mehmed die Wahrheit zu sagen. Der Araber war ein Mann, den man besser nicht belog.

»Es gibt jemanden in der Burg, der mir sehr viel bedeutet«, sagte er ehrlich. »Meinen Sohn ... und eine Frau. Wenn du Waichs angreifst, werden sie wahrscheinlich getötet.«

»Wahrscheinlich«, bestätigte Mehmed. »So wie Vlad Tepesch und alle seine Krieger. Und die beiden Teufel, die an seiner Seite reiten.«

»Und wie viele von deinen Männern?«

»Was kümmert es dich?«, fragte Mehmed. »Jeder Krieger, der heute fällt, wird in den nächsten Schlachten gegen euch verdammte Christenbrut fehlen. Du solltest dich freuen.«

»Der Tod von Menschen freut mich nie«, antwortete Andrej. Er sah in Mehmeds Gesicht, dass das nicht die Antwort war, die er hatte hören wollen. Nach kurzem Schweigen fuhr er fort: »Es ist nicht mein Krieg. Und es ist auch nicht mein Land. Dieses Land hat meine ganze Familie ausgelöscht. Brenne es nieder, wenn du willst. Mich interessieren nur der Junge und die Frau.«

Mehmed dachte eine ganze Weile über diese Antwort nach. »Und die beiden Teufel?«, fragte er schließlich.

»Sie sind bereits tot«, antwortete Andrej. »Einen habe ich getötet. Den anderen hat Tepesch selbst hinrichten lassen.« Abu Dun warf ihm einen überraschten Blick zu und Andrej fügte hinzu: »Er hat sie selbst gefürchtet. Wer einen Pakt mit dem Teufel eingeht, der muss damit rechnen, das schlechtere Geschäft zu machen.«

»Und womit muss ich rechnen?«, fragte Mehmed.

»Sag den Angriff auf Waichs ab und du bekommst Tepesch«, antwortete Andrej.

Mehmed verzog die Lippen zu einem dünnen Lächeln. »Das ist ein schlechtes Angebot«, sagte er. »Ich müsste dir trauen, und warum sollte ich das? Nur weil du es sagst? Oder auf das Wort eines Piraten hin, der selbst in seiner Heimat mehr Feinde als Freunde hat?«

»Was hast du zu verlieren?«, fragte Andrej. »Gib mir einen Tag. Wenn ich bis dahin nicht zurück bin und dir Tepeschs Kopf liefere, kannst du Waichs meinetwegen bis auf die Grundmauern niederbrennen.«

»Was für ein großzügiges Angebot«, sagte Mehmed spöttisch. Er schüttelte den Kopf. »Nein. Meine Männer würden mir den Gehorsam verweigern. Sie schreien nach Rache. Diese Bluttat muss gerächt werden.«

»Aber ...«

»Ich gebe dir zwanzig von meinen Männern mit«, fuhr Mehmed fort. »Das Heer wird weiter ziehen. Wir werden unseren Vormarsch nicht verlangsamen, aber auch nicht beschleunigen. Ihr allein seid schneller als wir. Du hast einen guten Vorsprung. Übergibst du mir Tepesch, lasse ich Petershausen ungeschoren und auch

Burg Waichs – vorausgesetzt, seine Bewohner liefern alle ihre Waffen ab. Wenn nicht, brenne ich beides nieder.«

»Ich reite allein«, sagte Andrej. »Deine Männer würden mich nur behindern.«

»*Wir* reiten allein«, verbesserte ihn Abu Dun.

Mehmed schüttelte den Kopf. »Stell meine Geduld nicht auf die Probe, Ungläubiger«, sagte er. »Ich könnte auf den Gedanken kommen, dass der Drachenritter dich geschickt hat, um meine Truppen abzulenken oder gleich in eine Falle zu locken.«

»Ich kann nur allein in die Burg kommen«, gab Andrej zu bedenken.

»Meine Männer werden euch begleiten«, sagte Mehmed bestimmt. »Bringst du Tepesch heraus, lasse ich Stadt und Burg unversehrt. Kommst du ohne ihn, stirbst du.« Er sah erst Abu Dun, dann Andrej ernst und durchdringend an. »Morgen bei Sonnenaufgang wird ein abgeschlagener Kopf meine Zeltstange zieren. Es liegt bei dir, ob es der des Drachenritters oder dein eigener ist.«

Er wartete auf eine Antwort, dann wandte er sich, ohne Andrejs Blick loszulassen, an einen der Männer in seiner Begleitung. »Gebt diesen beiden frische Pferde. Und du, Pirat …« Er sah Abu Dun an. »Bist du sicher, dass du ihn begleiten willst? Noch bist du ein freier Mann, aber wenn du mit ihm davonreitest, dann gehst du dasselbe Risiko ein wie er. Es könnte sein, dass dein Kopf morgen früh neben seinem auf einem Speer steckt.«

»Ich habe nichts zu verlieren«, sagte Abu Dun.

»Außer deinem Kopf.« Mehmed seufzte. »Gut, es ist deine Entscheidung. Also geht. Und ... Delāny.«
»Ja?«, fragte Andrej.
»Tepesch«, sagte Mehmed. »Ich will ihn lebend.«

Obwohl der Weg zurück nach Waichs nicht lang war, kam er Andrej weit und anstrengend vor. Sie hatten die Pferde geschunden, bis sie beinahe zusammenbrachen, und drei der zwanzig Männer, die Mehmed ihnen mitgegeben hatte, fielen unterwegs zurück und verloren schließlich ganz den Anschluss. Der Rest folgte ihnen in geringem Abstand; nicht nahe genug, um ihnen das Gefühl zu geben, Gefangene zu sein, aber auch nicht weit genug, um den Gedanken an eine Flucht aufkommen zu lassen.

Andrej musste gestehen, dass er ihm mehr als einmal gekommen war. Seine Aussichten, unbemerkt in die Burg einzudringen, Frederic und Maria zu befreien und Tepesch nicht nur zu überwältigen, sondern ihn auch noch lebend aus der Burg und in Mehmeds Lager zu bringen, waren klein. Dafür war die Möglichkeit, ihrer Eskorte zu entkommen, nicht einmal *so* schlecht; auf jeden Fall besser, als das Unmögliche zu versuchen und den Drachen in seinem eigenen Bau zu besiegen.

Aber er würde es nicht tun. Er musste zurück, selbst wenn es seinen sicheren Tod bedeutete. Wenn er es nicht tat und die einzigen Menschen verriet, die ihm noch etwas bedeuteten, dann war er nicht besser als die beiden Vampyre, die er getötet hatte.

Sie ritten bis weit in den Nachmittag hinein, ohne mehr als eine einzige, kurze Rast einzulegen, während der sie die Pferde tränkten und sich selbst von den Vorräten stärkten, die Mehmed ihnen mitgegeben hatte. Andrej hatte sich Sorgen gemacht, was geschehen würde, wenn sie auf Soldaten trafen, doch sie blieben unbehelligt. Tepeschs Heer schien sich ebenso rasch aufgelöst zu haben, wie er es zusammengepresst hatte.

Erst, als sie sich Burg Waichs schon fast bis auf Sichtweite genähert hatten, brach Abu Dun das ungute Schweigen, das im Laufe des Nachmittags zwischen ihnen geherrscht hatte. Andrej vermutete, dass er seinen Entschluss, ihn zu begleiten, schon längst bereute.

»Hast du dir schon Gedanken darüber gemacht, wie du in die Burg hineingelangen willst?«, fragte er.

»Nein«, antwortete Andrej. Er hob die Schultern. »Ich werde mir etwas ausdenken müssen.«

»Ein kluger Plan«, sagte Abu Dun spöttisch. »Sicherlich wird er Tepesch vollkommen überraschen.«

»Das will ich doch hoffen«, antwortete Andrej. »Was erwartest du? Ich habe dich nicht aufgefordert, mich zu begleiten.«

»Eigentlich schon«, behauptete Abu Dun. »Mir ist selten ein solcher Narr wie du untergekommen. Ich möchte zu gerne sehen, wie die Geschichte ausgeht.«

»Das wirst du«, sagte Andrej. »Aber wenn du Pech hast, von der Höhe einer Zeltstange aus.«

Abu Dun zog eine Grimasse. »Um das zu verhindern, frage ich, was du vorhast«, sagte er. »Du musst doch einen Plan haben.«

»Nein«, antwortete Andrej – in einem Ton, von dem er hoffte, dass er ihm diesmal glaubte. »Ich muss in die Burg kommen, das ist alles, was ich weiß.«

»Du könntest ans Tor klopfen«, schlug Abu Dun vor. Andrej schenkte ihm einen erzürnten Blick, aber Abu Dun hob rasch die Hand und fuhr fort: »Das ist vielleicht kein so schlechter Plan. Wir könnten uns für Männer des Fürsten ausgeben und dich als Gefangenen in die Burg zurückbringen.«

Andrej dachte einen Moment ernsthaft über diesen Vorschlag nach, schüttelte aber dann den Kopf. »Das würde nicht funktionieren«, sagte er.

»Du könntest dir Flügel wachsen lassen«, sagte Abu Dun düster, »und über die Mauer fliegen. Was ist mit dem Geheimgang?«

»Nachdem Tepesch ihn uns selbst gezeigt hat und du ihn mit zwanzig Gefangenen als Fluchtweg benutzt hast?« Andrej schüttelte heftig den Kopf. »Ich werde über die Idee mit dem Fliegen nachdenken.«

Abu Dun schwieg, und auch Andrej zog es vor, das Gespräch nicht fortzusetzen. Mit jeder Idee, die sie erwogen und wieder verwarfen, wurde ihm die Ausweglosigkeit ihrer Situation klarer.

Sie ritten weiter, bis sie der Burg sehr nahe waren, dann wurde Andrej langsamer und hielt schließlich an. Die bewaldete Ebene, auf der Waichs lag, schien menschenleer, aber zwischen den Bäumen konnte sich eine ganze Armee verbergen. Und selbst wenn dem nicht so war, würden die Wachen auf den Burgmauern sie sehen, sobald sie auch nur einen Fuß über die letzte Hügelkette gesetzt hatten.

»Wir rasten hier«, bestimmte Andrej, »und warten.«

Abu Dun hatte Mühe, sein Pferd ruhig zu halten. Das Tier tänzelte vor Erschöpfung. Flockiger weißer Schaum troff von seinen Nüstern. »Warten? Worauf?«

»Dass es dunkel wird«, antwortete Andrej. »Wusstest du nicht, dass wir uns nur bei Dunkelheit in Fledermäuse verwandeln können?«

Abu Duns Pferd tänzelte unruhiger. Er hatte große Mühe, es auf der Stelle zu halten, machte aber trotzdem keine Anstalten abzusteigen.

»Ihr bleibt hier«, bestimmte Andrej.

»Ihr? Und du?«

»Ich warte, bis die Dämmerung hereinbricht«, antwortete Andrej. »Sobald es dunkel ist, steige ich über die Mauer und versuche, Frederic und Maria zu finden. Ihr wartet auf mich.«

»Das werden unsere Freunde nicht gerne hören.« Abu Dun deutete auf die türkischen Krieger. Auch sie hatten angehalten, hielten aber noch immer einen gewissen Abstand ein. »Und ich auch nicht. In der Burg sind zu viele Soldaten.«

»Ich habe nicht vor, mein Schwert zu ziehen und Waichs zu stürmen«, antwortet Andrej. Er hob die Stimme und drehte sich zu den Türken herum. »Versteht einer von euch unsere Sprache?«

Einer der Männer stieg aus dem Sattel und kam steifbeinig näher. Der Gewaltritt war auch an diesem Krieger nicht spurlos vorübergegangen. Er sah Andrej aufmerksam in die Augen und nickte.

»Von hier aus gehe ich allein weiter«, sagte er. »Ihr

wartet, bis die Sonne untergegangen ist, dann folgt ihr mir. Aber seid vorsichtig. Tepesch hat mit Sicherheit Wachen aufgestellt.«

Der Mann schwieg eine geraume Weile und als Andrej kaum noch damit rechnete, antwortete er schleppend und mit einem Dialekt, der seine Worte bis zu den Grenzen der Unverständlichkeit verzerrte: »Wir kommen mit. Der Sultan hat es befohlen.«

»Das weiß ich«, antwortete Andrej. »Aber ich brauche euch hier draußen. Nur ein Mann allein hat eine Chance, unbemerkt in die Burg zu kommen. Aber ich brauche möglicherweise jemanden, der meinen Rücken deckt.«

Er war nicht ganz sicher, ob der Mann verstand, was er sagte, aber er widersprach nicht sofort, sodass er mit einer deutenden Geste fortfuhr: »Es gibt einen geheimen Weg in die Burg hinein. Abu Dun kennt ihn. Er wird euch dorthin bringen.«

»Hast du nicht gerade selbst gesagt, dass wir diesen Weg nicht mehr nehmen können?«, fragte Abu Dun.

»Nicht hinein«, antwortete Andrej. »Aber vielleicht hinaus.« Er zuckte mit den Schultern. »Irgendeinen Treffpunkt brauchen wir schließlich, oder? Du erinnerst dich an den Platz, den Tepesch uns gezeigt hat?« Abu Dun nickte. »Dann treffen wir uns dort, nach Sonnenuntergang. Wenn ich bis Mitternacht nicht zurück bin, dann braucht ihr nicht mehr auf mich zu warten.«

17

Es dämmerte, als er sich der Rückseite der Burg näherte. Waichs sah mehr denn je aus wie ein Schatten, dem es gelungen war, Substanz zu gewinnen. Obwohl aus der Burg mannigfaltige Geräusche herüberwehten, hatte Andrej das Gefühl, von einer unheimlichen, lastenden Stille umgeben zu sein, die alles, was er hörte, auf sonderbare Weise unwirklich werden ließ, so dünn und zerbrechlich, als hätte es plötzlich einen Teil seiner Bedeutung verloren. Gleichzeitig schienen sich seine Sinne jedoch deutlich geschärft zu haben: Er hörte Stimmfetzen und raues Gelächter aus der Burg, das Prasseln von Feuer und etwas wie eine Melodie, die jemand ziemlich schlecht auf einer Laute spielte, die noch dazu verstimmt war. Aber er hörte auch die vielfältigen Geräusche des Waldes: das Flüstern des Windes in den Baumwipfeln, das Knacken der Zweige, das Rascheln der Tiere, die sich im Laub bewegten, irgendwo das Rufen eines Nachtvogels … Er war sicher, dass er selbst das Rascheln der Ameisen und die leisen Grabgeräusche der Würmer unter der Erde gehört hätte, hätte er sich nur ausreichend darauf konzentriert.

Es war unheimlich. Mehr noch: Es machte ihm Angst. Diese unheimliche Sinnesschärfe hatte begonnen, als die Sonne untergegangen war, und sie nahm weiter zu, je dunkler es wurde. Etwas von dieser Dunkelheit schien nun auch in ihm zu sein. Er war zu einem Geschöpf der Nacht geworden.

Andrej schüttelte den Gedanken mit einiger Mühe ab und sah wieder zur Burg. Er hatte sich Waichs von der Rückseite her genähert und befand sich nun unweit der Stelle, zu der Tepesch sie vor zwei Tagen geführt hatte. Ganz kurz hatte er sogar daran gedacht, den verborgenen Einstieg zu suchen und Waichs auch diesmal durch den unterirdischen Gang zu betreten, sich dann aber dagegen entschieden. Er glaubte nicht daran, dass Tepesch den Gang in eine Todesfalle verwandelt hatte, wie Abu Dun es anzunehmen schien. Für einen Mann wie Vlad Dracul war dieser Fluchttunnel viel zu wertvoll. Tepesch musste nur die einfache Bewegung ausführen, die notwendig war, um einen Riegel vorzulegen. Die Tür war massiv genug, um den Raum am Ende des Geheimganges in eine unentrinnbare Falle zu verwandeln.

Es gab nur zwei Wege in die Burg hinein: Durch das Tor oder über die Mauer. Andrej hatte sich für den Weg über die Mauer entschieden; schon, weil es der eindeutig *schwerere* Weg war und niemand erwartete, dass jemand auf diese Weise in die Festung eindrang. Die Mauern waren annähernd acht Meter hoch und vollkommen senkrecht. Früher einmal waren sie glatt verputzt gewesen, aber Waichs war alt; mehrere Generationen lang hatten der Wechsel der Jahreszeiten und das räuberische Wetter Zeit gehabt, an ihren Mauern zu nagen. Andrej war ein guter Kletterer. Er war sicher, dass es ihm gelingen würde, die Mauer unbemerkt zu ersteigen. Hinter den zerfallenen Zinnen patrouillierten Wachen, die ihn nicht schrecken konnten. Andrej wusste, wie Männer auf einer Nachtwache dachten und handelten. Solange er kein verräterisches Geräusch machte, würde niemand stehen bleiben und sich über eine mehr als anderthalb Meter dicke Mauer beugen, um senkrecht in die Tiefe zu sehen. Es war zu unbequem. Der einzig wirklich gefährliche Moment war der, in dem er den Streifen deckungsloses Gelände zwischen dem Waldrand und der Burg überqueren musste.

Er wartete, bis der Posten auf der ihm zugewandten Seite am Ende seines Weges angelangt war, eine kurze Pause einlegte und kehrtmachte, dann huschte er geduckt los und rannte zur Burgmauer. Seine dunkle Kleidung schützte ihn; er bewegte sich so gut wie lautlos. Kein Alarmruf gellte durch die Nacht, es wurden keine Fackeln geschwenkt; das große Tor blieb geschlossen. Andrej presste sich mit dem Rücken gegen den rauen Stein, lauschte in sich hinein und wartete, bis sich sein hämmernder Pulsschlag beruhigt hatte. Dann drehte er sich herum, tastete mit Finger- und Zehenspitzen nach Halt und begann zu klettern.

Andrej war selbst ein wenig erstaunt, wie leicht es ihm fiel. Er war im Klettern geübt gewesen, aber nun erklomm er die Wand beinahe ohne Mühe. Seine Einschätzung war richtig gewesen: Der Mauerverputz existierte nur noch in zerbröckelnden Resten, sodass seine Finger und Zehen überall Halt fanden. So schnell, als hätte er sein Lebtag nichts anderes getan, kroch er die acht Meter hohe Wand hinauf und hielt dicht unterhalb der Zinnenkrone inne. Er konnte die Schritte des Wachtpostens über sich deutlich hören, ja, er konnte fast genau sagen, wo er sich befand und in welchem Tempo er sich näherte. Sogar den Atem des Mannes hörte er. Diese neu gewonnenen Fähigkeiten erstaunten ihn. Es war mehr von dem Vampyr in ihm, als er bisher gewusst hatte, und er fragte sich – fast ängstlich –, was geschehen mochte, wenn er diese Kräfte wirklich entfesselte.

Er würde es erleben.

Als die Schritte des Mannes sich wieder entfernten, zog er sich in die Höhe und mit einer kraftvollen Bewegung über die Mauerkrone.

So lautlos dies vonstatten gegangen war, er musste doch ein verräterisches Geräusch gemacht haben, denn die Wache hielt mitten im Schritt inne und fuhr erschrocken herum.

Andrej zögerte nicht. Mit einer blitzschnellen Bewegung war er bei ihm, presste ihm eine Hand über Mund und Nase und tastete mit der anderen nach der empfindlichen Stelle an seinem Hals. Seine Fingerspitzen fanden einen bestimmten Nervenknoten und drückten zu. Der Mann erschlaffte in seinen Armen und brach zusammen wie eine Marionette, deren Fäden man durchschnitten hatte. Andrej fing ihn instinktiv auf, ließ ihn fast sanft zu Boden sinken und tastete nach seinem Puls. Der Mann lebte, befand sich aber in tiefer Bewusstlosigkeit.

Vollkommen verblüfft starrte Andrej abwechselnd den Bewusstlosen und seine eigenen Hände an. Er hatte nicht gewusst, was er tat, er hatte es einfach *getan*, so selbstverständlich, wie er einen Fuß vor den anderen setzte oder ein- und ausatmete. Er horchte in sich hinein. Wozu war er noch fähig?

Obwohl Andrej sicher war, dass der Mann eine ganze Weile lang bewusstlos bleiben würde, fesselte er ihn sorgfältig und verpasste ihm noch einen sicheren Knebel. Erst dann huschte er geduckt zum Ende des Wehrganges und warf einen langen, prüfenden Blick in den Burghof hinab. Er erkannte jetzt Einzelheiten und Details, die ihm bei seinem letzten Aufenthalt noch nicht aufgefallen wären. Hätte ihn der Gedanke nicht zu sehr erschreckt, wäre er zu dem Schluss gekommen, dass er nachts besser sehen konnte als am Tage.

Der Burghof unter ihm war fast leer. Der Stapel mit Beutegut war noch einmal gewachsen, und neben dem Tor lehnte ein einsamer Wächter an der Wand und kämpfte darum, nicht einzuschlafen. Zwei weitere Männer patrouillierten auf den Wehrgängen, waren aber viel zu weit entfernt, um ihn bei der herrschenden Dunkelheit zu erkennen. Sicher gab es auch Posten hinter den Turmfenstern, doch auch sie stellten keine Gefahr dar. Aus dem Hauptgebäude drangen gedämpfte Stimmen, und zwei Fenster waren schwach erleuchtet, aber im Großen und Ganzen schien Waichs bereits zu schlafen. Ganz weit entfernt, selbst für seine überscharfen Sinne kaum noch wahrnehmbar, glaubte er Schreie zu hören.

Dann sah er etwas, das seine Aufmerksamkeit auf sich zog.

Der Käfig, in den sie Vater Domenicus gesteckt hatten, hing an einer Kette unweit des Tores zwei Meter über dem Boden, und er war nicht leer. Vater Domenicus lag gekrümmt auf den rostigen Gitterstäben. Andrej konnte nicht sagen, ob er noch lebte. Er empfand nicht eine Spur von Mitleid, aber sein Gesicht verdüsterte sich noch weiter. Hatte er wirklich geglaubt, dass Tepesch sein Wort hielt?

Maria.

Tepesch hatte versprochen, auch Maria kein Haar zu krümmen.

Andrej überlegte in den Hof hinunterzugehen und die Wache am Tor zu überwältigen, entschied sich aber dagegen. Mit jedem ausgeschalteten Soldaten stieg auch die Gefahr, entdeckt zu werden. Ein unaufmerksamer Posten war besser als einer, der plötzlich verschwunden war und dessen Fehlen bemerkt werden konnte.

Stattdessen wandte er sich in die entgegengesetzte Richtung und huschte zum anderen Ende des Wehrganges, wobei er geschickt jeden Schatten als Deckung ausnutzte und sich vollkommen lautlos bewegte. Die Tür, vor der der Wehrgang endete, führte in den großen Hauptturm der Festung und war von innen verschlossen, wie Andrej erwartet hatte, doch vier oder fünf Meter über ihm gab es zwei Fenster; schmal, aber nicht so schmal, dass er sich nicht hindurchzwängen konnte. Nach einem letzten sichernden Blick in den Burghof kletterte er hinauf, zwängte sich mit einiger Mühe durch die schmale Öffnung und fand sich in einer kleinen, unbeleuchteten Kammer wieder.

Er hatte abermals Glück. Die Tür war nicht verschlossen, und auch der schmale Gang dahinter war leer. Der Position des Fensters nach zu schließen, durch das er eingestiegen war, mussten sich Tepeschs Privatgemächer direkt über ihm befinden. Er konnte nur hoffen, dass sich Maria und Frederic noch dort oben aufhielten. Die Zeit, die gesamte Burg zu durchsuchen, hatte er nicht.

Andrej schlich bis zum Ende des Ganges, blieb einen Moment stehen und lauschte. Vor ihm lag eine Treppe. Alles schien vollkommen still zu sein. Dann hörte er die regelmäßigen Atemzüge eines Mannes, der offensichtlich dort oben Wache hielt; nicht allzu weit entfernt, aber eindeutig zu weit, um ihn überraschen zu können, ohne dass er Gelegenheit fand, einen Schrei auszustoßen. Andrej sammelte sich kurz, dann betrat er mit einer gelassen wirkenden Bewegung, aber leicht gesenktem Blick, damit man sein Gesicht nicht sah, die Treppe.

Er hatte sich getäuscht. Diesmal hatten ihn seine neu erworbenen Sinne im Stich gelassen. Die Treppe endete nach etwa fünfzehn Stufen vor einer geschlossenen Tür und davor standen nicht ein, sondern zwei Männer. Er legte fast ein Drittel der Entfernung zurück, ehe einer der beiden ihn ansprach.

»Heda! Wer bist du? Was willst du hier? Der Fürst ist nicht da.«

»Ich weiß«, antwortete Andrej, ohne den Kopf zu heben. Er ging schnell, aber ohne sichtbare Hast weiter und versuchte, die Männer aus den Augenwinkeln zu begutachten, ohne sie direkt anzusehen. Er war sicher, dass jeder Mann hier auf der Burg sein Gesicht kannte. Die beiden wirkten überrascht und leicht angespannt, aber nicht beunruhigt.

»Tepesch hat mich geschickt. Ich soll das Mädchen holen.«

»Welches Mädchen? Wie ...«

Andrej war nahe genug. Mit einer vollkommen geschmeidigen Bewegung schnellte er vor und war plötzlich zwischen den Männern. Er sah, wie sich die Augen des einen vor Entsetzen weiteten, als er ihn erkannte, während der andere nach seiner Waffe griff.

Ihre Bewegungen erschienen ihm langsam.

Andrej schlug dem einen die Handkante vor den Adamsapfel. Noch während der Mann würgend und nach Luft ringend zusammenbrach, packte er das Handgelenk des zweiten und verdrehte es mit einem Ruck. Andrej tastete mit der anderen Hand nach seinem Hals ...

Und zog die Finger im letzten Moment wieder zurück.

»Das Mädchen!«, fragte er scharf. »Die Schwester des Inquisitors! Wo ist sie?«

Der Mann wimmerte vor Schmerz, antwortete aber nicht, sondern sah ihn nur aus entsetzten Augen an. Andrej verstärkte den Druck auf seine Hand noch und der Soldat ächzte.

»Sprich!«

»Das darf ich nicht«, wimmerte der Posten. »Tepesch wird mich töten!«

»Töten?« Andrej lachte. »Das ist nichts. Du weißt, wer ich bin?« Er hob die rechte Hand, krümmte die Finger zu einer Kralle und tat so, als wolle er sie dem Mann in die Augen schlagen. »Dann weißt du auch, wozu ich fähig bin!«

»Nein«, wimmerte der Soldat. »Bitte nicht! Sie ist in Tepeschs Gemach. Die Tür am Ende des Ganges.«

»Wie viele Wachen? Rede!«

»Keine«, wimmerte der Mann. »Das ist die Wahrheit! Der Fürst duldet keine Männer mit Waffen in seiner Nähe, wenn er sich zurückzieht.«

Andrej griff nun doch nach seinem Hals und drückte kurz und hart auf den Nervenknoten. Der Mann brach wie vom Blitz getroffen zusammen. Andrej verzichtete darauf, ihn zu fesseln, ging jedoch noch einmal zu dem zweiten Wachtposten zurück, um ihn auf den Rücken zu drehen.

Der Mann war tot. Es war nicht Andrejs Schlag gewesen, der ihn getötet hatte. Er war etliche Stufen weit die Treppe hinuntergestürzt und hatte sich den Schädel eingeschlagen.

Andrejs Hände begannen zu zittern. Das Gesicht des Toten war rot von Blut, das aus einer tiefen Wunde an seiner Stirn quoll. Der Anblick brachte ihn fast um den Verstand.

Die Gier war wieder da. Für einen Moment wollte er nichts mehr, als die Lippen auf diesen pulsierenden Storm zu pressen, die bittere Süße aufzusaugen und das Blut und die erlöschende Lebenskraft des Mannes aus ihm herauszureißen. Was machte es schon? Der Mann starb sowieso und es war nicht schlimm, wenn er seine Lebenskraft nahm, die ohnehin verloren war und verblassen würde.

Es gelang ihm nur mit größter Mühe, die Schultern des Toten loszulassen und sich aufzurichten. Er widerstand der brodelnden Gier, aber nur mit allerletzter Kraft.

Andrej ging wieder nach oben, öffnete die Tür und fand sich in dem schwach erhellten Gang wieder, in dem er bei seinem ersten Aufenthalt gewesen war. Es gab keine weiteren Wachen, aber er hörte ein leises Schluchzen, das durch die geschlossene Tür am anderen Ende des Ganges drang. Andrej bewegte sich im Laufschritt weiter, riss vergeblich an der Tür und stellte erst dann fest, dass der Riegel von außen vorgelegt war. Mit einer ungeduldigen Bewegung schleuderte er ihn zur Seite und stieß die Tür auf.

Diesmal entrang sich seiner Kehle tatsächlich ein Schrei.

Der große Raum wurde von mindestens fünfzig Kerzen erleuchtet, deren Licht in Andrejs empfindlich gewordenen Augen schmerzte. Im Kamin brannte ein gewaltiges Feuer, das die Luft im Raum unangenehm warm und fast schon stickig werden ließ. Zuerst glaubte er, der Posten hätte gelogen und Tepesch selbst stünde hinter der Tür und warte auf ihn. Dann erkannte er, dass es nur seine leere Rüstung auf einem aus Holz gezimmerten Ständer war. Außer ihm befand sich nur noch Maria im Zimmer.

Sie lag auf Draculs übergroßem Bett und war beinahe nackt. Als sie das Geräusch der Tür hörte, fuhr sie erschrocken hoch und raffte die Decken zusammen, um ihre Blöße zu bedecken. Sie weinte. Ihr Haar war aufgelöst. Die rechte Seite ihres Gesichts war gerötet und begann bereits anzuschwellen. Unter ihrer Nase und auf der Oberlippe klebte ein wenig getrocknetes Blut.

Andrej war mit wenigen schnellen Schritten bei ihr. Maria schien ihn jedoch gar nicht zu erkennen, denn sie prallte entsetzt vor ihm zurück, zog die Knie an den Leib und krallte beide Hände in das Bettlaken, das sie bis ans Kinn hochgezogen hatte. In ihren Augen flackerte eine Furcht, die die Grenzen zum Wahnsinn vielleicht schon überschritten hatte.

»Maria!« Andrej streckte die Hand nach ihr aus, aber sie schrak nur noch heftiger zusammen. Aus ihrem Weinen war ein krampfhaftes, gequältes Schluchzen geworden.

»Maria, bitte! Andrej ließ sich behutsam auf die Bettkante sinken und zog den Arm weiter zurück. Er ließ die Hand halb ausgestreckt, in einer helfenden Geste, die es ihr überließ, danach zu greifen.

Maria hörte auf zu schluchzen, aber sie zitterte so heftig, dass das gesamte Bettgestell zu beben begann. Ihr Blick flackerte. Für die Dauer eines Atemzuges *wusste* Andrej, dass sie ihn nicht erkannte. Dann schrie sie plötzlich auf und warf sich mit solcher Wucht gegen ihn, dass er um ein Haar von seinem Platz auf der Bettkante gestürzt wäre. Sie begann wieder zu weinen, lauter und heftiger als zuvor, aber nun war es nicht mehr dieses krampfhafte, schmerzerfüllte Schluchzen, das sie schüttelte. Es waren andere Tränen; Tränen der Erleichterung, die den Schmerz nicht wegspülten, es aber ein wenig leichter machten, ihn zu ertragen.

Andrej hielt sie fest, bis sie ganz allmählich aufhörte zu zittern und ihre Tränen versiegten. Es dauerte lang. Andrej wusste nicht, wie lange, aber es verging viel Zeit. Endlich, nach einer Ewigkeit, löste sich Maria wieder aus seiner Umarmung und rutschte ein Stück von ihm weg.

»Tepesch?«, fragte er leise. Natürlich Tepesch. Wer sonst?

»Ich habe versucht, mich zu wehren«, sagte Maria. »Aber er ist stark. Ich konnte nichts tun.«

»Dafür werde ich ihn töten«, sagte Andrej. Er meinte es ernst.

»Er hat mich hier raufgeschafft«, fuhr Maria fort, als hätte sie seine Worte gar nicht gehört. »Er hat gesagt, ich bräuchte keine Angst zu haben. Dann kam er zurück. Seine Hände waren voller Blut. Ich habe mich gewehrt, aber er war einfach zu stark.«

Was sollte er sagen? Ganz gleich, welche Worte er gewählt hätte, sie hätten in ihren Ohren nur wie bitterer Hohn geklungen. So sah er sie nur an und wartete darauf, dass sie von sich aus weitersprach, aber Maria erwiderte lediglich stumm seinen Blick. Schließlich erhob sie sich und ging um das Bett herum zum Fenster. Es lag eine Art stumme Resignation darin, die ihren Schmerz vielleicht deutlicher zum Ausdruck brachte, als alle Tränen und jedes Wort gekonnt hätten. Tepesch hatte ihr alles genommen. Es gab nichts mehr, was sie noch hätte verteidigen können. Noch einmal, und diesmal mit einer kalten Entschlossenheit, nahm er sich vor, Tepesch zu töten.

Maria starrte weiter aus dem Fenster auf den Hof hinab. Der Gitterkäfig mit Domenicus hing fast in gerader Linie unter dem Fenster, auf der anderen Seite des Hofes. Andrej bezweifelte, dass ihr Sehvermögen ausreiche, um jetzt mehr als Dunkelheit und Schatten dort unten zu erkennen, aber sie hatte den ganzen Tag über Zeit gehabt, aus diesem Fenster zu sehen. Aus keinem anderen Grund hatte Tepesch sie hier oben eingesperrt, statt in irgendeinem anderen Zimmer der Burg.

»Er wird dafür bezahlen«, sagte er leise. »Aber zuerst bringe ich dich hier raus. Draußen vor dem Tor wartet ein Freund, der dich wegbringt.«

Sie starrte noch eine endlose Weile aus dem Fenster, dann drehte sie sich wieder um, ging zum Bett zurück und griff nach ihren Kleidern.

»Weißt du, wo Frederic ist?«, fragte er, wieder zum Fenster gewandt.

»Nein. Er hat mich gleich hier raufgebracht, nachdem du gegangen warst. Aber kurz darauf hat er Männer losgeschickt, die dich suchen und töten sollten. Ich bin froh, dass sie dich nicht gefunden haben.«

»Weißt du, wie viele Männer in der Burg sind?«

»Er hat es mir nicht gesagt. Aber als er vorhin zu mir kam, da schäumte er vor Wut. Ich glaube, es ist ein weiteres osmanisches Heer im Anmarsch. Die meisten Soldaten sind fort, um die Verteidigung der Stadt zu organisieren oder Verstärkung zu holen. Ich glaube nicht, dass noch sehr viele hier sind.«

Das würde die geringe Anzahl der Wachen erklären, dachte Andrej. Aber es erklärte nicht die Tatsache, dass Tepesch auf Waichs geblieben war, statt selbst an der Spitze des Heeres zu reiten und sich dem neuen Gegner entgegenzuwerfen. Tepesch war vieles, aber eines gewiss nicht: Ein Feigling.

»Ich bin so weit«, sagte Maria.

»Gut.« Andrej drehte sich um und ging zur Tür, ohne auch nur in ihre Richtung zu sehen. »Bleib immer dicht hinter mir und sei leise.«

Sie verließen den Raum und auch den Flur, ohne jemanden zu treffen. Der Wächter draußen auf der Treppe war noch immer bewusstlos. Auch den Toten hatte noch niemand gefunden.

Andrej lauschte, während sie sich rasch nach unten bewegten. Es herrschte fast vollkommene Stille. Einmal glaubte er, ganz weit entfernt einen Schrei zu hören, aber er war auch diesmal nicht sicher. Dann hatten sie das Ende der Treppe und damit die Tür zum Hof erreicht, und Andrej gab Maria ein Zeichen, ein Stück zurückzubleiben und sich still zu verhalten.

Er musste länger oben im Turm gewesen sein, als es ihm vorgekommen war, denn in der Burg war es mittlerweile vollkommen still geworden. Das Lachen und die Stimmen waren verstummt. Nur hinter einem einzigen Fenster brannte noch Licht. Trotzdem gestikulierte Andrej noch einmal in Marias Richtung, um ihr zu bedeuten, sie solle stehen bleiben, dann straffte er die Schultern und ging mit selbstbewussten Schritten quer über den Hof. Der Posten bemerkte ihn, noch bevor er die halbe Strecke zurückgelegt hatte, aber wie seine beiden Kameraden vorhin im Turm schöpfte er keinen Verdacht. Warum auch?

Er sprach Andrej an, als er noch fünf oder sechs Schritte von ihm entfernt war.

»Was willst du? Schickt dich Fürst Tepesch?«

»Ja«, antwortete Andrej – nachdem er zwei weitere Schritte zurückgelegt hatte. »Ich soll nach dem Pfaffen sehen. Lebt er noch?«

»Vorhin hat er jedenfalls noch gelebt«, antwortete der Wächter. »Aber für Tepeschs Folterkammer taugt er nicht mehr. Er würde es nicht einmal ...«

Andrej hatte ihn erreicht, trat mit einer fast gelassenen Bewegung neben ihn, dann mit einem blitzartigen Schritt hinter ihn und schlang ihm den linken Arm um den Hals. Mit der anderen Hand hielt er ihm Mund und Nase zu und zerrte ihn gleichzeitig zurück in den schwarzen Schlagschatten des Tores. Der Mann ließ seinen Speer fallen, der klappernd auf das harte Kopfsteinpflaster des Hofes fiel, und begann verzweifelt in Andrejs Griff zu zappeln; aber nur für einen Moment, bis Andrej den Druck verstärkte und er nun endgültig keine Luft mehr bekam.

»Dimitri?«

Die Stimme drang von der Höhe des Wehrganges herab. »Ist alles in Ordnung?«

»Wenn du schreist, breche ich dir das Genick«, zischte Andrej. »Hast du das verstanden?«

Der Mann nickte schwach und Andrej nahm langsam die Hand von seinem Gesicht, bereit, jederzeit wieder zuzupacken und seine Drohung wahr zu machen, sollte er auch nur einen verräterischen Laut von sich geben. Er rang jedoch nur keuchend nach Luft.

»Dimitri! Antworte!«

»Tu es«, flüsterte Andrej drohend. »Beruhige ihn! Mach keinen Fehler!«

»Es ist alles in Ordnung!«, rief der Mann. Seine Stimme klang ein wenig atemlos, aber Andrej hoffte, dass es seinem Kameraden oben auf dem Wehrgang nicht auffiel. »Mir ist der Speer aus der Hand gefallen. Ich wäre fast eingeschlafen.«

Die Antwort bestand aus einem kurzen Lachen. »Lass dich nicht dabei erwischen.« Dann setzte der Wächter seinen Rundgang fort.

»Du willst also leben«, sagte Andrej. »Gut. Du scheinst ein vernünftiger Mann zu sein. Ich werde dich jetzt loslassen, aber mein Dolch ist auf dein Herz gerichtet. Wenn du um Hilfe rufst, stirbst du auf jeden Fall.«

Er zog das Messer aus dem Gürtel, nahm vorsichtig den Arm vom Hals des Mannes und trat dann hastig einen Schritt zurück. Der Soldat blieb noch einen Augenblick wie erstarrt stehen und drehte sich dann langsam um. Andrej konnte seine Angst riechen.

»Du weißt, wer ich bin?«, fragte Andrej.

Dimitri nickte. Sein Gesicht hatte alle Farbe verloren. Er war fast verrückt vor Angst.

»Dann weißt du auch, dass ich dich töten und deine Seele verdammen kann, nur mit einem einzigen Blick.«

Dimitri nickte erneut.

»Jetzt bück dich nach deinem Speer«, befahl Andrej. »Bevor deine Freunde auf der Mauer noch Verdacht schöpfen.«

Der Soldat gehorchte, wenn auch langsam und ohne Andrej aus den Augen zu lassen. Wahrscheinlich verstand er nicht, warum er überhaupt noch lebte.

»Wie viele Wächter sind noch da?«, fragte Andrej.

»Drei«, antwortete Dimitri. »Außer mir. Zwei auf den Mauern und einer oben im Turm.«

Das entsprach der Wahrheit, Andrej spürte es. Der Mann hatte viel zu viel Angst, um zu lügen. Einen der Posten oben auf der Mauer hatte er ausgeschaltet, aber gegen die Ausguckwache im Turm konnte er nichts unternehmen. Er vermutete jedoch, dass der Mann seine Aufmerksamkeit auf die weitere Umgebung der Burg konzentrieren würde. In dem fast vollkommen dunklen Hof konnte er ohnehin nichts erkennen.

»Also gut«, sagte er. »Ruf ihn herunter.«

»Wen?«

»Deinen Kameraden, oben auf der Mauer«, antwortete Andrej. »Der, mit dem du gerade gesprochen hast. Sag ihm, dass du seine Hilfe brauchst.«

Der Mann zögerte einen Moment, drehte sich dann aber hastig herum und rief gehorsam nach seinem Kameraden, als Andrej eine drohende Bewegung mit dem Messer machte.

»Savo! Komm herunter! Ich brauche deine Hilfe!«

Er bekam keine Antwort, aber schon bald hörten sie Schritte die hölzernen Stufen hinunterpoltern. Der Mann drehte sich hektisch zu Andrej um.

»Wenn ... wenn du mich tötest, wirst du meine Seele dann mit dir in die Hölle nehmen?«, fragte er stockend.

Hätten die Worte Andrej nicht bis ins Innerste erschreckt, dann hätte er darüber lachen können. So aber ließen sie ihn schaudern. Es war nicht das Messer in seiner Hand, das den Soldaten zu Tode erschreckt hatte. *Er* war es.

»Du wirst noch lange leben, wenn du vernünftig bist«, antwortete er. »Du interessierst mich nicht. Mach keinen Fehler, und du wirst leben.«

Schritte näherten sich. Eine groß gewachsene Gestalt, selbst für Andrejs scharfe Augen nur als Schatten erkennbar, kam quer über den Hof auf sie zu. Andrej zog rasch das Schwert aus Dimitris Gürtel, wich wieder in den Schatten zurück und wartete, bis der zweite Wachtposten zu ihnen gestoßen war.

Es war beinahe zu leicht. Andrej trat aus dem Schatten heraus und hob das Schwert. Der Mann erstarrte mitten in der Bewegung.

»Gut«, sagte Andrej. »Ich sehe, dass Tepesch nur vernünftige Männer in seiner Umgebung duldet. Wenn ihr vernünftig seid, geschieht euch nichts. Gibt es außer dem Hauptweg durch das Tor noch einen Weg aus der Burg?«

Dimitri schüttelte stumm den Kopf, doch Savo tat etwas ziemlich Unüberlegtes: Er stürzte sich auf Andrej. Der machte einen Schritt zur Seite, schlug ihm die flache Seite des Schwertes gegen den Schädel und Savo fiel bewusstlos zu Boden, noch bevor er sein Schwert auch nur halb aus der Scheide gezogen hatte.

»Das war nicht sehr vernünftig«, sagte Andrej, zu Dimitri gewandt.

»Ich werde alles tun, was Ihr verlangt, Herr«, sagte Dimitri hastig.

»Gut«, antwortete Andrej. »Wie viele Sdoldaten sind auf der Burg?«

»Nicht viele«, antwortete Dimitri. »Fünfundzwanzig, höchstens dreißig. Die meisten schlafen bereits«, fügte er noch ungefragt hinzu.

»Tepesch?«

»Ich weiß nicht, wo er sich aufhält«, behauptete Dimitri.

Er würde ihn schon finden. Was im Augenblick zählte, war allein, Maria hier herauszubringen. Er scheuchte Dimitri ein Stück zurück und rief dann mit gedämpfter Stimme Marias Namen. Er musste ihn drei- oder viermal wiederholen, bevor sie reagierte, dann aber kam sie mit schnellen Schritten über den Hof gelaufen. Sie beachtete weder den Bewusstlosen am Boden, noch Andrej oder seinen Gefangenen, sondern starrte den Gitterkäfig an, der in zwei Metern Höhe aufgehängt war.

»Lasst ihn herunter!«

Andrej war über diesen Wunsch nicht glücklich, aber er machte trotzdem eine Kopfbewegung in Richtung des Wachmannes. Der trat an eine hölzerne Konstruktion, die unweit des Tors an der Burgmauer befestigt war, und begann an einer Kurbel zu drehen. Es dauerte nicht lang, bis sich der Käfig zu Boden gesenkt hatte.

»Aufmachen«, befahl Andrej.

Der Wächter nestelte einen Schlüssel von seinem

Gürtel, ließ sich vor dem Käfig auf die Knie fallen und mühte sich mit dem Schloss ab, das schließlich mit einem schweren Klacken aufsprang. Plötzlich stieß Maria einen spitzen Schrei aus, war mit einem Sprung bei ihm und schleuderte ihn zu Boden. Mit bebenden Händen riss sie die Käfigtür auf, beugte sich hinein und versuchte, nach der gekrümmten Gestalt darin zu greifen. Andrej hörte sie scharf einatmen, als sie sich an einem der spitzen Metalldornen verletzte. Als er näher trat, um ihr zu helfen, stieg ihm ein süßlicher Blutgeruch in die Nase. Tief in ihm begann sich etwas zu rühren, ein Hunger, der zu unwiderstehlicher Gier anwachsen würde, wenn er ihm nachgab.

Andrej kämpfte das Gefühl mit Mühe nieder, schob Maria mit sanfter Gewalt zur Seite und hob Domenicus' verkrümmten Körper aus dem Käfig. Er schien fast überhaupt nichts zu wiegen. Noch einmal wurde der Blutgestank so übermächtig, dass er die lodernde Gier in sich nur noch mit letzter Kraft unterdrücken konnte.

Mit einem drohenden Blick schleuderte er Dimitri zur Seite, trug Domenicus zwei Schritte weit und legte ihn dann behutsam zu Boden. Der Inquisitor lebte noch. Die spitzen Metalldornen hatten ihm zahlreiche Wunden zugefügt, die sich zum Teil bereits entzündet hatten. Die glühende Sonne hatte seinen Körper ausgezehrt und seine Haut verbrannt. Es kam Andrej fast wie ein Wunder vor, dass er nicht bereits verdurstet war.

»Domenicus«, murmelte Maria entsetzt. »Oh, mein Gott. Was ... was haben sie dir angetan?«

»Was ihm zusteht«, murmelte Andrej. Maria warf ihm einen zornigen Blick zu, beugte sich aber sofort wieder über ihren Bruder. Andrej bereute plötzlich überhaupt etwas gesagt zu haben. Er empfand keinerlei Rachegelüste mehr beim Anblick des zerschlagenen, wimmernden Bündels, das sterbend in Marias Armen lag. Domenicus hatte den Tod und jede Sekunde Schmerz, die er litt, verdient, aber Andrej empfand bei diesem Gedanken nicht einmal Genugtuung.

»Er stirbt«, schluchzte Maria. »Andrej, er stirbt! Bitte, tu etwas! Du musst ihm helfen!«

»Das kann ich nicht«, sagte Andrej.

»Ich weiß, was er dir angetan hat«, sagte Maria. Tränen liefen über ihr Gesicht. »Ich weiß, dass du ihn hassen musst. Aber ich flehe dich an, hilf ihm!«

»Das kann ich nicht, Maria«, sagte Andrej noch einmal. »Bitte glaub mir. Es hat nichts damit zu tun, was er ist und was er getan hat. Ich hasse ihn nicht. Nicht mehr.« Er schüttelte traurig den Kopf. »Ich *kann* es nicht.«

Maria hatte seine Worte gar nicht gehört. »Du kannst von mir haben, was du willst«, sagte sie unter Tränen. »Bitte, Andrej, tu es für mich! Du ... du kannst mich haben. Ich gehöre dir, wenn du es willst, aber ... aber hilf ihm! Rette ihn!«

»Bitte, Maria«, murmelte Andrej. Ihre Worte stimmten ihn traurig, aber sie weckten auch noch etwas in ihm, das ihm nicht gefiel und das er hastig unterdrückte. »Ich kann es nicht. Was immer dein Bruder dir über mich erzählt hat – ich bin kein Zauberer. Er stirbt.« Er zögerte einen Moment. Obwohl er wusste, dass es ein

Fehler war, fuhr er fort: »Alles, was ich noch für ihn tun kann, ist, sein Sterben zu erleichtern.«

Etwas in Marias Blick zerbrach. Es *war* ein Fehler gewesen. »Du musst ihm helfen«, beharrte sie, nun aber in einem veränderten Ton, der ihm einen eisigen Schauer über den Rücken laufen ließ.

Andrej wandte sich an Dimitri. Hätte der Mann schnell genug reagiert, hätte er den Moment nutzen können, um zu fliehen, aber er stand noch immer reglos zwei Schritte entfernt und starrte Andrej und Maria aus geweiteten Augen an.

»Öffne das Tor«, befahl er.

»Das darf ich nicht«, stammelte der Wächter. »Tepesch wird …«

»Öffne das Tor und dann lauf, so schnell du kannst«, wiederholte Andrej, eine Spur schärfer. »In kurzer Zeit lebt hier niemand mehr. Auch dein Herr nicht.«

Dimitri starrte ihn noch einmal aus großen Augen an, dann fuhr er herum und stürzte zum Tor. Andrej wandte sich wieder zu Maria um.

»Du musst hier weg. Mehmeds Krieger werden bald hier sein. Ich werde dich nicht schützen können. Ich muss Frederic suchen.«

Maria nickte. Sie stand auf und legte in der gleichen Bewegung Domenicus Arm um ihre Schulter, um ihn ebenfalls in die Höhe zu ziehen. Er wimmerte leise vor Schmerz, hatte aber kaum die Kraft dazu.

»Warte«, sagte Andrej. »Ich helfe dir.«

Er trat auf sie zu und wollte nach Domenicus greifen, aber der sterbende Inquisitor entzog sich seiner Hand und versuchte sogar nach ihm zu schlagen.

»Rühr mich nicht an, Hexer!«, würgte er hervor. »Eher sterbe ich, ehe ich zulasse, dass mich deine gottlosen Hände besudeln.«

»Domenicus!«, sagte Maria.

»Rühr mich nicht an!«, wiederholte ihr Bruder. »Lieber sterbe ich.«

Maria machte einen einzelnen, wankenden Schritt. Sie taumelte unter Domenicus Gewicht, aber sie brachte es fertig, nicht darunter zusammenzubrechen. Noch nicht.

»Abu Dun wartet mit ein paar Männern im Wald hinter der Burg«, sagte Andrej. »Aber es ist viel zu weit bis dorthin. Er ist zu schwer für dich.«

»Er ist nicht schwer«, antwortete Maria. »Er ist mein Bruder.«

»Ich kann ihr helfen, Herr.« Dimitri hatte den schweren Riegel zur Seite gewuchtet und kam zurück. Er atmete schwer. Im ersten Moment kam Andrej dieser Vorschlag vollkommen abwegig vor. Dann aber begriff er, dass der Mann um sein Leben redete. Er hatte gesagt, dass er ihm seine Seele stehlen würde, um ihn ein wenig zu erschrecken und gefügig zu machen, aber der Soldat nahm jedes Wort ernst.

»Du weißt, was geschieht, wenn du mich hintergehst?«, fragte er. »Ganz egal, wo du dich versteckst, ich würde dich finden!«

»Ich weiß, Herr«, stieß der Soldat hervor. »Ich werde Euch nicht belügen.«

Wenn Andrej jemals in die Augen eines Mannes geblickt hatte, der es ehrlich meinte, dann waren es die Dimitris. Er nickte. »Gut, bring sie zu den Männern, die im Wald auf mich warten. Und dann lauf weg.«

Dimitri wiederholte sein hektisches Nicken, dann ging er rasch zu Maria, griff wortlos nach Vater Domenicus und lud ihn sich auf die Arme. Maria seufzte erleichtert und machte einen schwankenden Schritt zur Seite. Sie sah zu Andrej auf, und wieder war in ihren Augen dieser Ausdruck, der Andrej erschauern ließ.

Da war nichts mehr. Wenn es zwischen ihnen jemals so etwas wie Liebe gegeben hatte, dann war sie erloschen, erstickt und für alle Zeiten ausgemerzt unter all dem Hass und der Bosheit, die Tepesch über sie gebracht hatte.

»Geh zu Abu Dun«, sagte er. »Er wird dir helfen. Und auch deinem Bruder. Sag ihm, dass ich ihn darum bitte.«

Er zog sein Schwert und drehte sich wieder um. *Seine Hände waren voller Blut.* Er wusste, wo er Vlad Dracul finden würde.

18

Als er die Eingangshalle des düsteren Gebäudes betrat, traf er auf die ersten Soldaten. Sie waren zu zweit, versahen ihren Dienst aber ebenso nachlässig wie ihre Kameraden auf dem Hof. Einer von ihnen schlief, als Andrej hereinkam, schrak aber hoch und griff nach seiner Waffe, der andere reagierte eine Winzigkeit schneller und stürzte sich mit erhobenem Speer auf ihn. Andrej tötete ihn mit einem blitzschnellen Schwertstreich, fuhr in der gleichen Bewegung herum und streckte auch seinen Kameraden nieder, noch bevor dieser sein Schwert ganz aus dem Gürtel gezogen hatte. Die beiden Männer starben schnell und lautlos, aber der Speer des einen fiel mit einem lang nachhallenden Scheppern zu Boden, das im gesamten Gebäude zu hören sein musste.

Andrej blieb mit geschlossenen Augen stehen und lauschte. Für seine unnatürlich geschärften Sinne hatte das Geräusch geklungen wie das Dröhnen einer großen Kirchenglocke, aber es folgte keine Reaktion. Als das Klingeln in seinen Ohren nachließ, ortete er jedoch andere Laute. Er hörte gleichmäßige Atemzüge anderer Männer, ein unregelmäßiges Schnarchen, die Laute von Körpern, die sich im Schlaf bewegten. Hundert neue Sinneseindrücke und Informationen stürmten auf ihn ein, so schnell und mit solcher Wucht, dass er davon überrollt zu werden drohte. Ihm schwindelte. Es gelang ihm nur mit Mühe, sich gegen diese Flut von Geräuschen, Bildern und Gerüchen zu behaupten und sie schließlich so weit zurückzudrängen, dass er die für ihn wichtigen Informationen herausfiltern konnte.

Noch immer waren Schreie zu hören, auch wenn sie jetzt mehr zu einem Wimmern geworden waren. Nicht sehr weit entfernt befanden sich vier oder fünf Männer, die schliefen. Aber nicht sehr fest. Ein einziger Schrei oder ein verräterisches Geräusch konnten sie wecken. Er musste sie ausschalten.

Sich einzig auf sein Gehör verlassend, fand Andrej nach kurzem Suchen den Raum, in dem sich die fünf Männer zur Ruhe begeben hatten. Er blieb vor der Tür stehen, presste das Ohr gegen das Holz und konzentrierte sich. Er konnte jetzt sogar riechen, was die Männer zu sich genommen hatten. Mindestens einer von ihnen war betrunken.

Andrej öffnete lautlos die Tür, betrat den Raum und orientierte sich mit einem raschen Blick in die Runde. Sein Gehör hatte ihn nicht getäuscht: Fünf von Tepeschs Kriegern hatten sich auf dem nackten Boden ausgestreckt und schliefen. Sie waren komplett angezogen und hatten ihre Waffen griffbereit neben sich liegen.

Er tötete sie alle.

Drei der Männer starben im Schlaf, die beiden anderen fanden zumindest noch Gelegenheit, hochzuschrecken und nach ihren Waffen zu greifen, aber vermutlich nicht mehr, zu begreifen, was mit ihnen geschah. Keiner von ihnen fand Zeit, einen Schrei auszustoßen.

Andrej verließ den Raum, ging in die Halle zurück und lauschte. Er hörte jetzt keine Atemzüge mehr, aber er *spürte*, dass sich noch weitere Männer im Haus aufhielten – mit den gleichen, untrüglichen Instinkten, mit denen ein Raubtier die Nähe seiner Beute gespürt hätte, auch ohne sie zu hören oder ihre Witterung aufzunehmen.

Der Gedanke beunruhigte ihn. War es das, wozu andere Menschen für ihn geworden waren? Beute?

Und wenn es stimmte – was war *er* dann?

Vielleicht hatte die Furcht, die diese Frage in ihm auslöste, ihn zu sehr abgelenkt, vielleicht waren seine neu erworbenen Sinne auch unzuverlässig – das Nächste, was er hörte, war das Geräusch einer Tür, unmittelbar gefolgt von einem überraschten Laut und dem Scharren von Metall. Andrej fuhr herum und sah sich vier weiteren, höchst wachen Kriegern gegenüber, die allerdings von seiner Anwesenheit mindestens ebenso überrascht waren wie umgekehrt er von ihrem Auftauchen.

Aber er überwand seine Überraschung schneller.

Andrej fuhr wie ein Dämon unter die Männer und tötete einen von ihnen schon mit seinem ersten, ungestümen Angriff. Die drei anderen prallten erschrocken zurück, formierten sich aber sofort zu hartnäckigem Widerstand. Sie waren gut.

Andrej hatte alles vergessen, was er jemals über den Schwertkampf und ausgefeilte Techniken gelernt hatte. Er drosch und prügelte einfach mit ungebändigter Kraft auf seine Gegner ein, ohne Rücksicht darauf, ob er selbst getroffen wurde oder nicht, ob er selber traf oder was er traf. Ein zweiter Soldat fiel tödlich verletzt zu Boden. In den Augen der beiden anderen loderte plötzlich Angst auf. Statt zu tun, was ihnen ihr Kriegerinstinkt eingeben musste, statt ihn gemeinsam auf eine Art anzugreifen, die seine Raserei letztlich zum hilflosen Toben werden lassen würde, gerieten sie in Panik. Andrej spürte einen scharfen Schmerz in der Seite, als ein Schwert in sein Fleisch stieß. Der Angriff war eine Verzweiflungstat, die den Mann seine eigene Deckung vernachlässigen ließ. Andrejs Schwert durchbohrte ihn. Er war tot, bevor sein Körper zu Boden fiel. Der Letzte fuhr herum und stürzte durch die Tür davon.

Andrej setzte ihm nach, aber er kam nicht dazu, ihn einzuholen. Der Mann taumelte plötzlich und griff sich an den Hals. Als er zusammenbrach, sah Andrej, dass seine Kehle verletzt war. Ein glutäugiger Riese in der Farbe der Nacht schwenkte sein blutiges Schwert.

Andrej griff ihn ohne zu zögern an. Sein Denken war ausgeschaltet. Er handelte ohne Plan, ohne Absicht, ohne Sinn. Er hatte sich in eine gnadenlose Tötungsmaschine verwandelt, die alles vernichten würde, was ihren Weg kreuzte. Sein Schwert zeichnete einen silbern funkelnden Dreiviertel-Kreis in die Luft und prallte mit solcher Gewalt auf die hochgerissene Klinge des schwarzen Riesen, dass blaue Funken aus dem Stahl stoben.

Die Wucht seines eigenen Hiebes ließ Andrej zurücktaumeln, schmetterte aber auch den schwarzen Riesen gegen die Wand und brachte ihn dazu, seine Waffe fallen zu lassen. Andrej fing sein Stolpern ab, sprang in der gleichen Bewegung wieder vor und riss seine Klinge zum letzten entscheidenden Hieb in die Höhe.

»*Andrej! Nein!*«

Es war die Stimme des Piraten, die er erkannte, nicht sein ebenholzfarbenes Gesicht. Andrej versuchte verzweifelt, den Hieb zurückzuhalten, aber es war zu spät. Alles, was er noch tun konnte, war die Klinge zur Seite zu reißen. Sie prallte unmittelbar neben Abu Duns Gesicht mit solcher Gewalt gegen die Wand, dass sie zerbrach. Ein Schauer aus Metall- und Steinsplittern überschüttete Abu Dun und sprenkelte seine Wange mit winzigen roten Punkten.

Andrej taumelte einen Schritt zurück, ließ das geborstene Schwert fallen und starrte Abu Dun entsctzt an. Sein Herz hämmerte.

»Abu Dun?«

»Ich bin nicht ganz sicher«, antwortete der Pirat. Er hob die Hand, betastete seine Wange und blickte mit einem ärgerlichen Stirnrunzeln auf das Blut, das an seinen Fingerspitzen klebte. »Bin ich tot, oder ist das nur ein Alptraum? Für einen Moment habe ich mir tatsächlich eingebildet, dass du mich umbringen willst.«

»Es tut mir Leid«, sagte Andrej. »Ich dachte ...« Er

brach ab, schüttelte verwirrt den Kopf und setzte neu an: »Wie kommst du hierher?«

»Jemand war so freundlich, das Haupttor zu öffnen«, antwortete Abu Dun.

»Maria! Ich ...«

»Sie ist unversehrt«, sagte Abu Dun rasch. »Und ihr Bruder auch – auch wenn ich nicht weiß, ob es wirklich eine Gnade ist, ihn am Leben zu lassen.«

»Nein«, antwortete Andrej. »Das ist es nicht. Deshalb wollte ich, dass er lebt.«

»Manchmal weiß ich nicht, wen ich mehr fürchten soll«, sagte Abu Dun. »Dich oder euren Gott, der grausam genug ist, einen Mann, der sein Kleid trägt, mit solchen Wunden weiterleben zu lassen.«

»Der Wächter?«

»Mehmeds Leute haben ihn am Leben gelassen, wenn du das meinst«, antwortete Abu Dun hart. »Aber er wird nie wieder ein Schwert in die Hand nehmen.« Er machte eine harsche Geste. »Er hat erzählt, dass Waichs leer steht. Mehmeds Krieger sind bereits in der Burg. Niemand wird überleben. Hast du den Jungen gefunden?«

»Nein«, antwortete Andrej. »Aber ich weiß, wo er ist.«

»Worauf warten wir dann noch?«

Die Burg hallte vom Klirren der Schwerter und den Schreien der Kämpfenden und Sterbenden wider. Wenn Dimitri die Wahrheit gesagt hatte, dann musste die Anzahl der Männer auf beiden Seiten ungefähr gleich groß sein. Mehmeds Männer hatten die Gelegenheit ergriffen, die Burg zu stürmen und ihrem Herrn eine Festung zu präsentieren, über der schon die Fahne der türkischen Heere wehte, wenn er sein Lager aufschlug. Andrej war fast sicher, dass sie siegen würden, aber es würde ein harter Kampf werden, denn ihre Gegner kannten sich in der Festung aus, und sie kämpften um ihr nacktes Überleben.

Es war ihm gleich, wer gewann, und ob es Überlebende auf einer der beiden Seiten gab. Es war nicht sein Krieg. Es ging ihn nichts an. Er würde sich nicht weiter hineinziehen lassen, als es unbedingt notwendig war.

Sie hatten die Treppe hinab zum Keller gefunden, denn es gab einen grausigen Wegweiser: die gellenden Schreie der Gefolterten, denen sie nur zu folgen brauchten. Auf ihrem Weg hatten sich ihnen zweimal Soldaten des Drachenritters entgegengestellt, die sich ihnen mit dem Mut der Verzweiflung entgegenwarfen.

Andrej hatte sie allesamt getötet.

Er war erneut in diesen schrecklichen Blutrausch verfallen, in dem nur noch das Töten zählte, in dem er nicht mehr er selbst war, sondern nur noch ein ... *Ding*, das vorwärts marschierte, unverwundbar, unaufhaltsam und gnadenlos. Abu Dun war die ganze Zeit an seiner Seite gewesen, aber er hatte nicht ein einziges Mal sein Schwert gezogen.

Sie hatten den Gang erreicht, an dessen Ende die vergitterte Tür zu Tepeschs Folterkeller lag. Die Schreie waren wieder zu einem Wimmern herabgesunken, dem gepeinigten Schluchzen eines Kindes, das verzweifelt um Gnade winselte und doch wusste, dass sie ihm nicht gewährt werden würde. Andrej wusste, wessen Stimme es war. Er hatte sie im ersten Moment erkannt, schon oben auf der Burgmauer, als er sie das erste Mal gehört hatte. Bisher hatte er sich nicht *erlaubt*, sie zu erkennen. Aber jetzt konnte er die Augen vor der Wahrheit nicht länger verschließen. Es war Frederic, der schrie.

Vor der Tür am anderen Ende des Ganges stand ein einzelner, sehr großer Mann, der ihnen ruhig und ohne die mindeste Furcht entgegenblickte. Andrej kannte ihn. Es war Vlad, Tepeschs Vertrauter, den er in der Rolle des Drachenritters kennen gelernt hatte. Er trug nun eine andere Rüstung, die aber kaum weniger barbarisch war als die Tepeschs, und Andrej spürte sofort, wie gefährlich dieser Mann war.

»Ich wusste, dass du kommst, Vampyr«, sagte Vlad. »Ich habe schon eher mit dir gerechnet.«

»Ich wurde aufgehalten«, antwortete Andrej. »Aber nun bin ich da.« Er hob das Schwert, das er einem der Toten oben in der Halle abgenommen hatte. »Gibst du den Weg frei, oder muss ich dich töten?«

»Kannst du es denn?«, fragte Vlad ruhig, »oder brauchst du die Hilfe deines heidnischen Freundes? Ihr seid zu zweit.«

Andrej machte eine Handbewegung. »Abu Dun wird sich nicht einmischen. Wenn du mich besiegst, kannst du gehen.«

»Oh ja«, sagte Vlad höhnisch. »Einen Mann, der nicht verletzt werden kann. Ihn zu besiegen ist schier unmöglich. Es ist kein sehr gutes Angebot, das du mir machst, Hexer.«

»Dann gib den Weg frei«, sagte Andrej.

»Und du lässt mich gehen?«, fragte Vlad zweifelnd. Sein Blick irrte unstet zwischen Andrej und Abu Dun hin und her. Andrej konnte sehen, wie es hinter seiner Stirn arbeitete.

Hinter der Tür schrie Frederic gellend und so gepeinigt auf, dass Andrej fast das Blut in den Adern gefror. »Gib den Weg frei und du lebst. Oder bleib stehen und stirb für deinen Herrn.«

»Für Tepesch?« Vlad machte ein abfälliges Geräusch. »Bestimmt nicht.« Er steckte sein Schwert ein, lachte noch einmal kurz und bitter und ging dann hoch aufgerichtet an Andrej vorbei. Andrej wartete, bis er zwei Schritte hinter ihm war, dann drehte er sich herum, hob sein Schwert und stieß es Vlad ins Herz. Der dunkelhaarige Riese kippte wie vom Blitz getroffen zur Seite, prallte gegen die Wand und sackte kraftlos zusammen.

Abu Dun keuchte. »Warum hast du das getan?«

»Weil er den Tod verdient hat«, antwortete Andrej. Er erschrak selbst vor der Kälte in seiner Stimme. Es war nicht die Wahrheit. Es stimmte – der Mann, der so oft in Tepeschs Haut geschlüpft war, war kaum besser als sein Herr gewesen und hatte den Tod tausendfach verdient –, aber das war nicht der Grund, aus dem er ihn getötet hatte. Der wirkliche Grund war viel einfacher: Er hatte es gewollt.

Abu Dun antwortete nicht. Er sah Andrej nur an. In seinen Augen war etwas, das ihn an den Ausdruck in Marias Blick erinnerte und ihm fast ebenso große Angst machte.

Hinter ihnen erscholl ein weiterer, noch gellenderer Schrei, und Andrej fuhr herum und stieß die Tür auf.

Andrej hatte gewusst, was sie sehen würden. Es war nicht das erste Mal, dass er hier war. Und trotzdem ließ der Anblick einen Nebel aus roter Wut vor seinen Augen aufsteigen. Tod. Er *sah* Tod und er *wollte* Tod.

Der riesige Gewölbekeller war von flackerndem rotem Licht erfüllt. Die Luft roch nach Ruß und ätzendem Rauch, aber auch nach Blut und menschlichem Leid und Sterben. Die großen Metallkäfige, die den Keller unterteilten, waren nach wie vor besetzt. Abu Dun hatte nur einen kleinen Teil der Gefangenen befreit. In die Gitterkäfige waren noch mindestens hundert Männer eingepfercht.

Keiner von ihnen rührte sich.

Die Männer waren tot.

Alle.

»Dieses Ungeheuer!«, murmelte Abu Dun.« Seine Stimme zitterte. »Dieses ... *Tier!* So etwas tut doch kein Mensch!«

Andrej hörte ihn nicht. Sein Blick war starr auf den Gitterkäfig links neben dem Eingang gerichtet, Tepeschs Folterkeller. Tepesch und Frederic waren allein. Es gab keine weiteren Wächter oder Soldaten. Tepesch hatte Andrej und Abu Dun den Rücken zugekehrt und beugte sich über einen hölzernen Tisch, auf dem eine kleine Gestalt festgeschnallt war. Andrej konnte nicht genau erkennen, was er tat, aber Frederics Schreie gellten spitz und unmenschlich hoch in seinen Ohren.

»*Dracul!*«, schrie er.

Tepesch fuhr hoch. Sein Gesicht war verzerrt, als er es Andrej zuwandte. Er hielt ein Messer mit einer gezahnten, sonderbar gebogenen Klinge in der Hand, von dem Blut tropfte. Andrej wagte sich nicht einmal *vorzustellen*, was er Frederic damit angetan hatte.

»Dracul!«, schrie er noch einmal. »Hör auf! Wenn du Blut willst, dann versuch dir meines zu holen!«

Er stürmte los. Es waren nur wenige Schritte bis zur offen stehenden Tür des Folterkäfigs, aber Tepesch war ihr noch näher und er musste wissen, dass es um ihn geschehen war, wenn es ihm nicht gelang, die Tür zu schließen. Er lief im gleichen Moment los wie Andrej.

Er war der Tür erheblich näher als Andrej, musste allerdings erst die Folterbank umkreisen, auf der Frederic festgebunden war. Aber er bewegte sich mit fast übermenschlicher Geschwindigkeit – und er würde es schaffen.

Andrej begriff mit entsetzlicher Klarheit, dass er nicht schnell genug sein würde. Er war noch vier Schritte von der Tür entfernt, Tepesch noch zwei. Da nahm er noch ein weiteres, aber entscheidendes Detail wahr: Die Tür hatte ein einfaches, aber sinnreiches Schloss, das es, einmal eingeschnappt, vollkommen unmöglich machte, es ohne den dazugehörigen Schlüssel zu öffnen. Tepesch würde es vor ihm schaffen, die Tür zu erreichen. Vielleicht nur den Bruchteil eines Augenblicks, aber er war schneller.

Etwas flog mit einem hässlichen Geräusch an ihm vorbei. Tepesch keuchte, taumelte weniger als eine Armeslänge von der Tür entfernt, wie von einem gewaltigen Schlag getroffen zurück und prallte gegen die Gitterstäbe. Aus seiner linken Schulter ragte der Griff eines Dolches, den Abu Dun nach ihm geschleudert hatte.

Andrej sprengte die Tür mit der Schulter vollends auf, sprang über Tepesch hinweg und war mit einem Satz an dem gewaltigen Tisch, auf dem Frederic festgebunden war. Er erstarrte.

Ihm wurde übel, als er sah, was Tepesch dem Knaben angetan hatte. Frederic schrie. Er hatte die ganze Zeit über nicht aufgehört zu schreien, ein grässliches, an- und abschwellendes ununterbrochenes Kreischen, das in Andrejs Ohren vibrierte. Er blutete aus fürchterlichen Wunden, die Tepesch ihm zugefügt hatte. Andrej wusste, dass das Blut versiegen und die Wunden verheilen würden, aber was war mit den Verletzungen, die Tepesch seiner Seele zugefügt hatte?

Frederic hörte auf zu schreien. Aus seinem furchtbaren Kreischen wurde ein nicht minder entsetzliches Schluchzen und Wimmern, während er den Kopf drehte und Andrej aus Augen ansah, in denen sich unvorstellbare Pein mit vielleicht noch größerer Verzweiflung mengte. Die Unsterblichkeit hatte einen Preis, begriff Andrej. Und vielleicht war er zu hoch.

»Hilf mir«, wimmerte Frederic. »Bitte, hilf mir!«

Vielleicht war das das Schlimmste, was er ihm antun konnte. Es war dasselbe, was Maria von ihm verlangt hatte. Die vielleicht einzige Bitte, die er nicht erfüllen konnte. Er konnte nicht helfen. Er konnte nicht *heilen*.

Das Einzige, was er wirklich konnte, war zerstören.

Hinter ihm erklang ein Schrei, dann ein Geräusch wie von dumpfen Schlägen. Er drehte sich nicht einmal herum. Zitternd streckte er die Hand aus, wie um Frederics zerstörten Körper zu berühren, wagte es aber dann doch nicht, sondern ließ seine Finger wenige Zentimeter über seinem geschundenen Fleisch schweben. Frederic Wunden begannen sich bereits zu schließen. Das Blut versiegte und sein Wimmern wurde leiser. Aber er hatte Schmerzen erlitten. Nichts konnte ihm die Qual nehmen, die der Drache ihm zugefügt hatte.

Endlich erwachte Andrej aus seiner Erstarrung. Es war nicht viel, was er für Frederic tun konnte, aber immerhin dies: Er zog seinen Dolch aus dem Gürtel und durchtrennte mit vier schnellen Schnitten die breiten Lederbänder, mit denen Frederics Hand- und Fußgelenke gefesselt waren. Frederic seufzte hörbar, bäumte sich noch einmal auf dem Foltertisch auf – und verlor endlich das Bewusstsein.

Andrej schloss die Augen, versuchte den Sturm von Gefühlen niederzukämpfen, der in ihm tobte, und wandte sich dann um.

Abu Dun hatte Tepesch in die Höhe gezerrt und das Messer aus seiner Schulter gerissen. Tepesch blutete heftig, wehrte sich aber trotzdem nach Kräften, aber der hünenhafte Schwarze hielt ihn so mühelos fest, wie ein Kind eine Gliederpuppe gehalten hätte.

»*Wache!*«, brüllte Tepesch. »*Wache! Hierher!*«

»Gib dir keine Mühe«, sagte Andrej kalt. »Es ist niemand mehr da.«

Er zog seinen Dolch aus dem Gürtel und trat näher.

Abu Dun schlug ihm das Messer aus der Hand.

»Nein! Mehmed will ihn lebend!« Er lachte grollend. »Falls es dir ein Trost ist – er wäre dir vermutlich dankbar, wenn du ihn töten würdest. Mehmed weiß, was er Selic und seinen Männern angetan hat.«

Andrej wusste, dass er Recht hatte. Der Sultan hatte ihnen nicht aus Barmherzigkeit befohlen, ihnen Vlad Tepesch lebendig zu übergeben. Wenn er Rache wollte, dann bestand seine furchtbare Aufgabe darin, Dracul an die Türken auszuliefern. Die Grausamkeit der Muselmanen war bekannt.

Und trotzdem kostete es ihn seine gesamte Kraft, sich nicht auf Tepesch zu stürzen und ihm das Herz aus dem Leib zu reißen.

»Fessele ihn«, sagte er. »Und stopf ihm das Maul, damit ich sein Gewimmer nicht hören muss.«

Abu Dun machte sich die Sache einfacher: Er schlug Tepesch die geballte Faust in den Nacken. Der brach bewusstlos in seinen Armen zusammen.

»Bring ihn raus«, sagte Andrej. »Ich kann ihn nicht mehr sehen!«

Frederic erwachte kurze Zeit später. Seine Wunden hatten sich geschlossen und sein Gesicht hatte nicht mehr dieses schreckliche Totenweiß. Als er die Augen öffnete, wirkte sein Blick verloren; dann kehrte die Erinnerung in seine Augen zurück – und damit der Schmerz.

»Was ...?«, begann er.

»Bleib einfach liegen«, unterbrach ihn Andrej. Er

versuchte aufmunternd zu lächeln, spürte aber selbst, dass es ihm nicht überzeugend gelang. »Du wirst noch eine Weile brauchen, um dich zu erholen.«

»Es hat wehgetan«, flüsterte Frederic. »So ... entsetzlich weh.«

»Ich weiß«, antwortete Andrej. »Aber nun ist es vorbei.«

»Du hast ihn getötet«, vermutete Frederic.

Andrej zögerte einen winzigen Moment. »Nein«, sagte er dann. »Aber er wird dir nichts mehr tun. Abu Dun hat ihn weggebracht.«

»Wohin?«

»Der Sultan will ihn haben«, antwortete Andrej. »Lebend. Ich könnte mir vorstellen, was er mit ihm anstellen wird, aber ich glaube, ich will es lieber nicht.«

Frederic versuchte sich aufzurichten. Er brauchte drei Ansätze dazu, aber Andrej unterdrückte den Impuls, ihm zu helfen. Frederic war durch die Hölle gegangen und tat es vermutlich noch, aber das war ein Weg, den er allein gehen musste.

»Er hat gesagt, dass ... dass er mein Gehcimnis ergründen will«, sagte er. Sein Blick war ins Leere gerichtet, aber es musste eine von Pein und unvorstellbarem Leid erfüllte Leere sein.

»Indem er dich foltert?«

»Es war meine Schuld«, flüsterte Frederic. »Ich habe es ihm verraten.«

»Was?«

»Unser Geheimnis.« Frederics Stimme zitterte leicht. »Dass man sterben muss, um ewig zu leben. Er sagt, dass ... dass der Schmerz der Bruder des Todes ist. Er wollte so werden wie ich. Er ... er hat gesagt, dass ... dass er das Geheimnis ergründen wird, wenn ... wenn ...«

Seine Stimme versagte.

»Ich weiß, was du meinst«, sagte Andrej.

»Hat er Recht?«, fragte Frederic.

»Er ist vollkommen wahnsinnig«, sagte Andrej. »Keine Angst. Er wird nie wieder jemandem Leid zufügen.« Er machte eine aufmunternde Kopfbewegung. »Kannst du aufstehen?«

Statt zu antworten, versuchte Frederic es. Es bereitete ihm Mühe, und er stand im ersten Moment ein wenig wackelig auf den Beinen, aber er stand.

»Was ist mit Maria?«

»Sie ist in Sicherheit«, antwortete Andrej knapp. »Komm.«

Frederic sah ihn kurz und verwirrt an. Vielleicht war ihm der sonderbare Ton aufgefallen, in dem Andrej geantwortet hatte, aber wahrscheinlich wusste er, was geschehen war.

Sie verließen den Keller. Frederic konnte sich nur langsam bewegen. Auf der Treppe musste Andrej ihm schließlich doch helfen, obwohl Frederic es weiter hartnäckig ablehnte. Er erholte sich nur langsam. Was Tepesch ihm angetan hatte, musste fast zu viel gewesen sein.

Aus einem entfernten Teil der Burg wehte noch immer Kampflärm heran, aber Waichs war bereits gefallen. Gut die Hälfte von Mehmeds Kriegern hatte sich bereits wieder im Hof versammelt. Etliche von ihnen waren verletzt, aber soweit Andrej es beurteilen konnte, schienen sie keine Verluste zu beklagen.

Abu Dun und sein Gefangener befanden sich unweit des Tores, umgeben von vier oder fünf türkischen Kriegern. Tepeschs Schulter blutete noch immer, wenn auch nicht mehr so heftig wie zuvor. Niemand hatte sich die Mühe gemacht, ihn zu verbinden, aber seine Hände waren auf dem Rücken gefesselt. Seine Nase blutete. Andrej war ziemlich sicher, dass es nicht von dem Schlag kam, den Abu Dun ihm versetzt hatte.

»Vielleicht sollten wir ihn in eine seiner eigenen Zellen sperren«, sagte er. »Wenigstens so lange, bis Mehmed hier ist.«

Bevor Abu Dun antworten konnte, drehte sich einer der Krieger zu ihm herum; der gleiche Mann, der schon vorhin mit ihm gesprochen hatte. »Unser Herr hat befohlen, ihn sofort zu ihm zu bringen«, sagte er. »Und euch auch.«

»Uns?« Abu Dun zog die Augenbrauen zusammen.

»Wir haben vereinbart, dass wir ihm Tepesch übergeben!«, protestierte Andrej. »Lebend! Das haben wir getan oder etwa nicht?«

»Davon weiß ich nichts«, antwortete der Krieger ungerührt. »Ich habe meine Befehle. Wir reiten sofort.«

»Das war nicht vereinbart!«, begehrte Abu Dun auf.

»Willst du das Wort deines Herrn brechen, du Hund?«

Mehmeds Krieger wirkte für einen Moment unschlüssig. Dann drehte er sich mit einem Ruck herum und wechselte einige Worte in seiner Muttersprache und sehr harschem Ton mit einem seiner Begleiter. Der Mann fuhr herum und lief aus dem Tor.

»Also gut«, sagte der Türke. »Ich habe einen Mann losgeschickt, um neue Befehle zu holen. Aber es wird eine Weile dauern, bis er zurück ist.« Er starrte Tepesch hasserfüllt an. »Wir müssen ihn einsperren, schon zu seiner Sicherheit. Ich weiß nicht, wie lange ich ihn vor dem Zorn meiner Männer schützen kann.« Seine Miene verdüsterte sich. »Oder ob ich es überhaupt tun sollte.«

»Sperrt ihn in den Käfig«, schlug Frederic vor. »Soll er von seiner eigenen Mahlzeit kosten. Oder gebt mir ein Messer und lasst mich mit ihm allein.«

»Steckt ihn in den Käfig«, sagte Andrej. »Dort ist er zumindest in Sicherheit.« Er ließ absichtlich offen, vor wem.

Die Krieger sahen unschlüssig aus, aber dann nickte der Mann, der mit Andrej gesprochen hatte. Zwei osmanische Soldaten packten Tepesch und zerrten ihn zu dem Gitterkäfig, um ihn grob hineinzustoßen. Tepesch keuchte vor Schmerz, als er sich an den spitzen Metalldornen verletzte. Die Männer warfen die Tür hinter ihm zu, und der Käfig wurde an seiner Kette in die Höhe gezogen.

»Wo habt ihr Maria hingebracht?«, fragte Andrej, an Abu Dun gewandt.

»In den Wald, unweit der Stelle, an der wir auf dich gewartet haben«, antwortete Abu Dun.

»Ich muss zu ihr. Kümmere dich um Frederic.« Andrej wartete Abu Duns Antwort nicht ab, sondern ging unverzüglich los, aber er kam nur wenige Schritte weit. Einer der türkischen Soldaten vertrat ihm den Weg und zwei weitere schoben sich unauffällig in seine Richtung.

»Was soll das?«, fragte Andrej scharf. Seine Hand senkte sich auf den Schwertknauf, ohne dass er sich der Bewegung auch nur bewusst gewesen wäre.

Die Männer antworteten nicht, aber sie gaben auch den Weg nicht frei. Andrej zog die Hand mit einer sichtbaren Anstrengung wieder zurück und entspannte sich. Er hatte kein Recht, zornig zu sein. Dass diese Männer mit ihm hergekommen waren und gegen seine Feinde kämpften, bedeutete nicht automatisch, dass sie seine Freunde waren. Abu Dun, Frederic und er waren ebenso Gefangene wie Tepesch, mit dem Unterschied vielleicht, dass auf sie nicht der sichere Tod wartete.

Jedenfalls hoffte er das.

Der Himmel hatte sich wieder zugezogen. Seinem Gefühl nach musste einige Zeit verstrichen sein, bis er Hufschläge hörte.

Es war kein einzelnes Pferd, das zurückkam, sondern ein ganzer Trupp Reiter, die in scharfem Galopp herangesprengt kamen. Andrej hörte sie schon eine geraume Weile, bevor die anderen das Hämmern der näher kommenden Pferdehufe wahrnahmen, ein dumpfes Grollen, das an den Donner eines entfernten Gewitters erinnerte und beinahe mehr zu spüren als zu hören war. Es war eine große Abteilung, mindestens fünfzig Reiter, schätzte Andrej, wenn nicht mehr, und er war nicht überrascht, als er Sultan Mehmed selbst an der Spitze des kleinen Heeres auf den Hof sprengen sah.

Mehmed glitt aus dem Sattel, noch bevor sein Pferd ganz zum Stehen gekommen war, wechselte einige Worte mit dem Soldaten, der ihm entgegeneilte, und ging dann mit schnellen Schritten auf den Käfig mit Tepesch zu. Auf eine knappe Geste hin ließen seine Männer den Käfig herunter, machten aber keine Anstalten, die Tür zu öffnen, und auch Mehmed selbst stand einfach nur da und starrte Tepesch an. Andrej wollte zu ihm gehen, aber Abu Dun legte ihm rasch die Hand auf den Unterarm und schüttelte den Kopf. Er sagte nichts.

Der Osmane blieb lange so stehen, dann drehte er sich herum und kam mit langsamen Schritten auf sie zu.

»Das ist also der berüchtigte Vlad Tepesch, der Pfähler«, sagte er kopfschüttelnd. »Seltsam – ich hätte erwartet, dass er drei Meter groß ist und Hörner und einen Schweif hat. Aber er sieht aus wie ein ganz normaler, kleiner Mann.«

»Der erste Eindruck täuscht manchmal«, sagte Andrej kühl.

Er merkte sofort, dass dieser Ton bei Mehmed nicht verfing. Der Sultan sah ihn eine ganze Weile nachdenklich und mit undeutbarem Ausdruck an, dann sagte er: »Ja. Das scheint mir auch so.«

»Wir haben getan, was wir versprochen haben«, sagte Abu Dun. »Tepesch ist Euer Gefangener. Und Burg Waichs gehört Euch. Das war zwar nicht abgesprochen, aber nehmt es als zusätzliche Gabe.«

»Wie ungemein großzügig«, sagte Mehmed spöttisch. »Trotzdem: Ich fürchte, ich muss euer Geschenk ablehnen. Die Burg interessiert mich nicht. Sie hat keinen strategischen Wert für uns und der Aufwand, sie niederzureißen, wäre zu groß.«

»Und die Stadt?«, fragte Andrej. »Petershausen?«

»Es ist, wie du sagtest«, antwortete Mehmed. »Sie ist bedeutungslos. Viele meiner Männer würden sterben, wenn wir diese Stadt erobern, von der nie jemand etwas gehört hat. Mein Heer hat bereits angehalten. Sobald wir wieder zu ihm gestoßen sind, setzen wir unseren ursprünglichen Weg fort. Wir wollten den Pfähler, wir haben ihn.«

»Durch uns, ja«, sagte Andrej. »Warum werden wir noch hier festgehalten? Wir haben unseren Teil der Abmachung eingehalten. Jetzt verlange ich, dass auch du deinen Teil einhältst.«

»Du verlangst?« Mehmed lächelte dünn. »Ich wüsste nicht, was du zu verlangen hättest!«

»Das hat er auch nicht so gemeint«, sagte Abu Dun hastig. »Verzeiht ihm, Herr, aber ich …«

»Er hat es ganz genau so gemeint«, fiel ihm Mehmed ins Wort, leise und ohne Andrej aus den Augen zu lassen. »Und er hat Recht. Was würde mich von einer Kreatur wie Tepesch unterscheiden, wenn ich mein Wort nicht hielte?«

»Niemand würde es merken«, sagte Andrej.

»Aber *ich* wüsste es.« Mehmed schüttelte den Kopf. »Ihr dürft gehen. Es sei denn, ihr wollt bleiben, um Tepeschs Hinrichtung beizuwohnen.«

»Ich habe genug Blut gesehen.«

»Dann geht«, sagte Mehmed. »Und nehmt noch einen letzten Rat von mir an. Geht nicht nach Westen. Wenn wir uns noch einmal gegenüberstehen sollten, dann als Feinde.« Er wandte sich mit erhobener Stimme an seine Männer. »Wir brechen auf! In die Sättel! Und bringt den Gefangenen!« Er sprach an Andrej gewandt weiter: »Wartet, bis wir weg sind. Dann könnt ihr gehen, wohin ihr wollt.«

»Danke«, sagte Andrej. »Ihr seid ein Mann von Ehre, Mehmed.«

»Und ein Mann, der zu seinem Wort steht«, fügte Mehmed hinzu. Da war etwas wie eine Drohung in seiner Stimme, die Andrej nicht mehr überhören konnte, so gerne er es auch gewollt hätte. Er drehte sich herum und ging zu seinem Pferd.

Zwei seiner Männer hatten Tepesch aus dem Käfig gezerrt und stellten ihn grob auf die Füße, ein dritter ging, um ein Pferd zu holen, dass Mehmed offenbar schon für den Gefangenen mitgebracht hatte.

Und plötzlich war eine kleine, schlanke Gestalt hinter ihnen. Abu Dun sog erschrocken die Luft zwischen den Zähnen ein und Andrej schrie verzweifelt: »*Frederic! Nein!*«, aber es war zu spät.

In Frederics Hand blitzte ein Messer, die grässliche, gezahnte Klinge, mit der Tepesch ihn im Keller gefoltert hatte. Andrej hatte es nicht einmal bemerkt, doch Frederic musste sie aufgehoben und unter seiner Kleidung versteckt haben, zweifellos, um sie genau in einem Moment wie diesem zu benutzen.

Er tat es mit unglaublicher Präzision und Kaltblütigkeit. Einer der beiden Türken schrie auf, als Frederic die Klinge tief durch das Fleisch seiner Wade zog, der andere taumelte mit einer hässlichen Schnittwunde im Unterarm davon, noch bevor sein Kamerad ganz zu Boden gestürzt war. Dann warf sich Frederic mit einem Schrei auf Tepesch. Die Klinge sirrte mit einem Laut durch Luft und Fleisch, wie ihn vielleicht eine Feder verursachen mochte, die schnell durch ruhiges Wasser gezogen wurde. Tepesch fiel lautlos nach hinten. Sein Kopf war fast abgetrennt.

Frederic ließ das Messer fallen. Seine Zähne gruben sich tief in Tepeschs Hals.

Für die Dauer eines Herzschlages schien die Zeit einfach stillzustehen. Mehrere von Mehmeds Kriegern waren losgerannt, doch selbst diese abgehärteten Männer prallten entsetzt zurück, als sie sahen, was der Junge tat. Einzig Andrej und Mehmed bewegten sich auf Frederic und Tepesch zu, so schnell sie konnten. Andrej war ihm deutlich näher, aber Mehmed saß bereits auf seinem Pferd und sprengte rücksichtslos durch die Reihe seiner eigenen Männer hindurch. Er erreichte Frederic und Dracul den Bruchteil eines Augenblicks vor Andrej. Sein Schwert fuhr in einem geraden, ungemein wuchtigen Stich nach unten und durchbohrte Frederic und Tepesch gemeinsam. Frederic hörte auf, sich zu bewegen, und lag plötzlich still. Tepesch bäumte sich noch einmal auf und öffnete den Mund zu einem Schrei, der lautlos verhallte.

Im letzten Moment, bevor er starb, sah er Andrej noch einmal an, und in seinen Augen war ein Ausdruck, der Andrej einen eisigen Schauer über den Rücken laufen ließ. Dann sank sein Kopf zurück und er war tot.

Mehmed sprang mit einem Fluch aus dem Sattel. Andrej ließ sich neben Frederic auf die Knie fallen und wälzte ihn von Tepesch herunter auf den Rücken. Frederics Augen standen weit offen und waren ohne Leben. Die tiefe Wunde in seiner Brust blutete noch, aber Andrej sah, dass das Schwert sein Herz verfehlt hatte.

»Warum hat er das getan?«, brüllte Mehmed. Er war außer sich vor Zorn. »Hast du es ihm gesagt? War es dein Befehl?«

Andrej hob Frederics leblosen Körper auf die Arme und stand auf.

»Tepesch hat ihn gefoltert«, sagte er leise. »Unten, in seinem Keller. Ich wusste, dass es schlimm war, aber ich wusste nicht, dass … dass er ihn so sehr hasst. Er war noch ein Kind.«

Mehmeds Blick tastete über Tepeschs aufgerissene Kehle, dann über Frederics blutverschmierte Lippen und dann wieder hinab zu Tepeschs Gesicht. »Ein Kind«, murmelte er. »Ja, vielleicht. Aber vielleicht ist es gut, dass aus diesem Kind niemals ein Mann wird.«

»Gewährt Ihr mir noch eine letzte Bitte?«, fragte Andrej.

Mehmed sah ihn fragend an.

»Ich möchte ihn begraben«, sagte Andrej. »Drüben im Wald, nicht auf diesem blutgetränkten Boden. Er hat getötet, aber er war noch ein Kind. Vielleicht hat Gott ein Einsehen mit seiner Seele und lässt Gnade vor Recht ergehen.«

Mehmed verzog angewidert die Lippen. »Tu, was du willst«, sagte er. Er steckte sein Schwert ein, sprang in den Sattel und zwang das Pferd mit einer so brutalen Bewegung heran, dass das Tier ein erschrockenes Wiehern ausstieß und auszubrechen versuchte. »Wir brechen auf!«, rief er. »Bringt Tepeschs Kopf mit! Ich will ihn morgen auf meiner Zeltstange haben, wenn wir unser Lager aufschlagen!«

Seine Männer schwangen sich rasch in die Sättel. Einer der Krieger trennte mit einem Hieb Tepeschs Kopf ab und stieg dann ebenfalls auf sein Pferd, wobei er Tepeschs abgeschlagenes Haupt wie eine Trophäe an den Haaren schwenkte, zwei andere gossen Öl über Tepeschs kopflosem Leib aus und steckten ihn in Brand.

Die Flammen brannten so hoch und heiß, dass Andrej einige Schritte zurückweichen musste. Der Gestank von brennendem Fleisch stieg ihm in die Nase und weckte Übelkeit in ihm. Trotzdem blieb er reglos stehen, während sich die Männer vor ihm zu langen Reihen formierten und dann in scharfem Tempo aus dem Tor ritten.

Als die letzten Hufschläge verklangen, öffnete Frederic die Augen und sagte: »Du kannst mich jetzt runterlassen.«

Andrej setzte ihn behutsam zu Boden und trat einen Schritt zurück. Er versuchte, in Frederics Augen zu lesen, aber es gelang ihm nicht.

»Du Wahnsinniger!«, keuchte Abu Dun. »Warum hast du das getan? Du hättest uns alle umbringen können, ist dir das klar?«

»Habe ich aber nicht, oder?«, Frederic drehte sich mit einem Achselzucken um und sah in die Flammen, die Tepeschs Körper verzehrten. Rotes Licht spiegelte sich auf seinem Gesicht und verlieh ihm das Aussehen eines Gehäuteten.

»Der Einfall mit dem Begraben war nicht schlecht«, sagte er spöttisch. »Einen Moment lang hatte ich wirklich Angst, dass sie mich auch verbrennen würden – oder ob er nicht noch Platz für einen zweiten Kopf auf seiner Zeltstange hätte. Aber ich wusste, dass ich mich auf dich verlassen kann, Delāny.«

Andrej zog sein Schwert. Die Bewegung war sehr vorsichtig, aber sie verursachte trotzdem ein winziges Geräusch, das Frederics übermenschlich scharfe Sinne wahrnahmen, denn er drehte sich langsam zu ihm herum, betrachtete erst das Schwert und sah dann zu Andrej hoch. Er lächelte.

»Was willst du jetzt tun, Delāny?«, fragte er. »Mich töten? Mir den Kopf abschlagen oder mir das Schwert ins Herz stoßen?«

Andrej antwortete nicht. Er starrte Frederic nur an und das Schwert in seiner Hand begann zu zittern.

»Was … was meint er damit?«, murmelte Abu Dun stockend. »Was meint er damit, Andrej?«

»Du kannst mich töten«, fuhr Frederic (*Frederic?!*) fort. »Ich weiß, dass ich unterliegen würde. Du kannst mich besiegen. Du kannst mich umbringen.«

»Verdammt, Hexenmeister, was bedeutet das?!«, herrschte ihn Abu Dun an.

»Aber dann würdest du auch Frederic töten«, fuhr Frederic fort. »Er ist noch in mir, weißt du? Ich kann ihn spüren. Ich kann ihn hören. Er wimmert. Er hat Angst. So große Angst.«

»Hör auf«, flüsterte Andrej. Das Schwert in seiner Hand begann immer heftiger zu zittern. Es wäre leicht, so leicht. Eine winzige Bewegung. Ein blitzschneller Streich und alles wäre vorbei.

»Gräme dich nicht, Delãny«, sagte Frederic höhnisch. »Seine Angst wird vergehen. Bald wird er genießen, was ich ihn lehren kann. Du musst dich entscheiden, Delãny. Was ist größer – dein Hass auf mich oder die Liebe zu Frederic?«

»Nein«, murmelte Abu Dun erschüttert. »Das kann nicht sein. Sag, dass ich mir das nur einbilde!«

Andrej antwortete auch jetzt nicht. Er sah den Jungen an, aber er sah ihn nicht wirklich, sondern nur das lodernde böse Feuer in seinen Augen.

»Entscheide dich!«, verlangte Frederic noch einmal. »Töte mich oder geh!«

»Das werde ich für dich tun«, sagte Abu Dun. Er wollte sein Schwert ziehen, aber Andrej hielt ihn mit einer raschen Bewegung ab und schüttelte den Kopf. Abu Dun sah ihn vollkommen verständnislos an, aber dann nahm er die Hand vom Schwert.

»Dann solltet ihr jetzt gehen«, sagte Frederic. »Die Verstärkung, nach der geschickt wurde, muss bald hier sein. Und es sind keine muselmanischen Krieger mehr hier, um für euch zu kämpfen.«

Andrej steckte sein Schwert ein. Seine Hände zitterten nicht mehr. Er empfand keine Wut, keinen Hass, nicht einmal Verzweiflung oder Trauer, sondern etwas vollkommen Neues, Schlimmes, für das er noch kein Wort gefunden hatte.

Wortlos drehte er sich um und ging davon. Abu

Dun blieb stehen, folgte ihm dann hastig und passte sich seiner Geschwindigkeit an, als sie durch das Tor traten und die Burg verließen. Auch er schwieg, bis sie die Burg halb umrundet hatten und sich der schwarzen Mauer näherten, zu der die Nacht den Waldrand gemacht hatte. Erst dann fragte er: »Willst du es mir erklären?«

Was sollte er erklären? Andrej hatte keine Antworten, sondern nur eine Frage. Was hatten sie erschaffen?

Was hatten sie erschaffen?

ENDE DES ZWEITEN BUCHES

Die Chronik der Unsterblichen

Transsylvanien im 15. Jahrhundert: Der junge Frederic überlebt als Einziger das grauenhafte Massaker, das die Inquisition in seinem Heimatdorf anrichtet. Der Schwertkämpfer Andrej, dem die heimtückische Tat einzig und allein galt, sucht den Jungen auf und nimmt ihn mit auf die Jagd nach den Mördern. Doch schon bald hegt Frederic einen furchtbaren Verdacht: Ist dieser Mann, der fast unbeschadet durchs Feuer gehen kann und schwerste Verletzungen mühelos übersteht, elwa mit dem Teufel im Bunde?

Wolfgang Hohlbein

Band 1: Am Abgrund

Roman

ULLSTEIN TASCHENBUCH

Die Chronik der Unsterblichen

Der Schwertkämpfer Andrej ist auf der Suche nach der Puuri Dan, einer weisen Zigeunerin. Sie, so hofft Andrej, kann ihm das Geheimnis seiner Herkunft enthüllen. Die Reise führt ihn und den ehemaligen Piratenkapitän Abu Dun bis nach Bayern. In dem kleinen Ort Trentklamm stoßen sie auf schreckliche, menschenähnliche Geschöpfe. Andrej wird von einer dieser Bestien angegriffen, verletzt und verliert seine übermenschlichen Kräfte. Fast zu spät muss er entdecken, dass das Geheimnis der Ungeheuer enger mit seiner eigenen Existenz verbunden ist, als ihm lieb sein kann ...

Wolfgang Hohlbein

Band 3: Der Todesstoß

Roman

ULLSTEIN TASCHENBUCH